kiss once again

キス ワンス アゲイン

Akane & Masahide

桜 朱理

Syuri Sakura

EB
エタニティ文庫

もくじ

kiss once again

プロローグ

ただ今深夜一時。本日、一月二十四日は私の二十九歳の誕生日だ。

この歳になれば別段、誕生日はめでたくないし、嬉しいものでもない。

だが、まさかこんな気持ちで誕生日を迎えることになるなんて思っていなかった。

ソファに体育座りしてクッションを抱《かか》える。私の目には、くっきりと陽性《ようせい》反応を示している妊娠検査薬が映っていた。

はぁ～と大きな溜息を一つ零《こぼ》す。

何度見ても現実は変わらない。

まぁ、やることやれば妊娠もするだろうけど。なんで、よりによってあの男の子どもを妊娠するかな。

子どもの父親であるあの男の無駄に端整な顔を思い出して、余計に気が滅入《めい》ってきた。

ぐしゃりと前髪をかきあげ、抱えていたクッションに顔を埋《うず》める。

どうするよ、私？

正直、まだ自分が妊娠しているという実感はない。クッションの下にある下腹部はぺったんこ。そこに新しい命が宿《やど》っているなんて信じられなかった。

生理が一ヶ月以上遅れていても、それだけならストレスで遅れているのかと思っていられる。だけど、悲しいことに心当たりがばっちりとあった。

だから、念のために仕事帰りに妊娠検査薬を薬局で買ったのだ。

まさか、そんなはずはない。だって、たった一夜の過《あやま》ち——と思いながらも。

なんだかあの一夜は、ここ数年、ご無沙汰《ぶさた》だった分を取り戻すような勢いであの男に攻められた気がするが、それは横に置いておく。普段は無口で鉄仮面な上司が、ベッドの上ではまるで別人だったことも。

妊娠検査薬の反応が出るまでの間、私はまるで祈るような気持ちで待った。

しかし、結果は見事、惨敗《ざんぱい》……

はっきり、くっきり陽性反応が現れた。

しかも判定時間の三分を待つまでもなく、あまりに綺麗に出てきたのだ。さすが、あの男の子ども、どれだけ自己主張が強いんだ。……と妙な納得をしたあと、急に現実が襲ってきた。

私、真崎茜《まさきあかね》。二十九歳、独身。

クロフォード・ジャパンという大手総合商社で、営業二課主任として勤務中。

見た目は絶世の美女でもなければ、不細工でもない。

十人いたら三人は美人と言ってくれるような容姿。緩《ゆる》やかなウェーブを描いた肩先までのダークブラウンの髪に、少し吊り上がり気味の薄茶のアーモンドアイ。そのせいか、よく猫科の動物にたとえられる。

二十四歳の時の恋愛を機《き》に、もう恋なんてしないとずっと仕事一筋で生きてきた。

営業成績は常にトップクラスをキープ。外資系ならではの実力主義の会社ゆえ、正当な評価が下り、二十八歳で女だてらに営業二課の主任に抜擢《ばってき》された。

だから、このままずっと誰にも頼らずに、仕事一筋で生きていくと決めていた。

なのに、たいしてめでたくもない二十九歳の誕生日を迎える今日。

職場でも有名な、喧嘩《けんか》ばかりしている上司の子どもを妊娠しているという事実が判明しました。

……どうするよ？　私。

1

そもそもの事の起こりは約二ヶ月前の金曜日。

街の中が徐々にクリスマスへ向かい、彩《いろど》りを増していた時期だった。

その日、茜たちが所属する営業二課の面々は、とある居酒屋で祝杯を重ねていた。数ヶ月かけてチームを組んで行っていたプロジェクトが成功したのだ。

翌日は休みなことと、うまくいけば億単位の利益も見込めるとあって、皆がハイテンションになっていた。

茜自身もすごくテンションが上がっていた。祝賀会《しゅくがかい》を兼ねた飲み会で、注《つ》がれるままにいつも以上のペースで飲んでいた自覚はある。

自分がどれほど飲んだのか、わからなくなっていた。要するに、その時の茜はかなり酔っていた。普段なら、記憶を失くすほど飲むことなんてない。酒に弱いわけでもない。大きな仕事の成功に、気分が高揚《こうよう》していたのだろう。

だから、なんで今こんな状況にあるのかわからない。

今は二次会の終わりなのか、三次会の終わりなのか。

気づけば、いつも喧嘩《けんか》ばかりしている上司の鉄仮面みたいな顔が、目の前にあった。薄暗い路地でなぜか二人は抱き合っていた。上司の肩越しにクリスマスカラーに染まるネオンが瞬《またた》いている。

何……?

状況を理解できないまま、酔った頭でぼんやりと上司の——桂木政秀《かつらぎまさひで》の端整な顔を眺めた。

綺麗な顔をした男だとは思っていた。高い鼻梁《びりょう》に、切れ長の黒い瞳。まるで、鍛《きた》え抜かれた真剣のような静謐《せいひつ》な雰囲気を持っている。三十二歳、独身。茜の直属の上司だ。その見た目で、社内の女性たちのハートを鷲掴《わしづか》みにしている。だが、浮ついた噂《うわさ》もなく年齢に見合わない落ち着きのある所作と存在感で淡々と仕事をこなし、社内でも高い評価を受けている。

実際にこの男はかなり仕事ができる。今回のプロジェクトの成功もこの男の働きが大きかったことを、補佐役として参加していた茜は知っていた。

茜はどういうわけかこの上司と仕事で意見がよく対立する。ほとんど表情を変えず、自分のペースで仕事を行う桂木に、茜はなぜか無性に闘争心をかき立てられるのだ。たぶん、反《そ》りが合わないのだろう。

自分とは違う意見でも使えると判断すれば、受け入れる度量がある人なので、茜がたてついても柳《やなぎ》に風とばかりに受け流してしまう。それも反りの合わない理由の一つなのだろう。

その上司にまるでキスする寸前のように力強い腕で腰を抱き締められ、顔を覗《のぞ》き込まれている今の状況が理解できない。寸前の記憶が酷《ひど》く曖昧《あいまい》だった。

この男の顔はやっぱり綺麗だなと見当違いなことを思いながら、ふいにこの状況に異様さを覚えた。

酔った部下を支えてくれているにしては近すぎる距離にぎょっとして、もがくように体を離そうとしたが、腰に回された腕にそれを阻《はば》まれる。

一体なんなんだ、と自分を拘束《こうそく》する男を見上げると、桂木の黒い瞳と目が合う。

切れ長の瞳の中に、熱く燻《くすぶ》る熱を見た。その瞬間、どくりと心臓が脈打つ。

あきらかに情欲を孕《はら》んだ瞳に、戸惑《とまど》いとともに茜の体の奥は甘く激しく疼《うず》く。

しばらく忘れていた女としての自分が、桂木の瞳によって揺り起こされた気がした。

数センチの距離から黒い瞳で窺《うかが》われて、視線を離すことができない。

心の奥まで見透かすような強い眼差しに、呼吸が、鼓動が、乱れる。

――この男に触れてみたい。強烈なまでの衝動を覚えた。

二人の間の時が止まって、緊張を孕んだ時間が過ぎる。

大通りで、クラクションが鳴った。それが合図だった。

どちらが、先に動いたのかわからない。たぶん、ほとんど同時に動いていた。引き寄せたのか。引き寄せられたのか。

端整な男の顔が近づいてきて、瞼《まぶた》が自然と閉じた。熱い吐息が、ルージュを塗った茜の唇をかすめ、心臓がびりびりと震える。

触れる唇。混ざり合う吐息に熱が上がった。

「……ん……んん……！」

うっすらと開いていた茜の唇に、桂木の舌が入り込む。柔らかく濡れた感触が、淫猥《いんわい》な動きで茜の口腔《こうこう》内を動き回る。深く唇を触れ合わせ、角度を変え、舌を絡めたまま強引なキスをされる。

キスの仕方なんて、何年も忘れていた。

息がうまく継げずに乱れる呼吸ごと、桂木に奪われた。

背筋を駆け上がる純度の高い熱に、体から力が抜ける。広く逞《たくま》しい背中に腕を回し、体を桂木に預《あず》ける。腰に回された彼の力強い腕が、二人の距離をゼロにする。

アルコールとキスに酔った頭の片隅で、どこか冷静な自分が今の状況に疑問を投げかける。

なんでキスするの？　でも、気持ちいい。キスってこんなに気持ちよかったっけ？

どれくらいの間だったのか、ようやく解放された時には、体の力が抜けきっていた。

互いに息が上がっている。

離れていく唇をぼんやりと見つめながら、疑問が口から零《こぼ》れた。

「……なんで……キス……？」

間近で見上げる桂木は、散々人を翻弄《ほんろう》したくせに、相変わらず鉄仮面みたいに表情が変わらない。なんだか負けた気がして腹が立った。

こっちは支えてもらわないと立っていられないのに。どんなことでもこの男に負けるのは嫌だった。

ムカついて黒い瞳を覗《のぞ》き込むと、妖《あや》しい光を放つ眼差しは、明らかに茜を欲しがっていた。

煽《あお》られたのは茜だけではない。仕掛けた本人の桂木も情欲に煽られていることに気づいて、溜飲《りゅういん》が下がる思いがした。

「……嫌か？」

視線を逸《そ》らさず、桂木が濡れた声で問い掛けてくる。質問に質問を返されてムッとしたが、別にキスは嫌じゃなかった。

むしろ触れた唇も、腰を抱いた腕の力強さも、絡めた舌の甘さも何もかもが心地よかった。

桂木の瞳の中に映る自分は女の顔をしていた。普段の男勝りな自分とは違う女の顔。

久しぶりに自分がただの女であることを思い出した。それを思い出させたのが、いつも喧嘩《けんか》ばかりしているこの上司だったのが不思議だった。

「真崎?」

無言の茜に、答えを促《うなが》すように桂木が自分の名を呼ぶ。その声を聞いて、理性より先に本能が答えを出した。

桂木の首に腕を回して引き寄せ、自分からキスをする。

一瞬、驚きに桂木が目を瞠《みは》ったのに気づき、してやったりと笑う。

しかし、すぐに主導権は桂木に奪われる。

ん、やっぱりキスうまいな。

「……ん……ふふん……」

絡めた舌が濡れた音を立て、喘《あえ》ぐ呼吸さえも奪われて、くらくらと眩暈《めまい》にも似た感覚を覚えた。桂木の頭を抱きかかえ、髪の生《は》え際《ぎわ》に指を入れて髪を梳《す》く。指の間を通り抜けていく少し硬い髪の感触。綺麗に整えられていたそれを乱す。

桂木の指先も、意図を持って茜の体の上を淫《みだ》らに這《は》う。

太ももに桂木の熱が触れた。そのことに自分でもびっくりするほど興奮してしまう。

「どうする? どこか入るか?」

だから一度目よりも短いキスの終わりに耳元で囁《ささや》かれた言葉に、茜は無言で同意した。

そして、二人は夜のネオン街のホテルになだれ込んだ。

二人でベッドに倒れ込む。安っぽいラブホテルの大きなベッドは、二人分の体重を受けて、ギシリと軋《きし》んだ。

「んん……っ」

キスがやめられない。何度も繰り返されるキスが気持ち良かった。

この男のキスは腰にくる。口腔《こうこう》内を好き勝手に動き回る桂木の舌に翻弄《ほんろう》され、甘い疼《うず》きが体を濡らした。キスを続けながらも、互いの体をまさぐり、服を脱がしていく。

たっぷりと互いの唇を堪能《たんのう》し身を離すと、二人の間に透明な糸が光った。

腰の奥がじんじんと疼く。欲情に肌が火照《ほて》り、体が赤く染まっているのが自分でもわかった。

息を上げながら、潤《うる》んだ瞳で見上げた先には、普段の無表情からは想像もできないほど欲情に染まった雄《おす》の顔をした桂木がいた。

こんな顔もできるのか、と意外な表情に鼓動が乱れる。

昔、この鉄仮面男は一体どんな顔をして女を口説《くど》くのだろうと思ったことがあったが、まさか、キスと眼力だけだったとは。

自分の顔とテクニックに自信がなかったら、こんな芸当はできないだろうなと思う。

そこらにいる男がこんなマネをしたら、ただのセクハラか、痴漢だ。

まぁ、桂木のキスと眼力に落とされた自分がどうこう言える立場ではないが。

ただ、顔のいい人間は得だなと茜は妙なところで納得した。

それにしても、まさかかつての疑問を、自分が明らかにすることになるなんて、人生は意外なことに満ちていて面白い。そう思ったら、なんだか酷《ひど》く笑えた。

「何がおかしい？」

くすくすと笑う茜に、上にいる桂木が不審そうに問う。

この状況すべてがおかしいだろう。いつもは喧嘩《けんか》ばかりしている相手に、突然のキスと眼力だけで落とされた事実も、そんな相手にこんなにも欲情している事実も、何もかもがおかしい。だから余計に、笑いが止まらなくなる。

冷静なつもりでいたが、茜はまだまだ酔っていた。

「その気がないならやめるか？」

いつまでも返事をせずに笑い続ける茜に、桂木が言った。茜の額《ひたい》の髪の生《は》え際《ぎわ》あたりに、桂木の男性にしては綺麗な指が差し込まれ、前髪をかき上げられる。愛撫みたいな優しい指使いが気持ち良くて、茜は猫のように目を細める。

ようやく笑いが収まり、茜は改めて自分に覆《おお》いかぶさっている桂木を見つめた。

見上げた桂木は先ほどまでの欲情に染まった雄《おす》の顔ではなく、普段の鉄仮面に戻っていた。だが、すぐ傍にある漆黒《しっこく》の瞳は、その表情よりもよほど雄弁《ゆうべん》に自らの感情を物語っていた。

言葉ではやめるかと問いながら、その瞳の中にあるのは、どこまでも純粋な情欲という名の熱。それに茜の太ももには、先ほどからずっと桂木の昂《たかぶ》りが触れている。

「やめられるの？」

太ももを動かして、桂木の昂りを刺激すると、不機嫌そうに眉間に皺《しわ》を寄せたが、触れている熱はその質量を増した。

「別に無理強《じ》いしたいわけじゃない」

無理強いって。今さら、何を言ってるんだこの男は。

酔っぱらっている部下に突然キスを仕掛けて、その気にさせた男の言葉じゃないだろう。酔って流されている自覚はあるが、ここにいるのは茜の意志だ。別に無理強いされたなんて思ってない。

互いにいい大人だ。合意の上での行為に、あとでぐだぐだ言うつもりも、責任を取れと言うつもりもない。

この状況で、突然笑ったことは悪かったと思うが、だからって嫌がっているわけじゃない。

なのに、本気でやめる気なのだろうか。桂木が起き上がろうとしたので、茜は無性に腹が立つ。

茜の太ももに触れていた熱は確かな質量を持っていたのに、こちらの気持ちも確認もせずに大人の顔をして今さらやめるなんてありえないだろう。

第一、すっかり忘れ去っていた女としての自分を目覚めさせ、その気にさせた責任はどうしてくれる！

ゆっくりと起き上がった茜は、落ちてきた前髪をかき上げる。桂木はベッドサイドに腰掛け、乱れたネクタイを直していた。

「もう終電もないだろう。泊まっていく」

「桂木さん」

話している桂木を遮《さえぎ》って呼びかける。

「何だ？」

こちらを振り向いた瞬間、桂木のネクタイをぐいっと引き寄せる。

「誰もやる気がないなんて、一言も言ってないでしょうが」

吐息が触れ合う距離で囁《ささや》いて、強引にキスをする。

瞳は閉じなかった。挑発するように桂木の黒い瞳から目を離さない。

五年以上一緒に仕事をしているが、今日だけで桂木の色々な顔を見た気がした。普段は鉄仮面みたいに表情を変えない上司が、プライベートでは案外、感情を顔に出すなんて知らなかった。

今は茜にキスをされながら、まるでご馳走を前にして待てと言われた獣のような、ものすごく不機嫌そうな顔している。

「……ん……」

なのに、桂木のキスはやっぱり、巧《たく》みだった。差し入れていた舌を押し戻され、逆に桂木の舌が茜の口内に侵入してくる。口蓋《こうがい》を舐め上げられ、舌を甘噛みされ、自分でも聞いたこともない甘い声が漏《も》れる。

気持ち良さに一瞬、我を忘れそうになった。もしキスの相性なんてものがあるとしたら、桂木との相性は最高だと思う。性格の相性は最悪なのに、キスの相性は最高なんておかしなものだ。

そう思った瞬間、桂木は唇を離した。

「真崎、おまえな、酔ってるだろう?」

ものすごく不機嫌な顔をしたまま桂木が言った。

「酔ってるわよ? でもそれが何? わかってて仕掛けてきたのはそっちでしょ」

桂木のネクタイを掴んだまま、端整な顔を睨《にら》み付け、茜は鼻で笑ってやる。

やっぱり、自分たちの性格の相性は最悪だ。互いに合意の上でここにいるはずなのに、なんで今さら、する、しないで揉めなきゃいけないのだ。

「ったく。せっかく人が今日は見逃してやろうと思ったのに、台無しにしやがって。もうやめてやれないぞ」

桂木は舌打ちまじりに苛立ったような声を発し、またもや茜をベッドに押し倒す。

「だから最初から、やめてくれなんて言ってないわよ」

再び覆《おお》いかぶさってきた桂木から視線を逸《そ》らさずに挑発的に言ってから、ふと桂木の言葉の中に、何かおかしな単語が混ざっていたことに気づく。

ん？　今日は？　ってどういうこと？

桂木は「だったら、手加減はなしだ」と唸《うな》るような声を出し、茜の首筋に噛み付いた。甘い刺激に茜の疑問は一瞬のうちに霧散《むさん》した。

そして、茜は自分が起こしてはいけない猛獣を起こしてしまったことを、身をもって知ることになる。

手際良く、乱れていたスーツと下着を脱がされ、同じくスーツを脱いだ桂木の体の下に敷かれる。

久しぶりに直《じか》に触れた男の肌は驚くほど、熱かった。

そのことに戸惑《とまど》う暇《ひま》もないほどに、桂木の唇と指先が首筋、胸元に触れ、茜の体温は上がった。肌に触れる桂木の吐息は火傷《やけど》しそうなくらい熱い。

長く器用な指先が茜の感じる部分を見つけては、執拗《しつよう》なほどに触れてくるから、もうわけがわからなくなる。胸の頂《いただ》き、淡く色づく乳首を甘噛みされ、さらに舌で嬲《なぶ》られる。

「……あ、あ、んん……っ！」

体が、熱くて、熱くて、仕方なかった。

蕩《とろ》けるような快楽が背筋を駆け上がってくる。

何よりも時々与えられる桂木のキスが、茜を翻弄《ほんろう》した。

なんで、この男はこんなにキスがうまいんだろう？　こんなに、甘くて、淫《みだ》らなキス、私は知らない。

キスだけで簡単に翻弄されている自分を悔しいと思っても、どうすることもできない。

普段は整えている前髪が額《ひたい》にかかって、汗で張り付いていた。形の良い眉は苦しげに歪《ゆが》み、切れ長の黒い瞳は、艶《つや》を含んで濡れている。

男の色気をたたえた容貌に、体の奥が疼《うず》いて仕方なかった。

その顔をもっと見ていたい。

「……か……つっ……ら……さ……ん！」

疼く体の奥を、濡れた指が探ってくる。しばらく誰にも触れさせることのなかったそこは、濡れていたにもかかわらず、一瞬だけ桂木の指先を拒《こば》むようにひきつれた。

「んうん！」

思わずぎゅっと目を瞑《つむ》って、桂木の肩に額を押し付ける。

「大丈夫か？」

耳元で桂木が囁《ささや》く。その声に無言で頷《うなず》けば、くすりと笑われた。

なぜ笑われたのかわからず瞼《まぶた》を開けたが、すぐに後悔する。

桂木は、まるで獲物を見つけた獣のようで、そのうえ凄《すさ》まじい色気を放っていた。

これからの行為を考えると、今は絶対に見たくなかった悪辣《あくらつ》な表情だった。

思わずびくりと体を震わせた茜に、桂木は目を細めて笑うと、耳を舐め上げて囁く。

「そんな処女みたいな反応をされたら、歯止めがきかなくなりそうだ」

こんな時になんてことを囁いてくれるのだ。この男は！

快楽に酔っていた頭が、一瞬で冷静さを取り戻す。

「別にそんなに怯《おび》えなくても、酷《ひど》いことはしないから安心しろ」

いや、もうその表情だけで、十分酷いから！

その顔を見ただけで犯された気分だ。普段とのギャップがありすぎる。

「だから、その反応は逆効果……」

本気で涙目になってビクつく茜の首筋に、桂木はきつく吸いついてくる。強く吸われたせいで、赤い花が茜の首筋に咲いた。

「せっかく見逃してやろうと思ったのに、煽《あお》ったのは真崎だ」

そうですね。数分前の自分、なんて馬鹿なことをした！　だが後悔してももう遅い。

茜があまりに怯えていたからか、桂木は苦笑してまたキスをしてくる。そのキスに、怯えていた心が解《ほぐ》される。キスの間に桂木の長い指が、茜の体の奥にゆっくりと差し入れられた。

「んんっ」

茜の震える体をなだめるように、何度も甘いキスが降り注《そそ》いだ。初めは浅く探るように動いていた指先が、奥に入り込む。

そして、茜の感じる部分を探し当てては、執拗《しつよう》にそこに触れ、同時に快楽に敏感になった芽を擦《こす》る。体の奥が濡れて、愛液が溢《あふ》れていくのが自分でもわかった。

桂木を受け入れるために蕩《とろ》けて、ぬかるんでいく場所から広がる快感に背筋が震える。久しぶりに味わう快楽に、自分が自分で無くなるような心細さを覚えて、茜は桂木の背中に腕を回して縋《すが》りついた。

「あ、あ……や、やぁ……」

溢れた愛液が太ももを伝い、シーツを濡らす。その頃にはもう目の前が赤く染まって、何も考えられなくなっていた。

本能のままに桂木の指の動きに合わせて腰が揺れ、中の指を締め付けてしまう。上り詰める寸前でわざと快感を逸《そ》らすみたいに、指の動きがゆっくりしたものに変わり、茜はイケない苦痛に涙を滲《にじ》ませた。

「う、んん。もう……やぁ……ダ……め」

思わず、自分から桂木にねだりたくなる。

「何が？」

指だけでは我慢できなくなっていることをわかっているくせに、そんなことを囁《ささや》いてくるなんて最悪だ。余裕のそぶりで問いかける男は、指の動きを速めてきた。

桂木は、感じるところをわざと引っかくようにばらばらに動かしたかと思えば、まとめた指を押し付けるように根元まで差し入れる。快楽に涙が溢《あふ》れて止まらなくなる。

「こ……ド……Sっ！」

涙で濡れた瞳で睨《にら》み付けると、桂木が笑った。

「かもな。意地を張っている真崎を見てると、突き落としたくなる」

「……サ……ぃ……アク」

そう言っている間も、桂木の指先は茜の弱いところを攻めてくる。本当にこの男は最悪だと思った。

「やあぁ……！　い……」

そしてまた絶頂に押し上げられる寸前で動きを止められて、茜は苦しさのあまり本気で泣き声を上げた。

「や……も……おね……が……い」

呼吸を喘《あえ》がせながら快楽に耐えていた茜は、桂木の首に腕を回して抱き付き、「くる……しぃ!!」と懇願《こんがん》する。吐き出す息が酷《ひど》く熱かった。

「やりすぎたか……」

泣いて縋《すが》る茜を見下ろして桂木が呟《つぶや》いた。蜜を溢れさせた秘所から指を引き抜かれ、桂木の熱が擦《こす》り付けられる。それだけでもうたまらなかった。桂木の欲望を受け入れようと秘所がひくついて、自然と腰が前後に揺れる。

「ひっ、ん……んん」

数年ぶりの行為に不安はあったが、散々高まる寸前で快楽を逸《そ》らされてきた体は、思ったよりあっさりと桂木を受け入れた。ゆっくりと押し開くように入ってくる桂木の動きに合わせて秘所が歓喜に蠢《うごめ》く。秘所だけじゃなく、満たされる快楽に体中が震えて甘い叫び声が上がる。

「あっ、あぁん、いいっ……!!」

すべて受け入れることができたのか、いったん、桂木は動きを止めて茜を見下ろしてくる。

忘れていた満たされる喜びと、支配されることのわずかな痛みを思い出す。

覆《おお》いかぶさってくる男の顔に浮かぶ気遣いと情欲がなぜか愛おしくて、もっと強く触れたいと思った。思う心のままに、茜は桂木の大きな背中にしがみ付く。

「かつ、ら……ぎさん」

名前を呼べば、桂木が茜の髪を先ほどと同じように優しい手つきで梳《す》いてくる。

「大丈夫か？」

茜は無言で頷《うなず》いた。吐息が触れる距離にある男の瞳から、目が離せない。切れ長の男の瞳が潤《うる》み、眉を歪《ゆが》める様《さま》に、茜は桂木も感じているのだと知って、体だけではなく心も満たされる気がした。絡んだ視線を離さないまま桂木がゆっくりと近づいてきたので、茜は瞼《まぶた》を閉じた。

「……んぅ！」

口づけと一緒に緩《ゆる》やかな律動が始まった。最初は様子を窺《うかが》うようにゆっくりと動いていたが、徐々に腰の動きは速くなっていく。

桂木が動くたびに生まれる悦楽に、茜は息を乱した。

「茜……」

名前を呼ばれた。体が熱く疼《うず》く。

苦しいのに気持ちよくて、甘いのに苦く感じた。相反する感覚が茜の体を乱す。

快楽と苦しさの狭間《はざま》で、茜は自分を支配する圧倒的な質量と熱に、ただ溺《おぼ》れた。声を上げることもできないほど揺さぶられて、体の奥まで突き上げられる。

「あ……や……イ……ッちゃ……う!!」

溺れるほどの快楽に、茜は必死で桂木の肩にしがみ付いた。

目の前が白く染まって、落ちると思った瞬間、桂木の力強い腕に背中を支えられた。

「くっ……茜……」

掠《かす》れた声で桂木が茜の名を呼んだ瞬間、二人は同時に果てた。

ずるりと抜け出されるときですら震えるほどに感じていた。

安っぽいホテルの部屋の中。二人の荒い息遣いが響く。互いの胸を合わせるように抱き合って、横になる。

汗に濡れた体を互いに離すことができない。触れ合った場所が酷《ひど》く熱かった。

息が上がって言葉にならないけれど、互いの瞳を見つめていれば言葉なんて必要ない気がした。今この瞬間の情欲に言葉なんて無意味だった。

息が乱れて酷く苦しいのに、桂木の唇が恋しくなる。キスがしたいと思った。ほんのわずかに首を動かせば触れられる距離にある男の唇が恋しくて仕方ない。

荒い呼吸を繰り返す男の唇に引き寄せられるように、今度は自分から口づける。触れた唇は少しだけかさついていた。そのかさつきを舌でなぞると、すぐに絡められる。あっさりと主導権を奪われて、甘い喘《あえ》ぎがキスの合間に零《こぼ》れた。

燻《くすぶ》るような情動が二人を支配していた。抑え切れず茜は再びしどけなく足を開いて、桂木を受け入れる。

『手加減は、なしだ……』と言った言葉通り、桂木は本当に容赦《ようしゃ》がなかった。

そのあとも、朝まで何度も何度も求められた。

何回したかなんて、記憶にない。

熱に浮かされ、求められるままに、ただ爛《ただ》れた時間を二人で過ごした。

与えられるキスに、熱に、茜はただ翻弄《ほんろう》され続けた。

＊＊＊

二ヶ月前のあの時。なんで、せっかく眠りにつこうとした猛獣をわざわざ起こした、自分。完全に酔っていたとしか思えない。

でも桂木が『その気がないならやめるか』と言って離れていこうとした時、どうしても我慢できなかった。

だから、離れていった桂木を挑発するような真似をした。

自慢じゃないが、二十九年の人生の中で、あんな風に男を挑発するような真似をしたことなんて、あとにも先にもない。

落ち込みどころが満載《まんさい》な出来事を思い出し、さらにどん底な気分になる。

そもそも普段の茜なら、一夜だけの関係なんて承知しなかった。そういうことを許容できる性格なら、いつまでも昔のトラウマを引きずって、五年も一人でなんていない。

本当にもうあの日の自分はどうかしていた。

きっと、大きな仕事の成功による興奮と、アルコール、何より桂木のキスに酔って、理性が働かなくなっていたのだろう。

だいたい桂木のキスは卑怯《ひきょう》だ。あんな極上で甘いキス。私は知らない。

一瞬で、忘れていたはずの女としての本能が目覚めさせられた。

なんであんなにキスが上手なんだ、あの男は！　あれさえなければ、一夜の過《あやま》ちなんて、馬鹿なことをせずに済んだ。

抱き締めていたクッションにぎゅうぎゅうと顔を押し付ける。

なんで、あの時、キスなんてしてきたのよ、桂木さん。

なんで、私を誘ったのだ。いつも喧嘩《けんか》ばかりしている私を。

……なんで！　なんでちゃんと避妊しなかった!!　桂木のバカヤロー!!

抱き締めていたクッションを、怒りにまかせて床に叩きつける。

底辺まで沈んでいたはずの気分は、桂木に対する怒りに変わって一気に沸点にまで達した。

いくら酔ってたとはいえ、大人としての最低限のマナーは守れ!!

そして自分！　いくら久しぶりのセックスで、わけがわからなくなっていたとはいえ、相手がゴムをつけてるかぐらい確認しろよ！　なんで中に出されたことに気づかなかった!!

茜は桂木を信用していた。その辺の馬鹿な男たちとは違っていると思っていた。だから、桂木に体を預《あず》けたのに。

ぜぇー。ぜぇー。

ひとしきり暴れて、肩で息をしながら、茜は床に叩きつけたクッションの上に倒れこむ。あのなんでもそつなくこなす桂木が、そんな危ない橋を渡るとは思えない。それだけ余裕がなかったということだろうか。

束の間、問題の夜を振り返って、それはないなと思う。あれだけ人を翻弄《ほんろう》してくれたのだ。余裕がなかったなんて言わせない。だったらどうしてと思わずにいられないが、その疑問に答えてくれる男はここにはいない。

また溜息が零《こぼ》れる。

わかってる。桂木に責任を転嫁《てんか》しても、どうしようもない。

お互い、いい大人だ。酔っていたとはいっても合意の上での行為。つまり、責任はイーブン。でも、こうしてリスクを負《お》うのはいつだって女なのだ。それだけで、女として生まれてきたことが不公平に思えてくる。

産むにしろ、産まないにしろ、このことはきっと茜の今後の人生を大きく変えるだろう。

茜の選択次第では、一つの命が生まれてくる前にこの世から消える。

そう思うと怖くて仕方なかった。縋《すが》る思いで形が変わるほどにクッションを抱き締める。

女としての崖《がけ》っぷちの二十九歳の誕生日。茜は人生最大の岐路《きろ》に立たされた。

本当にどうするよ、私?

考えても答えなんて出ない。

とりあえず、今日はもう寝よう。明日も仕事だ。

こんなところで妊娠検査薬と睨《にら》めっこしても、クッション相手に百面相《ひゃくめんそう》していても、事態は何も変わらない。茜はのろのろと起き上がり、ベッドの上に倒れこんで瞼《まぶた》を閉じる。

これが夢なら……。ありえないと思っていても、そう願ってしまった。

もう男の人に振り回されるのはうんざりなのに……

＊　＊　＊

五年前、茜には結婚を約束した恋人がいた。

相手は大学時代から付き合っていた岡野孝明《おかのたかあき》。茜が所属していた英語サークルの二つ年上の先輩だ。

サークルの副部長だった孝明は、茜を含めた新入生に、単位の取り方から、教授たちの特徴まで教えてくれる面倒見の良い男だった。ただのサークルの先輩から、憧れの先輩になるまで、時間はかからなかった。

孝明に想いを寄せる女子は多かった。だから、大学に入って初めての夏休みに孝明から二人で出かけようと誘われた時のことは今でも鮮明に覚えている。

ドキドキしながら出かけた映画。

初めはうまく話もできなかったが、その当時ヒットしていたアクション映画の面白さに緊張を忘れ、かなり話が弾んだ。そして、二度目のデートの約束をして、別れる。

夏休み中、何度か孝明とデートを重ね、徐々に彼と二人で過ごすことに慣れていった。

夏休み最後のデート。二人で海辺にドライブに行った帰りのこと。

『……好きだ。付き合ってほしい』

そう告白された時には、茜は孝明のことが大好きになっていた。

だから、その告白に頷《うなず》いた。

付き合い始めは、サークル仲間に散々からかわれたが、孝明の人柄のためか、茜に対するやっかみはほとんどなかった。

勝気な茜と穏《おだ》やかな孝明。性格は反対だったけど、それが良かったのか、二人の相性は良かった。互いの足りないものを補い合えるような関係だと思っていた。

孝明と一緒にいる時が、一番自分らしくいられた気がした。時々、喧嘩《けんか》をしながらも、茜と孝明は順調に付き合いを続け、二人の関係は社会人になっても変わらなかった。

そして、付き合い始めて五年目の夏。茜は孝明にプロポーズされた。

就職したばかりで、仕事が楽しくなってきたころだったから、正直そのプロポーズには困惑した。

それに結婚なんてまだ早い……

そう俯《うつむ》く茜に、結婚しても仕事を続けてもいいと孝明は言ってくれた。それに『仕事を頑張る茜が好きだから、茜が安心して帰れる場所になりたいし、俺の帰る場所になってほしい』という孝明の言葉が嬉しくて、茜は孝明のプロポーズを受け入れたのだ。

幸せだった。

たぶん、今までの人生で一番、幸せな時だった。

歯車が狂いだしたのは、いつだったのだろう？

茜には七歳年下の妹がいる。

勝気な茜とは違って、人見知りで大人しかった満《みちる》。

子供の頃は、どこに行く時もいつも茜の後ろをついて回るような子だった。それは満が高校生になっても変わらず、茜が就職して一人暮らしを始めてからも、よく一緒に買い物に行ったり、茜の部屋に遊びに来たりしていた。

茜は年の離れた妹が、かわいかった。

近所でも評判の仲良し姉妹だった茜と満。

男兄弟の中で育った孝明は昔から妹が欲しかったらしく、満をかわいがり、三人で一緒に出掛けることも多かった。

人見知りな満も、孝明にはよく懐《なつ》いていた。

茜と孝明の結婚が決まった時、誰よりも祝福し、喜んでくれたのは満だった。それなのに……

何が、いけなかったのだろう？

いくら考えてもわからない。

自分の幸せに酔って、満の苦悩を見逃したから？

プロポーズされたという現実に胡坐《あぐら》をかいて、孝明の変化に目をつぶったから？

今さら後悔しても、何も変わらない。いくつもあったはずの前兆を、仕事と結婚式の準備の忙しさを言い訳に、見なかったふりをしたのは茜だ。

前はよく三人で出かけていたのに、それを断るようになり、そして茜と孝明の結婚式が近づくにつれ、満はげっそりと痩《や》せ、笑わなくなった。

茜と一緒に結婚式の準備をしながらも、どこか上《うわ》の空だった孝明。

徐々に増えていく違和感に気づきながらも、あの頃の茜はマリッジ・ブルーだと自分に言い聞かせて、現実から目を逸《そ》らしていた。

結果から言えば、茜は大好きで大切だった二人に裏切られた。それも最低最悪な形で。

まだ高校生だった満が、孝明の子を妊娠していた。


それを知ったのは結婚式の三ヶ月前。

八月の酷《ひど》く暑かった、土曜日の夕暮れ。一人暮らしの部屋に差す西日がやけにまがまがしい赤をしていたのを覚えている。

満と孝明は二人揃《そろ》って現れた。なぜ、二人が一緒なのか疑問に思ったが、それよりも、しばらく見ない間にげっそりと痩せた満の姿に驚いた。

たぶん、十キロ近く落ちていたのではないだろうか。

もともと少しぽっちゃりめで、笑うとえくぼができるかわいかった顔が、まるで幽鬼《ゆうき》のように青白くなり頬がこけている。

そして、瞼《まぶた》は赤く腫《は》れていて、孝明に連れられてきた時、満はずっと泣いていた。

両親から最近、満の様子がおかしいとは聞いていたが、まさかここまでとは思わず、何か悪い病気なのかと心配した。両親が問いただしても、食欲がないのは茜の結婚式でかわいいドレスを着るためにダイエットしているせいだ、と言い張って本当のことを話してくれないから、一度話をしてほしいと言われていたのだ。

しかし、色々と忙しかった茜は、なかなか満と会う時間を作ることができなかった。痩《や》せ細った満が泣き続ける様子を見て、茜は会わずにいたことを酷《ひど》く後悔する。何があったのかと聞いても、満はただ泣き続けるばかりで、まともに答えてくれなかった。

このままでは埒《らち》が明《あ》かないと思い、満を連れてきた孝明なら何か事情を知っているのかと問おうとした時、突然孝明が土下座する。

何が起こったのかわからず、呆気《あっけ》にとられた茜に孝明が一言、言い放った。

『……すまん、茜。結婚を……結婚を取りやめたい……』

絞り出すように告げられた孝明の言葉に、茜は目を見開く。そして、その瞬間、満の嗚咽《おえつ》が激しくなった。

『……ど……う……い……うこと？』

事態が理解できずに、震える声で茜は聞いた。酷く憔悴《しょうすい》して泣きながらこの場にいる満と、突然結婚をやめたいと言い出した孝明。

嫌な予感がした。酷く嫌な予感が。

孝明がこの先に言うであろう言葉を聞きたくなかった。聞いてはいけない気がした。真夏なのに鳥肌が立つほどに寒くて仕方なくて、思わず自分で自分を抱き締める。聞きたくない。何も聞きたくないと思った。だけど。

『満が……満が妊娠している。俺の子だ……』

次に孝明が放った一言に、茜の世界は崩壊した。

目の前が黒く染まり、酷い耳鳴りがした。体がガタガタと震えて立っていられず、茜は思わずその場にへたり込む。

『ご……め……ひっく……な……い……。お……ね……ちゃ……ご……め……な……い』

『違う……悪いのは俺なんだ。全部、俺なんだ……満を責めないでやってくれ……』

泣きながら謝り続ける満と、それを庇《かば》う自分の婚約者。

悪夢だと思いたかった。何もかもが悪夢だと思いたかった。

しかし、すべては現実。

それから、茜は自分がどうしたのかあまり覚えていない。泣きながら孝明と満を罵《ののし》った気もするし、茫然《ぼうぜん》と座り込んでいた気もする。

ただ、憔悴《しょうすい》しきって痩せ細った満をこのままにしておくわけにはいかず、孝明と二人で病院に連れて行ったことだけは覚えている。

そして、診察の結果、やっぱり満は妊娠していた。しかも、妊娠しているのに、食事もとれないほどにやつれてしまったために、子供は週数にしては育成状況が悪いという。満はそのまま入院することになった。手続きをしている間も満は、ずっと泣きながら茜に謝り続けていた。

そのあと、急遽《きゅうきょ》、両家の親を呼び出して、今後についての話し合いが行われた。その場でも、孝明は土下座して、悪いのは自分だと言い続けたと記憶している。茜の父親に殴《なぐ》られても、自分の母親に罵《ののし》られても、一切反論することなく謝罪し続け、満との結婚を望んだ。

周りにどんなに責められ、非難されても孝明の決心は変わらず、彼は満を庇《かば》い続ける。そして、それは満も同じだった。

あの泣き虫で、大人しかった満が、周りの非難に耐え、孝明は悪くないと言い続けたのだ。

互いを庇い合う二人を、茜はどこか他人事のように眺めていた。

たぶん感情が麻痺《まひ》していて、何も考えられなかったのだろう。

いつから、二人がそんな関係だったのか、どうしてこんなことになったのかわからない。聞きたくもなかったし、知りたくもない。

孝明は一切言い訳をせず、ただ、茜に謝罪し続けた。

真面目で優しく、嘘がつけない孝明が好きだった。

だけど、こんなことになっても言い訳一つせず、満を守ろうとする孝明が恨《うら》めしい。

そして、そのことに、茜は孝明の覚悟を感じた。茜の知る孝明は、穏《おだ》やかさの中に一本筋の通った強さを持った人間だった。一度こうと決めたら、それをやりぬくためにはどんな努力も惜《お》しまない。

誠実で優しくて、人を傷つけることを嫌悪していた孝明。

その孝明が、周囲の人間を、茜を傷つけても、満との結婚を決めたのだ。

もうだめだと思った。

茜一人がどんなに嫌だと泣き喚《わめ》いたところで、きっと孝明の決意は変わらない。それがわかった瞬間、茜はすべてを諦めた。

茜が孝明との婚約破棄に同意したことで、修羅場《しゅらば》と化していた両家の話し合いは、一応の収束を迎える。実際は、満と子供のことがあり、揉めている時間がなかったというのが正しいのかもしれない。けじめとして、茜には婚約破棄の代償として孝明から慰謝料が支払われ、長く続いた春は終わりを告げた。

その年の暮れ、満は無事に元気な男の子を出産し、孝明と結婚した。

あれから、五年。まるで嫌な現実から逃げるように茜は仕事に没頭《ぼっとう》し、すべてを忘れることを選んだ。

おかげで、仕事ではある程度の成功を収めることができた。

この先も仕事一筋でずっと一人で生きていこう。

誰よりも身近で、誰よりも大切だった二人の裏切りは、茜の心をぼろぼろに傷つけ、恋や愛に対して酷《ひど》く臆病《おくびょう》にした。

孝明と別れたあと、誰とも付き合わなかったわけではない。

荒《すさ》んだ気持ちのまま、夜の街で馬鹿な真似をしていた時期もあったが、節操《せっそう》なく誰とでも寝られるような性格ではなかったから、すぐにばかばかしくなってやめた。

この人なら好きになれるだろうか、と思える人もいたが、また裏切られるのではないかという思いに駆られ、どうしても最後の一歩が踏み出せない。

もう傷付くのが怖かった。また誰かを好きになって裏切られるのが酷く怖かった。

一度味わった苦い経験と喪失感は、茜の中に根深いトラウマを植え付けていたのだ。

だから、もう二度と誰かと深く関わるつもりなんてなかったのに。

＊　＊　＊

どんなに嫌なことがあって、朝なんて来なければいいと思っても、茜の意思など無視して、朝はやってくる。

目覚ましなんてなくても、長年の習慣で六時になったら嫌でも目が覚める。寝不足で頭がぼんやりとしていた。まだ温かい布団から出るのが億劫《おっくう》な冬の朝。寒さに震えながらヒーターの電源を入れる。

当たり前だけど朝起きても、やっぱり現実は何一つ変わっていなかった。ガラステーブルの上に放置したままの妊娠検査薬は、変わらずに陽性《ようせい》反応を示していて、現実を茜に知らしめた。

昨日の夜から癖《くせ》になっている溜息が零《こぼ》れる。

とりあえず出勤準備をするために、茜は重い体を引きずって洗面所に向かう。

「ひっどい顔」

鏡の中に映る自分の顔に、思わず笑い出したくなる。寝不足で目の下にうっすらと浮かんだ隈《くま》に、むくんだ顔。鏡の中では疲れた顔をした女が乾いた笑みを浮かべていた。

もう自分は若くないと自覚する。二十代の前半は、多少夜更《よふ》かししても、平気だった。こんな風に隈が浮かぶことも、顔がむくむこともなかったと思う。最近は肌も張りがなくなり、寝不足だと化粧ののりが悪くなった。

それも仕方ないかと思う。今日でもう二十九歳。色々と努力はしているが、衰《おとろ》えていくものがあるのは仕方ない。若いころの肌の張りを取り戻せないのなら、それに合わせて化粧の仕方を変えるだけと開き直ってやる。

ばしゃん!!

鏡の中で不景気な顔をしている女の顔に、水をぶっかけて気持ちを切り替える。

子どものことは、今、悩んだところで結論なんて出ないに決まってる。だったら、出勤前のこの忙しい時間に悩むのは時間の無駄だ。

今日も、仕事は詰まっている。立ち止まってる時間なんて茜にはない。

今週、早く仕事を切り上げられる日に、産婦人科に行ってちゃんと診察を受けようと決める。

考えるのはそれからでも、遅くないはずだ。

気持ちを引き締めるために、わざと冷たい水でバシャバシャと顔を洗う。

残っていた眠気とだるさがふき飛ぶ気がした。

それからいつもの手順で簡単に朝食を食べ、経済面を中心にじっくりと新聞に目を通し、化粧をして、スーツを身にまとった。

その頃には、平常心が戻ってきている気がした。

部屋を出る前に鏡で確認したら、いつもの強気な営業ウーマンの顔をしていた。そのことに茜は少しだけほっとした。

普段通り始業時間の三十分前に会社に着くように家を出る。朝の拷問《ごうもん》のような満員電車には辟易《へきえき》するが、社会人になって七年以上経《た》つと慣れたもの。近づく副都心の光景を電車の窓から眺めながら、会社の最寄駅で降りる。

そこにあるのは普段と変わらない風景だった。

出社するとロッカールームに寄り、営業二課の自分のデスクに向かう。

「おはようございます」

「……おはようございます」

「おはよう！」

途中、同僚たちと朝の挨拶を交わす。昨日片付けて帰ったはずのデスクの上にはもういくつもの書類やメモが置いてある。

鞄を机の中にしまうと、仕事の優先順位を考えながら、パソコンの電源を入れてメールのチェックを行う。

途中、ちらりと斜め前の桂木の席を見るが、その席はここ二週間空席のまま。

茜の人生最大の悩み事の原因を作ってくれた男は現在、次回プロジェクトの市場調査のために、遠い中国の空の下にいる。

帰国は三日後の予定。それが今の茜にとっていいことなのか、悪いことなのかわからず、複雑な心境に駆られた。

桂木に相談するべきなのか。

あれは酔った勢いの一夜の過《あやま》ち。それで妊娠したから責任とって結婚しろなんて言うつもりは、さらさらない。だけど桂木が何を思って、あの夜に茜を抱いたのかわからないから、どうすればいいのかわからない。

互いに大きな仕事の成功と、酒に酔って興奮していた。それだけのこと。

そこに感情はなかったはずだ。あの夜のあとも、桂木は何一つ変わらなかった。いつもどおり淡々と仕事をこなし、茜に対する態度も普段通り。あの夜のことを匂わせることは何一つなかった。

茜はそのことに大きな安堵《あんど》とほんの少しの落胆《らくたん》を覚えた。

別に態度を変えていてほしいなんて、思っているわけじゃなかった。むしろ、変わらないでいてくれてありがたかったのだが……

また、溜息が出そうになるが、寸前でこらえる。

だめだ。今は仕事に集中しよう。仕事に集中していれば、余計なことを考えなくて済む。

「おはようございます！　茜先輩！」

そして、茜が午前中の打ち合わせの資料の用意をしていると、ハイテンションな声が聞こえた。隣のデスクの三歳年下の後輩、間山康貴《まやまこうき》が出勤してきたのだ。

「茜先輩！　大変です！　スクープです！　営業二課の一大事です！」

席に着くなり、いきなり椅子を近づけてきて話しかけてくる間山は、茜が教育係を務めた後輩。仕事はそこそこできるのに、それよりも社内の噂話《うわさ》を収集するのが趣味という困った性格をしている。

間山の握っている情報は多岐《たき》にわたっていて、使い方次第では、社内の勢力図が一変する可能性がある。本人は情報を収集するだけして、それを生かすことに興味はないらしい。その情熱の十分の一でも仕事に回してくれと、茜は思わずにはいられない。

「おはよう。朝から一体何？　くだらない話に付き合うつもりはないわよ」

朝から妙にテンションの高い間山に頭痛を覚えながら、近づいてくる彼の顔を思いっきり押しのける。

「いてっ。酷《ひど》いな茜先輩。本当に一大事だから、いの一番に先輩に報告しようと思ったのに。今回は本当に特ダネなんですよ！　しかもうちの営業二課にとっても、一大事です!!」

「はいはい。で、何？」

この調子では間山は一度話を聞かない限り落ち着かないだろう。茜は溜息をついて聞いてやることにした。その言葉に、間山の目がきらきらと輝きだす。

ゴシップ収集に命をかける二十六歳男子ってどうよ？　頭を抱えたくなる。

せっかく押しのけたのに、間山はまたぐっと近づいてきて小声で話し出す。

「桂木課長が」

その名前を聞いただけで心が動く。

「桂木課長が、結婚するらしいんですよ！　しかも、相手は次期支社長と評判の鳥飼《とりかい》部長の二十二歳のお嬢さん!!」

間山の衝撃発言に、思わず桂木の席を見た。無言のまま二、三秒桂木の席を凝視して、無言のままゆっくりと視線を元に戻す。

目の前には、瞳をきらきらと輝かせた間山の顔。ほめてほめて、と犬だったら尻尾《しっぽ》をぶんぶんと振っていそうな表情だ。

茜はふいに、すぐ傍にあった間山の額《ひたい》を手の平で思いっきりはたいた。

「間山！　近い！」

「っいでー!!」

「……茜先輩！　何するんですか!?　せっかく特ダネを教えてあげたのに!!」

情けない叫び声を上げながら、間山が額を押さえて後ずさる。

「誰も頼んでない!!　それに桂木さんの結婚のどこが、うちの課の一大事なのよ？　あの人もいい年なんだから、そんな話の一つや二つあってもおかしくないでしょう！」

痛みに叫ぶ間山を怒鳴りつけ、それからしみじみと呟《つぶや》く。

「まぁ、あの人がそういう社内政治に興味があったことには驚きだけどね」

あの男、そんなもんに興味があったのか？

桂木の結婚より、ある意味そっちの方が衝撃だった。

完全実力主義であるこの会社では、縁故での出世などありえない。けれど、派閥《はばつ》ができ上がるのはある程度は仕方がない。実際、次期日本支社長を巡って、企画開発部の鳥飼部長と人事部の的場《まとば》部長が競い合っているのは、社内では公然の秘密である。

桂木は実力でのし上がっていくタイプだと思っていた。誰かの下について出世を考えるような人間とは思えない。

普段の桂木は、社内の勢力図なんて興味がないと言わんばかりに、実に淡々と自分の仕事をこなしている。

だから、桂木が鳥飼部長のお嬢さんと結婚して、その傘下《さんか》に入ると決めたのは意外だった。

だいたい、あの男は誰かの下について、大人しくいいなりになるような男じゃない。下手に首輪をつけようとしたら、噛みつかれるだろう。

諸刃《もろは》の剣《つるぎ》になりかねない男を、よくも抱《かか》え込む気になったなと、ある意味、鳥飼部長には感心する。

「ですよね！　ですよね！　あの中立派の桂木課長が、ついに鳥飼部長の傘下に入ることにしたんですよ！　これをスクープと言わず、何をスクープと言うんですか！　営業二課の一大事でしょ!!」

間山は懲《こ》りずに、また近づいてくる。

茜は間山の目の前に手を突き出してそれを制する。茜の手のひらを見て、先ほどの額《ひたい》への衝撃を思い出したのか、間山が少しだけ後ろに下がった。

茜は周囲には聞こえないように小声で問いかける。

「確かにスクープだけど、どこが営業二課の一大事なのよ？　たとえ、あの人が鳥飼部長のお嬢様と結婚したとしても、あの人はそれを仕事に持ち込むような人じゃないでしょ！」

茜の言葉に納得したのか、間山はポンと膝《ひざ》でも打ちそうな表情で頷《うなず》いた。

それを呆《あき》れ交じりに見つめ、茜は自分の仕事に戻ろうとデスクに向かう。

まぁ、ある意味、桂木の結婚は茜にとっては一大事であるが。

今年の誕生日は厄日なの？

なんでこうも頭が痛くなるようなことが立て続けに起こるのだ。

頭を抱《かか》えて、溜息をつきたくなる。

ただでさえ、妊娠などという一人で抱えるには重すぎる事実が発覚したばかりなのに。

相手の男が、自分とは別の女と結婚するなんて。

一体、私にどうしろと？

あの桂木が結婚を決めたということは、派閥《はばつ》など関係なくそのお嬢さんに惹《ひ》かれたということだろう。

だったら、なんであの夜、桂木は自分を抱いたのだ？　やっぱり桂木も相当酔っていたということか？

思わず自分のまだぺったんこのお腹を見つめる。

どうするよ？　本当に。

物思いに耽《ふけ》りそうになった時、いつのまにか再び近づいてきた間山が話しかけてくる。

「茜先輩！　これはチャンスですよ！」

なぜか今まで以上に目をキラキラさせて興奮している様子だった。今度は一体なんだ。

「茜先輩が営業二課を、いやこの日本支社を乗っ取るチャンスですよ!!」

「はぁ～？」

間山の突拍子もない発言に、茜の物思いも吹き飛ぶ。

この後輩は、突然何を言い出すのだ？

唖然《あぜん》とする茜にかまわず、間山がまくしたてるように話し出す。

「もし桂木課長が鳥飼派につくのなら、社内勢力の均衡《きんこう》が一気に崩れて、的場派が潰れます。鳥飼派の天下になったら、茜先輩の出番です！　俺が持ってるゴシップを使えば、茜先輩が桂木課長をぎゃふんと言わせることも可能です！　もし、ゴシップがなければ、俺がいくらでも作り出しますから!!」

　なんだかとっても不穏な言葉が混じっている間山の言葉に、眉間に皺《しわ》が寄る。

　こいつ、自分が持ってる情報がどんなもんなのか、一応の自覚はあったのね。そして、それの使い道もわかっていたのか。集めることだけに、命をかけているのかと思ってた。

「茜先輩のためなら、協力は惜《お》しみませんよ！　だから俺と茜先輩で日本支社を乗っ取りましょう!!」

　妙な熱のこもった言葉とともに、間山は茜の両手を握る。

　間山の勢いについ妄想が膨《ふく》らむ。桂木と鳥飼部長、的場部長を踏みつけに高笑いして、支社長室にいる自分と、その背後で忠犬のように尻尾《しっぽ》を振っている間山。

　いいかもしれないと考えて、ハッと我に返る。

　違う、違う。今のなし!!　私が欲しいのは実力で積み上げたキャリアであって、後ろ暗い陰謀《いんぼう》の果ての権力じゃない。

　ぶるぶると首を振って、おかしな妄想と同時に間山の手を振り払う。

「馬鹿なことばかり言ってないで、さっさと仕事しなさい!!」

　朝から余計な衝撃を与え妄想をさせてくれた間山を、半《なか》ば八つ当たりで怒鳴りつけ、その脳天に空手チョップをおみまいする。

「って――!!」

茜の容赦《ようしゃ》のない一撃に、間山が後ろにひっくり返って悶絶《もんぜつ》しているが、そんなものは放置だ。

あ~危なかった。間山の妙な熱意に引きずられて、危うくおかしな道を突き進むところだった。

もう一度頭を振って、今度こそ仕事に戻ろうとすると、向かいのデスクの同期の田中《たなか》健吾《けんご》と目が合う。

「なんだもう終わりか？　間山とのどつき漫才」

「どつき漫才なんてした記憶はないわよ」

にやにやと笑う田中に、茜は溜息をついて答える。

「ところで……」

田中が急に声を潜《ひそ》めて声をかけてきた。

「真崎が間山を使って、日本支社を乗っ取る気なら、俺も手を貸すぞ？」

にやりと笑う田中に、茜は酷《ひど》い眩暈《めまい》を覚えそうになる。

あんな話を本気でとる奴がいるなんて。

「そんな物騒なことをするつもりはないわよ。上に上がりたかったら、私は実力でのし上がるわよ」

「さっすが真崎。男前だね～。惚れそうだわ」

口笛でも吹きそうな口調で田中が言った。

「はいはい。ありがとう」

田中の軽口に茜が疲れた顔で答えると、彼は急に真顔になる。

「もし、桂木さんが縁故でのし上がろうなんてくだらないことをしたら、俺が叩きつぶしてやるよ」

そんな物騒な宣言はいりません。田中はやると言ったら本当にやる男だ。出世にも権力にも興味がないから普段は呑気《のんき》なものだが、この同期が本気になったら、どんな汚い手でも平気で使うだろう。

「桂木さんが結婚するっていうことは、それは相手のことを本気で思ってるってことでしょう。派閥《はばつ》なんて気にしてないわよ」

って、なんで私が桂木さんを庇《かば》わないといけないのだ！　そんな筋合いはこれっぽっちもない。むしろ、桂木さんを叩きつぶしたいのは私だ!!　なんか、人に手を出しておいて、自分は派閥のボスの娘と結婚ってどういうことだ!!

ものすごいむかついてきた。

間山からもたらされた衝撃のスクープと余計な妄想で麻痺《まひ》していた感情が動き出す。

あの鉄仮面男、どうしてくれようか。

「それもそうだな。だが、おまえはそれでいいのか？　桂木さんが本当に結婚しても？」

怒りに燃えていた茜は、田中の問いかけにぎくりとした。

「どういう意味？」

まさか、知っているのだろうか？　桂木と自分の事を。そんなはずはないと思うが、何もかも見透かしているような田中に、内心の動揺を悟《さと》られないよう、営業で鍛《きた》え上げた作り笑いで答える。

「わからなければいい。もう始業時間を過ぎている。いい加減仕事するか」

追及されなくてホッとしたが、田中には何もかもばれている気がして、なんだか落ち着かない。

疲れた溜息をつきながら、茜は中断していたメールチェックに戻る。その中に、今、最も茜を悩ませ、腹立たせている男からのメールを発見する。

今は遠い中国の空の下にいる鉄仮面男の無駄に端整な顔を思い出しつつ、仕事の指示だけが書かれたメールの文面を睨《にら》み付ける。

確かにあれは酔った勢いの一夜の過《あやま》ちだった。桂木とは付き合っているわけじゃない。

あのあとも桂木は何も変わらなかった。変わらないことを、茜も望んだ。

互いに合意の上だった以上、桂木の結婚を責めるのは筋違いだとわかってる。

それでも、今、このタイミングで発覚した桂木の結婚に腹が立つのは仕方ないと思いたい。

――しかし、よくも人のトラウマを踏みつけてくれたな！　二十二歳のお嬢様と政略結婚ってどういうことだ!!　本当に、この男とは合わない。とことん相性が悪いのだろう。

桂木の結婚が出世を狙ったただの政略結婚なら、自分は実力で桂木を超えてやる！　いつか絶対、仕事であの鉄仮面を引っぺがしてやる!!

一度地獄を見た女を舐めるなよ!!　と自分を鼓舞《こぶ》する一方で、もう桂木に妊娠を相談できないことに気づき、長い溜息が零《こぼ》れた。

本当に、どうするよ？

桂木の帰国まであと三日。

＊＊＊

妊娠の判明と桂木の結婚という波乱から始まった一日も、なんとか無事に終わろうとしていた。

長引いた商談のせいで肩が凝《こ》り、茜は首を回しながらロッカールームに向かう。

今日は本当に疲れた。やっぱ歳なのかな。今日で二十九歳。もう二十九なのか、まだ二十九なのか。

学生の頃、想像していた二十九歳の自分はもっと大人だと思っていたけど、実際はずいぶん想像とはかけ離れている。

溜息をつくたびに、心も体も重くなっていく気がするのは、やっぱり歳のせいなのか。

責任や立場がある分、昔よりどんどん身動きが取れなくなっていく。

仕事をしている間は忘れていられた現実が、一人になると重く圧《の》し掛《か》かる。

今朝、悩むのは病院で診察してもらってからにすると決めたはずなのに……

腹を立てていられるうちはよかった。だが、桂木の結婚という衝撃は、時間の経過とともにじわじわと茜にダメージを与えてきた。

桂木が結婚するというのなら、自分はどうすればいいのだろう？

無意識にまだ平たい自分の下腹部に触れる。

五年前の出来事と重なる状況に、気が滅入《めい》ってくる。

あの時とは立場が逆転しているが、あまりにも似た状況にどうしたらいいのかわからない。

満は、あの子は、あの時に何を思っていたのだろう？

孝明の子供を妊娠していたあの子は、自分に告白するまで、どんな葛藤《かっとう》を抱《かか》えていたあの時と何もかもが同じ状況ではないが、思わずそんなことを考えてしまうほど、今の茜は出口のない迷路の中にいる気分だった。

五年前の満と孝明は少なくとも愛し合っていた。でも、桂木と茜は違う。

二ヶ月前のあの時、茜と桂木の間に恋愛感情はなかった。二人を突き動かしていたのは、凶暴なまでに純粋な衝動だった。

普段は喧嘩《けんか》ばかりの上司の中に見つけた雄《おす》としての顔に、あの時、茜は強烈に惹《ひ》かれた。この男に触れてみたいと衝動のままに茜はその身を桂木に任せた。

あの時の桂木が何を考えていたのか、茜にはわからない。

婚約者がいるくせに、茜に手を出したというのなら、桂木もしょせんはただの男だったということか。

ただ、重ならないのだ。普段の茜が知る桂木と、不誠実な姿を見せた男の顔が。

茜だって、桂木のすべてを知ってるわけじゃない。知らないことの方が多いだろう。

それでも、五年以上、一緒に働いてきた。

その中で見てきた桂木は、婚約者がいるのに、浮気するような不誠実な男でも、出世のために政略結婚を考えるような男でもなかった。

茜とは合わない部分も多く、喧嘩なんて日常茶飯事《さはんじ》ではあったが、本気で嫌っているわけではない。

桂木の仕事に対する熱意や真剣さ、上司や部下に対する飾らない誠実さを知っているからこそ、茜は困惑せずにはいられない。

あの桂木が結婚を決めたということは、それだけ相手に対して真剣な思いを抱いているのだ。きっと、周囲の思惑なんて、気にもしていないだろう。

そっと触れる自分の下腹部は、やっぱりまだ平らで、ここに命が宿《やど》っている実感はほとんどない。それでも、ここには桂木と茜の子がいる。小さな命が育《はぐく》まれつつある。でも、この子の存在は、桂木の婚約者と桂木本人の幸せを破壊するものだ。

私には自分の幸せのために、誰かの幸せを壊すことなんてできない。

五年前のあの時みたいな思いをするのは自分だけで、十分だ。あんな、最低最悪な思いは。

衝動的な快楽を求めたツケを払うのは自分であって、決してまだ若い桂木の婚約者であってはならない。

それだけは、絶対に間違えてはいけない。

全く、桂木はなんだってこうも見事に茜のトラウマに触れてくるのか。

もう癖《くせ》になってしまった溜息が零《こぼ》れた。

「な～に、辛気臭《しんきくさ》い溜息ついてるのよ？　せっかくの誕生日でしょうが！」

後ろから声をかけられる。

驚いて振り向くと、同期の園田美紀《そのだみき》が艶《あで》やかな微笑みを浮かべて立っていた。さばさばした姉御肌の美紀とは入社した時から意気投合し、プライベートのことでもなんでも話し合える間柄だった。

女性社員の花形部署である秘書課に勤務するだけあって、美紀は美人だ。綺麗にまとめられた栗色の髪に、目鼻立ちのくっきりした顔立ちをした親友は、社内の男性陣の憧れの的《まと》だった。ただ、美紀には長く片思いをしている相手がいる。そのため、酷《ひど》くモテるくせに茜同様男の気配はなかった。

「……美紀。お疲れ」

「お疲れ。で、せっかくの誕生日にどうして辛気臭《しんきくさ》い溜息をついてたのよ?」

このもやもやを美紀に話してすっきりしたかったが、自分の中でも整理できないことを相談することはできそうになかった。

「ん～。午後の商談がちょっと長引いたからね。疲れてるのかも」

そう言い訳すると美紀はつかつかと歩み寄り、茜の顔を両手で挟み込んで覗《のぞ》き込んできた。

「ちょ、美紀！　何？」

「コンシーラで誤魔化してるけど、目の下に隈《くま》ができてるわよ？　顔色も悪いし、肌も荒れてる。目も軽く充血してるし、寝不足ね。悩みは仕事じゃないとみた」

あまりの鋭さに、なんと言えばいいのかわからなくなる。

今はまだ美紀にも言えない。

困っている茜を見て、美紀が妹を心配する姉のような表情で笑う。

「今は言いたくない類《たぐい》の悩み？　だったら、無理には聞かないわ。ただ、しけた顔して溜息つくのはやめなさい。幸せが逃げるわよ？」

大人な対応をしてくれる親友の態度に、ホッとする。何かあった時に親身に心配してくれる人がいることが嬉しかった。

「そうね」

「そうよ。だから、飲みに行こう？　せっかくの誕生日じゃない。お祝いしてあげる」

「って、美紀が飲みに行きたいだけじゃないの？」

美紀の言葉に茜は苦笑した。誕生日なんて、きっとただの口実だろう。この綺麗な親友は顔に似合わず酒豪《しゅごう》なのだ。

「そうとも言うわね。でも、茜の誕生日を祝う気持ちはあるわよ？」

「はいはい。ありがとう。っていうかその顔で大酒飲みってどうなのよ？」

「顔で酒を飲むわけじゃないもの！　今日は奢《おご》ってあげるから、美味しいお酒を飲みに行こ！」

うきうきとしながら腕を組んできた美紀に引っ張られるように、茜はロッカールームをあとにする。

一人で悩むよりはこの親友と憂《う》さ晴らしに行くほうが、有意義な時間を過ごせるだろう。

どんなに悩んでも、これぱっかりは簡単に答えは出せないし、出してはいけないと思った。


ロビーで田中と間山に出会い、四人でいつもの居酒屋で飲み始める。

「それでは茜の二十九歳の誕生日を祝って、かんぱーい!!」

「おめでとうございます!!」

「おめでと」

「ありがとう」

美紀が音頭《おんど》を取り、生ビールのジョッキ四つがカチンと音を立てる。

会社から徒歩で十分ほどの場所にあるこの居酒屋は、料理も酒もそこそこ美味しく、値段も財布に優しいため、入社した時から茜たちの行きつけになっていた。

それぞれ好きなものを頼み、近況など他愛ない話で盛り上がる。

「あれ？　茜、全然、飲んでないじゃない？　どうしたの？」

美紀が最初の一杯に口をつけただけの茜のジョッキに気づいて、声をかけてくる。

「明日も朝から、商談があるのよ。酒臭い息で行くわけにいかないからね。今日は我慢」

一応、妊娠中なのでお酒を飲むのはまずい。

「せっかくの誕生日なのに。それに今日は奢《おご》りよ？」

「ありがとう。気持ちだけで充分よ。その分、ご飯はしっかり食べさせてもらうわ」

笑いながら茜が言うと、美紀は「そう？」と言って、無理に酒を勧めてくることはなかった。

「そういえば、最近、鳥飼部長がやたらとご機嫌なんだけど、間山何か情報持ってる？」

美紀は秘書課勤務のため、様々な部署と繋《つな》がりを持っている。そんな彼女が突然思い出したように言った。美紀の言葉に、待ってましたとばかりに間山の瞳が輝き出した。

茜はせっかく忘れていた悩みを思い出してしまい、内心溜息をつく。

今日は、この話題から逃げることはできそうにない。

「よくぞ聞いてくれました、美紀さん！　聞いてください!!　この間山、とっておきの情報を掴んでるんですよ!!」

間山が、桂木が鳥飼部長のお嬢さんと結婚して、鳥飼部長の派閥《はばつ》に入るかもしれないという今朝の話題を喋り出す。

それを聞き流しながら、茜は目の前の酢豚に無言で箸《はし》を伸ばした。

「あの桂木さんが？　なんか意外。間山、それ本当なの？　ガセじゃなくて？　どう考えてもあの人、派閥《はばつ》とかに属するタイプじゃないでしょ？」

「本当ですよ！　なんでも三ヶ月前のとあるパーティーに参加していた鳥飼部長のお嬢さんが酔っ払いに絡まれていたのを、桂木さんが助けたらしいんですよ！　それでお嬢さんが桂木課長に一目惚れ！　あの人はどこの誰だろうと必死で調べたら、自分の父親が勤める会社の人間ってことで、これは運命とばかりに父親に桂木課長との縁談を進めてほしいとお願い。もともと桂木課長を自分の派閥に取り込みたかった鳥飼部長は、愛娘のお願いに一も二もなく了承して、桂木さんが中国出張に行く前にお見合いの場をセッティング。場所は二人が運命の出会いを果たしたパーティーが行われた春光《しゅんこう》ホテル！」

間山は水を得た魚のように身振り手振りを交えて話す。

本当にこいつはどこでこんな情報を仕入れてくるのやら。

間山がまるで見てきたように語るので、茜も思わず桂木の恋愛話に耳を傾《かたむ》ける。

中国出張前にお見合いしたのなら、あの時桂木に婚約者はいなかった。気持ちが少しだけ楽になる。

お嬢様と自分は、天秤《てんびん》にかけられたわけじゃないらしい。

だが、続く間山の話に茜の気持ちはさらに沈められる。

「ふーん。それで出世に目が眩《くら》んだ桂木さんが、そのお嬢様との結婚を了解したの？」

「そこ！　そこなんですよ！　美紀さん!!　実は桂木課長も三ヶ月前に助けた可憐《かれん》なコンパニオンに一目惚れしてたらしいんですよ！　嫌々付き合いで行ったお見合い現場に、そのコンパニオンがいた！　この機会は逃せないと、桂木課長も、このお見合いを了解!!　二人は運命の恋に向かって走りだした！」

「あら、それは素敵ね！　お嬢様と鉄仮面の運命の恋か～」

「う～。いいですよね！　可憐な美少女を悪漢《あっかん》から救う騎士!!　王道だ～！」

意外に乙女なところのある美紀が、目をキラキラさせて間山と盛り上がる。

運命の恋ね。だったら、なんで私に手を出したのだ？

もう会えないと思った運命の相手の身代わりにされたのか？

一瞬で運命を感じるほどに、そのお嬢様に一目惚れをしたのなら、私に手なんて出してんじゃないわよ。


桂木さんのバーカ。


ぽつりと胸のうちで呟《つぶや》く。

胸が痛む気がするのはきっと気のせい。

2

慌ただしく日々は過ぎ、気づけば金曜日を迎えていた。今日、桂木が長かった中国出張から帰ってくる。

正直、どんな顔をして桂木と会えばいいのかわからなかった。

病院にはまだ行ってない。正確に言えば行けなかった。

行く時間は作ろうと思えば作れたが、はっきりさせるのが怖かったのだ。

病院できちんと診察を受けて、妊娠を告げられてしまったら、もう逃げることはできない。そう思うと時間がないのはわかっていたが、勇気が出なかった。

うじうじと悩むのは性《しょう》に合わないのに、いつまでも決断を下せない自分が嫌になる。いっそのこと桂木にすべてを打ち明けて相談してみようかとも思った。

あの男なら、問答無用で中絶しろとか、自分の子供じゃないなんて言って責任逃れをすることはないだろう。認知なり、慰謝料なり、こちらが望んだ対応をしてくれることはわかってる。でも、それで傷付くのは茜ではなく、何も知らない桂木の婚約者だと思うと、できなかった。どんな結果になっても、きっと桂木たちの幸せを傷つけてしまう。

結局、最後に行き着くのはそこ。長い溜息が零《こぼ》れる。

仕事に行きたくないな。

社会人になってから、初めてそう思った。出勤するための準備の手も止まりそうになる。

本当にどんな顔で桂木さんと会えばいいのだ。

憂鬱《ゆううつ》な気持ちのまま出社する。溜息まじりに営業部のフロアにやってきた茜は、辺りが騒がしいことに気づき、びっくりして立ち止まる。

何、これ？　ていうか、誰、この子？

茜の視線の先にはとても不思議な光景が広がっていた。桂木のデスクにとてもかわいらしい少女がにこにこしながら座っていたのだ。

まだあどけなさを残している少女は抜けるような白い肌に、くりくりと大きな榛色《はしばみ》の瞳をしていた。ふっくらとした小さな淡い色の唇にふわふわとした胸元まである薄茶の髪。それをピンクのリボンで結び、小柄で華奢《きゃしゃ》な体を清楚《せいそ》な薄ピンクのシフォンワンピースで包んでいる。

にこにこと笑いながら、桂木のデスクを触っていなければ、本当に人形かと思ってしまうほどに愛らしい少女だった。突然現れた美少女に周囲も困惑中だ。少女はこちらの困惑など一切気にせずに、時々、桂木のデスクの私物を触りながら、うっとりと溜息を零《こぼ》している。

えーと。誰？　この子？

「おい、真崎。あの子は誰なんだ？」

「朝来たらもういたんだけど、誰なんですか？」

呆気《あっけ》に取られて立ち止まってる茜に、同僚たちが次々と背後から小声で話しかけてくるが、わかるはずがない。

こんな美少女に心当たりはない。新しい社員が派遣されてくるとも聞いてないし、どう見てもこの子はまだ未成年。

誰だ？　こんな美少女を連れ込んだのは？　警備員は一体何をしてたの？

本社がアメリカにあるこの会社は昨今のテロ対策に加え、スパイを警戒して入館に関しては厳しいチェックがある。

まぁ、この少女が爆弾テロ犯とか、スパイには見えないが。

夢見るようにうっとりとしている少女は、まるでモデルみたいにかわいい。だが、それだけに少女の姿は、こんな始業前のオフィスの中では異質に映った。

「いや、ちょっと。私にもわかりません」

後ろを振り向き、首を傾《かし》げて困惑も露《あら》わに答える茜に、同僚たちが騒ぎ出す。

「真崎が知らないってことは、犯人は間山か？」

「いや、田中かもしれんぞ？」

「でも、なんでわざわざ桂木課長のデスクに、こんな大がかりないたずらをするんですか？」

「こんな馬鹿なことをするのは間山じゃないですか!?」

「それを言うなら田中さんも、何をしでかすかわかりませんよ！」

普段、間山と田中が皆にどんな目で見られているかがよくわかる会話だった。断じて、私はあのっていうか、なぜ、私があの二人と同類のように語られるのだ！　断じて、私はあの二人みたいに意味不明なことはしない!!

「おはようございまーす！　皆さん、こんなところで何してるんすか？」

ちょうどそこに間山の呑気《のんき》な声が響いて、茜を含めた皆がいっせいに声のした方を振り向く。

一気に皆の注目が集まり、間山は戸惑《とまど》っている。事態を把握《はあく》できていない間山を茜は取っ捕まえた。

「わ！　茜先輩！　ちょ、何するんすか!?　俺は、今日はまだ何もしてませんよ!!」

まだってなんだ！　まだって!!　やっぱり、何か企《たくら》んでるのか？

「じゃあアレは何よ？」

ビシッと茜がメルヘン少女を指さして問うと、茜の指先に視線をやった間山の顔が呆気に取られたように固まった。

「へ？　誰ですかあの子？」

数秒間、固まっていた間山が振り返って、茜に尋ねる。

「って、これあんたの仕込みじゃないの？」

「いやいや！　知りませんよ！　あんな美少女!!」

ぶんぶんと首を振りながら間山が叫んだ。

本当に間山も心当たりがないようだ。

「俺でもないぞ」

茜の心を読んだように背後から田中の声がした。

振り向くと、不機嫌な顔をした田中が茜と間山のすぐ後ろに立っていた。

「あんた達じゃないとしたら、一体誰がこんなわけわかんないことするのよ？」

「知らん！」

「知りませんよ!!」

茜の問いに二人がユニゾンで答えた。

それを聞いて周囲も騒然とする。

「本当に、田中、おまえじゃないのか？」

「間山君！　白状するなら今よ！　真崎さんも今なら一発で許してくれるかもよ？」

「ちょっ、本当に知りませんよ！　俺は無実です!!」

「なんで俺が疑われるんですか？　間山ならともかく、俺はこんなくだらないことはしませんよ」

「田中さん！　どういう意味ですか？　俺だって知りませんよ——!!　茜先輩、なんとかしてください！」

皆に詰問《きつもん》された間山は茜に縋《すが》り付く。

「そうだ､真崎。このままじゃ仕事にならないから、あの子をなんとかしてくれないか？」

「二課にいるんだから、真崎、田中、間山、責任持ってどうにかしろ！」

間山の言葉に呼応するように同僚たちが、三人を美少女の方に押し出そうとする。抵抗もむなしく、少女の前に押し出される。

いや、なんとかって、一体どうしろと!?

思わず困惑したまま三人で顔を見合わせ、ほとんど同時に件《くだん》の少女に視線を向ける。

少女はこちらの騒ぎに全く関心を示すことなく、相変わらず桂木の席にちょこんと座り、夢見るような瞳で何かを考え込んでいる。

——どうするんだ、これ？

——どうしましょう、茜先輩!!

——なんで、私に聞くのよ？

三人で目だけで語り合うが、結論なんて出るわけがない。

とりあえず、なんでこんなところにいるのか話しかけてみるかと、茜は覚悟を決めて少女に近づいた。その時、低い美声がフロアに響く。

「こんなところで、皆何をしてるんだ？」

ざわついていた周囲がその声で静まったのがわかった。

ゆっくりとした歩みで近づいてきた背の高い男が、茜の横に立つ。

見上げると、漆黒《しっこく》の切れ長の瞳と目が合った。約半月ぶりに会う上司は、相変わらず隙なくスーツを着こなし、その端整な美貌に鉄仮面をつけていた。

「真崎、この騒ぎは何だ？　報告しろ」

いや、報告しろと言われても、自分でも何がなんだかわからないのだが。

「桂木さん。報告って――」

「政秀さん‼」

茜の言葉を遮《さえぎ》って、綺麗なソプラノが桂木の下の名前を大声で呼ぶ声があたりに響いた。ピンク色をした旋風《せんぷう》が桂木に向かって突進してくる。

「政秀さん‼　会いたかった――‼」

今までこっちがどんなに騒ごうが、我関せずと自分の世界に浸《ひた》っていた少女が、その大きな瞳をキラキラと輝かせ、桂木に勢いよく抱きついた。

桂木は飛びかかるように抱きついてきた少女を、無表情で危なげなく抱きとめる。少女はその頬を薔薇色《ばらいろ》に染め、「寂しかった」と言いながら嬉しげに桂木の胸に顔を埋《うず》めた。

誰もが、その光景に呆気《あっけ》にとられている。

え？　犯人は桂木さん？　ていうか、今、どんな状況？

フロアが水を打ったようにシンと静まり返った。オフィスに突然現れた美少女にも驚いたが、今度は映画のワンシーンのような美少女と美形のラブシーンに、誰もが固まった。

一人冷静な桂木は皆が注目するなか、自分に抱きついている謎の美少女を引きはがす。

そして「君は誰だ？　ここで何している？」と誰も聞けなかった問いを冷静な口調で尋ねる。少女は桂木から引き離されたことにちょっと不満そうな顔をしたあと、桂木の問いに答えた。

「もーやだ！　政秀さんたら、照れちゃって!!　でも、そんな冗談を言う政秀さんも素敵!!　きゃっ!!」

少女は語尾にハートマークが三つはついていそうな甘い声でそう言うと、桂木にますますしがみ付く。いまだかつて、この鉄仮面上司を相手にこんな行動をとった強者《つわもの》はいない。

言葉が通じているのかと心配になるほどの少女の行動に、さすがの桂木も右眉を上げた。

少女は蕩《とろ》けるような笑顔で、皆を混乱の坩堝《るつぼ》に落とし入れる衝撃の一言を放った。

「私はあなたの婚約者の鳥飼香《とりかいかおり》ですわ！」

一拍後、オフィスに皆の驚愕《きょうがく》の声が響き渡った。

「「「ええええ――!!」」」

美少女もとい鳥飼香嬢が落とした爆弾発言は、営業部フロアを混乱に叩き落とした。

桂木の婚約を知っていた茜たちでさえ、彼女の存在に驚愕した。

騒然とする中で、茜は呆気《あっけ》に取られたまま香を見ていた。

まさか、こんな子だったなんて。

リボンやレースのフリルが似合うとびっきりの美少女。あと数年もすれば、絶世の美女になること間違いなし。将来性に大いに期待できそうな彼女だが、今はまだ幼さが際立っていた。茜とは何もかもが正反対のかわいらしい女の子。

桂木はこういうタイプが好きだったのか……

「ロリコン？」

ついそう呟《つぶや》くと、斜め上から物すごく冷たい視線の圧力を感じた。

香から視線を外して何気なく顔を上げると、普段はほとんど感情を表に出すことのない桂木が、珍しく不機嫌オーラ全開でこちらを見下ろしていた。

怖っ!!

百九十センチ近い長身と人並み外れた美貌の男から、鋭い目つきで見下ろされると、見慣れているはずの茜でさえ、思わずびくりと身が竦《すく》む。

強すぎる眼差しに、桂木から目を離せなくなる。一瞬ロリコン発言が気にいらないのかと思ったが、そうではない気がした。

睨《にら》み付けられていたのはたぶん、数秒にも満たない時間だったけれど、『なぜ、それを茜が言うのか』と、まるで責められているように感じて戸惑《とまど》う。

「もう！　政秀さんったら、香と二人でいる時に、どこを見てるんですの？」

香が不満そうに頬を膨《ふく》らませて桂木の腕を揺らした。桂木の威圧的な眼差しが香に向けられる。

けれど、香は桂木の不機嫌な様子もなんのその、彼の視線が自分に注《そそ》がれたことに満足したのかにっこりと笑った。

その様子を見て、よくあんな不機嫌顔の鉄仮面に見下ろされて笑えるなと、茜は香の心臓の強さに感心した。さすが、桂木の婚約者と言うところか。不機嫌な美形とご機嫌な美少女の組み合わせは、ある意味お似合いと言えばお似合いだったが、どう見ても……

「……ロリコン」」

茜の背後で田中と間山が声を揃《そろ》えて呟いた。

だよね。その意見には皆賛成でしょ。

営業部フロアにいたほぼ全員が、今まで浮いた噂《うわさ》のなかった鉄仮面上司の意外すぎる女性の趣味に何も言えずにいた。特に女性社員たちは顔面蒼白《がんめんそうはく》で、香を凝視している。

茜も、人生最大の悩みの原因だった桂木の意外すぎる婚約者に、物思いが吹き飛んでいた。

「香と一緒にいる時は、香以外見ちゃ嫌です!!」

皆の注目を集める中、香は少しだけ真面目な顔をして、まるで幼い子供を叱《しか》るようにメッと桂木の瞳を覗《のぞ》き込んでいる。

おいおい。そういう話は二人っきりの時にしてくれ。

ツッコミどころが満載《まんさい》の香の発言に、茜の思考がようやく戻ってくる。

朝っぱらから、二人の世界を作らないでよ。桂木さんってもっと常識のある人間だと思ってたわ。

二人を見つめる眼差しが胡乱《うろん》なものになってしまうのは仕方がない。

でも、改めて二人を見て、茜はおかしなことに気づく。どうも桂木が困っているように見えるのだ。

鉄仮面のこの上司が、自分に纏《まと》わり付く香を、眉間に皺《しわ》を寄せて見ている。婚約者の非常識な行動に困惑しているのかと思ったが、そうではなさそうだった。

ん？　そういえばさっき桂木さん、この子のこと知らないって言わなかったっけ？

茜が首を傾《かし》げた瞬間――

「悪いが、私には君と婚約した心当たりはないのだが」

桂木は自分の左腕に抱きついている香の腕を掴んで身を離した。桂木の発言に茜を含めた周囲が再びざわつく。

どういうこと？　この子は桂木さんの婚約者じゃないの？　だって、鳥飼っていうぐらいだから、この子鳥飼部長のお嬢さんでしょう？

「政秀さん？」

引き離された香が、不満そうに桂木の名を呼ぶ。

「誰と勘違いしているのかわからないが、私には君のような婚約者はいない」

先ほどよりもはっきりと桂木の美声が営業フロアに響く。

その瞬間、周囲にいた女性社員たちが息を吹き返すのを茜は見た。先ほどまでは、皆死にそうな顔で、桂木と香を見ていた。ところが桂木が婚約を否定した途端、女性たちの目に力が戻り、ぎらぎらと輝き出したのだ。そして、二人の会話を一言も聞き逃すまいといった様子で、じりじりと近寄ってきた。

なんか、怖いんですけど!!

普段は気さくな営業部の女性社員たちも恋敵《こいがたき》には容赦《ようしゃ》がないようで、自分にもまだチャンスがあるのかと、目を血走らせているのがわかった。その様子に桂木の人気の凄《すさ》まじさを見た気がした。

そんな女性陣の背後で、彼女たちの勢いに負けていた男性陣も、この騒動を興味深げに窺《うかが》っているのが、茜の位置から見えた。

茜たち営業二課のメンツと、すぐ傍にいる桂木と香。それを囲むようにして二人の様子を窺う営業部の社員たち。廊下には騒ぎを聞きつけたらしい他の部の社員たちもいる。桂木と香を中心として、妙な熱気を孕《はら》んだ空間ができ上がっていた。

桂木は実はロリコンなのか？　果たして二人の婚約は本当のことなのか？

婚約を否定した桂木に対して、このメルヘンな美少女はどう対応するのか？

誰もが香の次の言葉を、不安と期待と好奇心を丸出しにして見守った。

二人の関係次第で、茜の人生も、選択も変わる。今まで、間山が持ってきた情報が間違っていたことはない。だから、桂木の婚約も事実だと、茜は疑いもしなかった。

だけど、桂木と香の婚約が事実ではないとしたら、心が少しだけ楽になる。

鼓動が早鐘を打つ。茜も香の反応を息を詰めて待った。

「……ふふっ」

次の瞬間、香は笑った。婚約を否定された彼女は、その大きな瞳で桂木を見つめ、花が綻《ほころ》ぶように可憐《かれん》な笑みを浮かべた。桂木を慕《した》っていることを隠そうともしないこの少女は、先ほど公衆の面前で桂木に婚約を否定されたのだ。誰もが修羅場《しゅらば》を想像していた。だが――

「ふふ……そうでしたわね。久しぶりにお会いできたので興奮で忘れていましたわ。私たちはまだ正式に婚約はしていませんでしたわね！　私たちはまだできたてほやほやの恋人同士！　そういう律儀な政秀さんも好きですわ！」

香は頬を染めて体をくねらせながら、弾丸のように喋《しゃべ》り始めた。

「うふふ……ちゃんと知り合ってまだ一ヶ月ですものね。婚約なんて形にこだわらないで、恋人でいたいと思ってくれるなんて、香、感激ですわ!!　香も婚約なんてまだ早いと思っていましたの！　でも、お父様がこういうことは早いうちに形を整えた方がいいと言うものですから、香、つい先走ってしまいましたわ。でも、いずれは結婚するんですから、先に形だけ整えておくのもいいと思いますの。あ！　政秀さんが今すぐ結婚したいというのなら、香はいつでもお嫁に行く心の準備はできてますから大丈夫です！」

香はこの長台詞を息継ぎせずに言い切ると、胸の前で手を組み小首を傾《かし》げた。プロポーズを待って瞳を輝かせる。

社内は水を打ったように静まり返った。皆が目を点にして固まっている。さすがの桂木も目を瞠《みは》ってわずかに固まっていた。

「電波か？　この女」

静寂の中、ぼそりと田中が呟《つぶや》くのが聞こえた。

どうやら香と桂木の婚約は、たぶん、この子の思い込みに父親である鳥飼部長が暴走した結果だったのだろう。

「やはり誰かと勘違いをしてるようだ。申し訳ないが私は君のことなど知らないし、君と結婚するつもりもない。それに先ほどから君がいることで、業務に支障が出ている。即刻お引き取り願おうか」

ようやく我に返ったらしい桂木が、淡々といつもの無表情で香に言った。

桂木の言葉に、香は一瞬ぽかんとした表情を浮かべる。冷たい桂木の物言いに、今度こそ本当に修羅場《しゅらば》になるかと皆が覚悟したが、香は色々な意味でブッ飛んでいた。

「お父様が政秀さんは仕事もとても優秀だと言っていましたけど、本当だったのですね！　やっぱり今日、こちらに来てよかったですわ。真剣にお仕事に取り組む政秀さんを知ることができたんですもの。わかりました。妻としては夫の仕事の邪魔はできませんものね!!」

なんというか香は、茜の今までの人生で出会ったことのない人種だった。

ここ数日思い悩んでいた桂木の婚約者のとんでもない正体を知り、茜は何だか笑い出したくなった。たぶん、色々な緊張が緩《ゆる》んだのだろう。やばい。噴き出しそうだ。ていうか、笑いたい。この鉄仮面上司に突然降りかかった災難に同情はする、同情はするが……

ほんのちょっとだけ、桂木の今の状況を面白がってしまった。

たぶん、それがいけなかったのだろう。人の災難を笑うのはいけない。

茜は必死に笑いをこらえた。彼ら二人から目を離そうとしたその時、ふいに桂木の切れ長の瞳と目があう。茜はその瞳に不穏な光を見た気がして悪寒《おかん》が走った。

なんか、やばい！

本能的に危険を察知し逃げようとしたが、時既に遅し。桂木は長い腕で茜の腰を抱き寄せると、とんでもない爆弾を投下した。

「私には、彼女というれっきとした恋人がいる」

桂木の言葉によって、突然茜はこの災難に巻き込まれることが決定した。


ちょっと、待て――――!!


今！　今、何が起きた!?　ていうか、何が起きてる!?

この鉄仮面は、今、何を言いやがった!!

茜は驚愕《きょうがく》のあまり猫のようなアーモンドアイを見開き、すぐ傍にある桂木の端整な容貌を凝視した。頭の中はパニック状態だった。

なんで今、私は桂木さんにまるで恋人のように腰を抱き寄せられてるのだ？

なんで、こんな間近に桂木さんの無駄に端整な顔があるのだ？

そして、いつ！　誰が!!　この鉄仮面の恋人になったのだ!!　そんな事実はない!!

ついさっきまで、この鉄仮面上司に訪れた突然の災難を面白がっていたはずなのに、なぜ、それに自分が巻き込まれてるのかわからない。

とんでもない爆弾を投下してくれた桂木は、無表情のまま、目の前で固まっている香を見下ろしている。

周囲は、香が桂木の婚約者宣言をした時以上の混乱に陥《おちい》っていた。誰もが急展開した状況についていけずに目を白黒させている。それはそうだ。二人が恋愛関係にあるなんて、誰も想像していなかっただろう。

茜とて今、何が起こってるのかわからない。というか、わかりたくない。ただ、このままじゃまずいと、それだけはわかっていた。

なんとかこの場から逃げ出そうとジタバタともがくが、がっちりと腰に回された桂木の腕は外れそうにない。

この鉄仮面！　人を巻き込んでんじゃないわよ！　離せ――!!

茜がいくらもがいたところで、女の力で男の桂木の腕を解《ほど》けるわけがない。

「ちょ、ちょっと、桂木さん！」

バンバンと自分の腰を抱く桂木の腕を叩いて、離せと訴《うった》える。しかし完全にスルーされ、逆に背後から抱き込まれる。

傍《はた》から見れば、仲良く寄り添う恋人同士に見えるかもしれない。だが、茜的には捕獲された生贄《いけにえ》の心境だ。

冗談じゃないと助けを求めて、すぐ傍にいる間山と田中を見るが、二人とも固まっている。香との婚約否定に息を吹き返していた女性陣は、桂木の交際宣言に今度こそ石化しているし、男性陣はただ、目を白黒させている。少し考えれば、桂木が香を撃退するために茜を巻き込んだだけとわかりそうなものだが、先ほどからの急展開に、今冷静な判断を下せる人間はいない。

一人ぐらい、頼りになる奴はいないの!?

茜の心の叫びもむなしく、事態は進んでいく。

「彼女がいるから、私は君と付き合うつもりはないし、ましてや結婚する意志もない。早々にお引き取り願おうか」

うん、こら、待て!! 本当に待て!!

周りに助けは期待できない。これはもう自分でなんとかしないと。

失恋した香に逆恨《さかうら》みされて、父親が出てきたらどうしてくれる!

そうなったら、茜のキャリアが潰されるかもしれない。

簡単に潰されるような半端《はんぱ》な仕事をしてきたつもりはない。けれども万が一のことがある。

トップクラスの成績を残すために女を捨てて、頑張ってきたのだ。それこそ本当にこの鉄仮面の鼻を明かしてやろうと人の二倍も三倍も努力してきた。茜は桂木同様、己の実力のみでここまで来たのだ。

なのに、こんなくだらない理由で、派閥《はばつ》のボスに睨《にら》まれたくない！

「彼女がいるから、それがなんですの？」

茜が抗議の声を上げようとした瞬間、香が不思議そうな声を出す。出端《でばな》を挫《くじ》かれ、茜はぱくぱくと口を開閉させたが、結局声を発することができずに、人の抗議を邪魔してくれた香に視線を向ける。

目の前に香のかわいらしい顔がある。ほんの束の間、茜と香は見つめ合う。

何を言われたのかわからないと、榛色《はしばみ》の瞳が語っていた。

彼女の純真無垢《じゅんしんむく》な瞳に見つめられて、茜は妙な罪悪感を覚えた。一度だけとはいえ、茜は桂木と一線を越えた。しかも、その一度で茜は桂木の子どもを妊娠したのだ。

香が純粋に桂木を慕《した》っているのがわかるだけに、余計に茜の罪悪感は刺激された。

えーと。どうしよう？　この子を傷つけずに、事態を丸く収めるにはどうすればいいの？

やっぱり、ここは全力否定？　それとも？

茜は、この事態を収拾するための解決策を必死で考えた。しかし、香はやっぱり色々な意味でブッ飛んでいた。

香は茜から視線を逸《そ》らすと、桂木を見上げ、再びマシンガントークを炸裂《さくれつ》させた。

「彼女がいても、香は別にかまいませんわよ？　男の方は独身時代は遊ぶものですもの。別にそんな小さなことで香は怒りませんわ。政秀さんたら、正直者なんですから！　男の方の結婚前のおいたぐらい、香はちゃんと大目《おおめ》に見られますわ。夫の遊びくらい笑って許せるのが大和撫子《やまとなでしこ》ですものね！　結婚前にちゃんと清算してくだされば全然かまいませんわ。遊び相手をきちんと紹介してくれるなんて、政秀さんは誠実なんですね!!　それだけ香を大切にしてくださってるのでしょう？」

茜は目が点になった。それは桂木も同じだったと思う。

何をどう考えれば、結婚前の浮気相手を紹介することが誠実になるのだ？

そして香の視線が、再び茜に戻ってくる。

その視線は桂木に向けられていたかわいらしいものではなく、鋭く茜を品定めする女の視線だった。

がらりと香の雰囲気が変わる。今までの幼くかわいらしい雰囲気から一人の女になった。

茜への敵対心を隠そうともせずに、嫣然《えんぜん》と笑いながらこちらを見つめてくる香の変化に茜は愕然《がくぜん》とした。

いや、ちょっと変わりすぎでしょう⁉　何かものすごく怖いんですけど、この子‼

茜は背筋に冷たいものが走るのを感じた。自分よりかなり年下の少女に、気圧《けお》される。

「あなた、お名前は？」

香が茜を真っ直ぐに見つめながら尋ねてくる。その迫力に思わず茜は息を呑む。

周囲は水を打ったようにシンと静まり返っている。

「真崎です」

「そう、真崎さん。わかってると思いますけど、政秀さんはいずれ鳥飼の家に婿《むこ》に入って、香の旦那様になって頂く大事な方です。香が大学を卒業するまでは、あなたの存在も大目《おおめ》に見ますわ。男の方には独身時代はそういった経験も必要だと思いますし。でも、勘違いだけはなさらないでくださいね？　あなたは政秀さんのおいたの相手であって、妻になるのは香です。お役目が終わったら、それなりのお手当は差し上げますから、立場をわきまえたおつきあいをしてくださいい」

茜は桂木の腕の中で香に反論することも、桂木に抵抗することも忘れて、ただただ、呆気《あっけ》に取られていた。

二十九歳って女の厄年《やくどし》だっけ？　なんで誕生日を過ぎてからこうも厄介《やっかい》な事ばかり起こるのだ。

一体、私がどんな悪いことをしたんだと、茜は内心で呟《つぶや》いた。

だいたい、これもそれも全部、今、私を抱きかかえている鉄仮面のせいよね。

ふつふつとした怒りが茜の中に生まれる。

たまたま横にいたからって、よくも巻き込んでくれたわね。この鉄仮面、これで、本当に鳥飼部長がこの事態に乗り出して来たら、どうしてくれようか。

この事態が解決した暁《あかつき》には、どんな手を使っても絶対、この男を潰す!! と思った時、茜の災難の元凶である男がようやく動き出した。

せっかく茜を恋人に仕立て上げて、さっさと追い払おうとしたのに、香は全くこたえた様子はない。

言葉での説得をあきらめた桂木は、とうとう実力行使に出ることにしたらしい。

「田中!」

桂木がこの状況を完全に面白がっている田中の名を呼ぶ。

「はい」

「警備に連絡してくれ。これ以上いてもらったら、本当に業務に差し障《さわ》る。このお嬢さんを引き取ってもらえ!」

桂木の言葉に田中がにやりと笑いながら、内線電話を手に取る。

「電話しますけど本当にいいんですか? その子、鳥飼部長のお嬢さんでしょう?」

「だから、なんだ？　くだらないことを言ってないで、さっさと電話してくれ」

「りょーかい！」

田中がふざけた敬礼をしながら、警備室へ電話を入れた。

その間も香は周囲のざわめきもおかまいなしに、愛人の心得三十を茜に説《と》いている。

「鳥飼君」

桂木が香に呼びかける。その声に、香は再び恋する乙女に戻った。

その変わり身の早さには、もう感心するばかりだ。茜を威嚇していた面影《おもかげ》はどこにもない。

「なんですの？　政秀さん!!　鳥飼君なんて他人行儀ですわ！　香のことはカオリンって呼んでください」

この鉄仮面がカオリンとか言ったら、引くわ。

思わず腕に鳥肌が立つ。茜たちの周りを囲んでいた野次馬《やじうま》たちもザザッと身を引いたから、皆も同じことを思ったに違いない。

「もう始業時間をとっくに過ぎている。早く帰ってくれないか」

眉間に皺《しわ》を寄せた桂木が、疲れた溜息をつきながら言った。

「だから、香は愛人がいても怒りませんよ？　男の方のおいたぐらい、気にしませんわ!!」

香に日本語は通じないようだ。

いや、そこは気にしておこうよ、と突っ込みを入れたくなる。

そうこうしている間に、営業部のフロアに数名の警備員がやってくる。

「桂木課長！　お呼びですか？」

「こちらのお嬢さんが先ほどからここに居座って、業務を妨害している。帰っていただいてくれ」

桂木の言葉に警備員がこちらを見やり、一瞬呆気《あっけ》にとられたような顔をした。

まぁ、朝のオフィスに香のような美少女がいたら、誰だってびっくりするだろう。先ほど、自分たちも香の存在に驚いていたのだから、その気持ちはわかる。しかも、茜が桂木の腕の中に、いまだに捕獲された状態なのだ。

警備員から見たら、三角関係による修羅場《しゅらば》のように見えるだろう。茜は再び桂木の腕の中でもがいた。しかし、なぜか桂木は腕に力を込めて茜を離そうとしない。

「桂木さん!!　いい加減に離してください！」

「もう少し待て」

何を待てと!?　警備員を呼んだんだから、もう解放しやがれ!!　この鉄仮面!!

そう思ってジタバタと暴れるが、またしても茜の抗議は無視される。

「政秀さん？」

ようやく周囲に目を向けた香が、桂木の名を呼ぶ。

「帰りはあちらだ。警備の者が外まで送るからついていきなさい」

桂木はそう言うと、ようやく我に返ったらしい警備員に、香を連れて行くように指示を出す。

「なんですの⁉　あなたたちは‼」

ぷりぷり怒る香にかまうことなく、警備員は香を外に連れ出そうとする。警備員に誘導されながら、香は「政秀さん‼」と最後まで桂木の名前を呼んで抵抗し続けていた。

やがて、香は外へ連れ出され、香が起こした騒ぎは一応の終息を迎えた。気づけば騒ぎは営業部だけではなく、ほかの部署にも飛び火し、たくさんの野次馬《やじうま》が集まっていた。

その野次馬たちに、ずっと桂木に背後から抱き締められている状態を見られていたのかと思うと、茜は顔から火が出る思いだった。

「皆、騒がせてすまなかった。始業時間はとっくに過ぎている。早急に仕事を始めてくれ」

自分のペースを取り戻した桂木が、辺りにそう声を掛けた。

「真崎も巻き込んで悪かったな。仕事に戻ってくれ」と言い、ようやく茜は桂木の腕の中から解放された。

まるで何事もなかったような様子の桂木に腹が立つ。

平然と仕事を始めた桂木を睨《にら》み付けながら、茜はつかつかと彼のデスクの前に立つ。

「何だ、真崎？」

デスクの前に仁王《におう》立ちになった茜を、桂木が座ったまま見上げてくる。茜は額《ひたい》に青筋を立ててにっこりと微笑んだ。

「桂木さん。お話があるんですけど？」

営業二課名物の茜と桂木の舌戦《ぜっせん》の火ぶたが切って落とされようとしていた。

腹が立って仕方なかった。人を巻き込んでおいて、平然としている桂木に。

桂木に降りかかった災難を、面白がったのは悪かったと思う。だが人を巻き込んでおいてなんのフォローもないのはどうなんだ。

一歩間違えば、茜のキャリアが崩れてしまう。

この鉄仮面がそれをわかっていないはずがない。なのに、茜を巻き込んだ。一体、どういうつもりだ！

普段の桂木なら、気のない女性にいくら迫《せま》られても、上手くあしらっていたはずだ。

実際、桂木は今までも、社内で自分に秋波《しゅうは》を送る女性たちを、冷たい眼差し一つで退《しりぞ》けてきた。

たとえ、香が話の通じない非常識な女の子だったとしても、あんな形で茜を巻き込む必要はどこにもなかった。

やっぱり意味がわからない。

ただでさえ、ここ数日、桂木のせいで色々と思い悩んだのだ。

桂木の婚約話が香の思い込みによる暴走だとわかっても、茜の悩みのすべてが解決するわけじゃない。

いまだに実感はないが、茜が妊娠している事実は変わらない。

それだけで、今の茜はいっぱいいっぱいだというのに、香に目をつけられ、派閥《はばつ》のボスである父親が出てきたらと思うと頭が痛かった。

そのうえ、今の出来事で社内の桂木目当ての女子社員たちも敵に回した可能性がある。端整な顔立ちと、有望な将来性。そのうえ浮いた噂《うわさ》一つないこの鉄仮面を、狙っている女性社員たちは日々激しく火花を散らしているのだ。

茜が桂木の恋人だなんて噂が流れたら、どんなことになるか！

これ以上の厄介《やっかい》事は御免《ごめん》だ。

だが、そんな茜の悩みを桂木が知るわけがない。

それはわかっているが、感情をうまくコントロールできなかった。

桂木のデスクの前で仁王《におう》立ちをしたまま、茜は桂木を見下ろす。その普段と変わらない鉄仮面が、むかついた。

「急ぎか？　そうでなければ、あとにしてくれ」

普段通りに仕事をしながら桂木はそう言う。

急ぎだ！　私の人生にとっては!!

怒りに引きつりそうな顔を無理やり笑顔にして、桂木を見つめる。

「先ほどの一件、なぜ、私を巻き込んだんですか？　ご自分でなんとかできたでしょう！　私のキャリアを潰すつもりですか!?」

怒鳴ったら負け！　落ち着け、自分!!　そう思うのに、つい口調が強くなる。

たまたま、横にいたからなんて理由だったら、ただじゃおかないから!!

「確かに巻き込んだのは悪かった。だが、なぜ、それで真崎のキャリアが潰れることになるのか、理解できないな」

桂木は仕事の手を止めたが、相変わらずその表情からは感情が窺《うかが》えない。それが余計に茜の怒りを増長させる。

本気で言ってるのか、この鉄仮面は!!

「あの子、企画開発部の鳥飼部長のお嬢さんですよね？　今回のことであの子に逆恨《さかうら》みされて、部長が出てきたらどうしてくれるんですか!?」

我慢できずに声が大きくなってしまった。

営業部の面々がこちらを注目しているが、かまってはいられない。

「……意外だな。真崎が社内の派閥なんかに興味があったとは」

桂木の口調にはおかしそうな響きがあった。

このっ!!

「そんなもんに興味はありませんが、それとこれとは別でしょう!!」

面白がるような光を宿《やど》した桂木の切れ長の黒い瞳と、怒りに煌《きらめ》く茜の薄茶のアーモンドアイの視線がぶつかり合う。すると、なぜか桂木がふっと笑った。この鉄仮面にしては酷《ひど》く珍しい。

ベッドの上では表情の豊かな男だということは知っている。だが、職場で笑みを浮かべる桂木なんて、今まで一緒に働いてきて一度も見たことがなかった。

なのに今、その端整な顔に浮かんだ楽しげな表情に、茜は一瞬だけ怒りを忘れて目を奪われた。それはこちらに注目していた営業部の面々も一緒。茜の背後から、女性陣のほぉ～という溜息が聞こえてきた。

って、見惚《みと》れてる場合じゃないし!!

茜が我に返ると同時に、まるで幻であったかのように桂木から笑みが消え、その無駄に端整な顔はいつもの鉄仮面に戻っていた。そして、桂木はおもむろに口を開いた。

「だろうな。真崎が社内政治に興味があるわけがない。真崎は実力のみでのし上がって行くタイプだ。それだけの実力も実績もある。鳥飼部長が動いたところで、簡単に潰されることはないだろう」

数日前、桂木の結婚話を聞かされた時に、茜が桂木に対して思ったことと同じことを返された。見上げてくる桂木の眼差しからは、彼の本心が感じられる。

鼓動が乱れ、茜はどう反応すればいいのかわからなかった。

入社してからずっと、ずっと追いかけてきた。三歳しか違わないはずなのに、茜のずっと先を歩く桂木の背中を。この男に追い付きたくて、追い越したくて、必死に走り続けてきた。いつか仕事でこの男の鉄仮面を引っぺがして、自分の実力を認めさせてやりたかった。

でも、今の言葉は、桂木はとっくに茜の実力を認めていたと思っていいのだろうか。

茜は頬が熱くなるのを感じた。

こ、こんなことでときめいてどうする!!

そう思うのに、茜の胸はどうしようもなく高鳴った。

「真崎が不安に思う気持ちもわからなくはないがな。安心していい。いくら娘がかわいいからといって、鳥飼部長は公私混同するタイプの人間じゃない」

「そ、それを、どうやって信じればいいんですか!?」

動揺を引きずっていたため、茜は言葉が乱れた。

「派閥《はばつ》に興味がないのはわかるが、これから先のこともある。社内派閥にどんな人間がいるのかくらいは知っておいた方がいいぞ。せっかく間山に懐《なつ》かれているんだしな、ゴシップ含め情報は持っていて損はない」

「……ぐ」

桂木の口調に揶揄《やゆ》が混じり、茜は言葉に詰まった。

茜が口を開く前に、桂木がまた話し出す。

「まだ不安だというのなら、鳥飼部長が動いた時には、私がなんとかしよう。真崎のキャリアに傷をつけるような真似は絶対にさせない」

「本当ですか？」

「あぁ。男に二言《にごん》はない」

ここまではっきり言ったのだから、きっと約束は守るだろう。桂木はそういう男だ。

しばし、茜は桂木と無言で見つめ合う。

大丈夫。桂木は信じられる。

茜は肩の力を抜いた。

まぁ、茜も桂木だけに頼るつもりはない。とりあえず、桂木の言うように間山から鳥飼部長についての情報を聞こうと決める。

香のことを含め、茜には圧倒的に情報が足りないので、このままでは鳥飼親子への対策が打てない。

「わかりました。何かあった場合は遠慮なく桂木さんを盾《たて》にさせて頂きます」

「かまわない」

桂木はそれだけ言うと、話は終わったとばかりに手元の書類を素早く纏《まと》めて席を立った。茜の横を通り過ぎる間際、桂木は何かを思い出したように立ち止まる。

仕事の指示でもあるのかと、茜は桂木を見上げた。

「というわけで、ギブ&テイクだ。またあの電波なお嬢様が来た時は、真崎が盾になってくれ。よろしく」

そう言うと桂木はポンッと茜の頭に手を置いて、営業のフロアの出口に向かって歩いていく。そのいつもとは違う気安い態度と、予想もしていなかった言葉に茜は固まった。

「え?」

たぶん、この時の自分はとても間抜けな顔をしていただろう。

桂木の言葉を理解するまでに、数秒かかった。

ちょっと、待て!! なんで、そうなる!!

茜が慌てて振り向いた時には、桂木はもうフロアの外に出ていた。

やられた!!

茜は天を仰《あお》いだ。

桂木は一度言ったことは絶対に守る男だ。茜を鳥飼部長から守ると言ったら、絶対に守ってくれるだろう。しかし、それと同時にあの電波なお嬢様が再び来襲した場合には、茜が生贄《いけにえ》にされるのだ。

だから嫌いなのだ!! あの鉄仮面は!!

「あんなお嬢様相手にどうしろっていうのよ——!!」

営業フロアに茜の叫びがむなしく響いた。

事の顛末《てんまつ》を見ていた営業部フロアの人間たちは、これから茜に降りかかるだろう災難を想像し、心の中で合掌《がっしょう》した。


そして、昼休みを迎える頃には、電光石火《でんこうせっか》の勢いで茜と桂木、そして香の三角関係の噂《うわさ》が社内中に広まった。社内女性の結婚したい男ナンバーワンの桂木に突然降って湧いた三角関係の噂に社内中が沸いた。

まして、その相手は桂木とは犬猿《けんえん》の仲と言われている茜と、結婚すれば出世間違いなしの鳥飼部長のお嬢様だ。桂木の行動次第で社内の勢力図が変わるのだから、その注目度は高まるというものだろう。

茜はどこに行っても注目の的《まと》という状況にげんなりした。

これはもう外回りだと言って、社外に逃げ出そうと決めた時、茜のパソコンに社内メールが届いた。聞いてみると噂を聞きつけた美紀からランチのお誘い。茜は溜息をついた。

美紀に愚痴《ぐち》りたかったこともあって、茜はＹＥＳの返事をして、噂の真相を確かめようとする他部署の人間に質問させる隙を与えないために、仕事に集中した。

昼休みを迎え、茜は美紀との待ち合わせ場所のロビーに向かった。ロビーにはすでに美紀が待っていて、茜に気づいて手を振ってくる。美紀のところへ向かう間も、噂を知っているらしい社員たちの視線がうるさくて仕方なかった。さっさと外に出たくて、茜は美紀のもとへ足早に向かった。

「お待たせ」

「すごい注目されてるわね」

「おかげさまでね」

「色々、噂が飛びかってるわよ？　昼ドラ並みのどろどろした三角関係のものから、茜と桂木さんの悲恋ものまで各種揃《そろ》ってるけど聞きたい？」

綺麗な顔に人の悪い笑みを浮かべてニヤニヤしている美紀に、茜はげんなりした表情で答えた。

「今はいい。そんなもの聞く気力はないわ。お腹空《す》いたし、早くご飯行こう」

「了解！　でも、今回の噂の真相はしっかり聞かせてもらうからね？」

「はいはい。奢《おご》ってくれるなら、いくらでも質問に答えるわよ」

「たかがランチで今社内中に広まっている噂の真相がわかれば、安いものね。さっ、行きましょう。早くしないと店が混んでランチが食べられなくなるわ」

二人は行きつけの店に向かうため、会社を出た。しかし、外に一歩出た瞬間、茜は急に視界が暗くなったような気がした。太陽が陰《かげ》ったのかと思ったが、そうではなかった。

え、どうして?

「茜?」

外に一歩踏み出して急に立ち止まった茜に、美紀が不思議そうに呼びかけてくる。

ぐらりと視界が回った。

気持ち悪い。

強い眩暈《めまい》に襲われて、美紀に返事をする余裕もない。血の気が引き、手足が一気に冷たくなった気がした。回る視界が気持ち悪くて茜は目を閉じる。

「ちょ、茜!! しっかりして!!」

焦《あせ》った美紀が茜の肩を支えながら声をかけてくれるが、あまりの気持ち悪さに応えることもできない。美紀がつけている柑橘《かんきつ》系の香水の匂いが、強烈に感じられて、気持ち悪さに拍車をかける。

立っていられない。

美紀が肩を支えてくれているが、膝《ひざ》に力が入らなくて、足元から崩れそうになる。

ダメ!! 倒れる。

茜はとっさに腹部を手で庇《かば》って、なんとか体勢を立て直そうとしたが、うまくいかなかった。

もう、本当にダメだと覚悟した瞬間、背後から力強い腕が茜の体を抱きとめた。

「真崎！　大丈夫か！」

桂木の焦った声が耳元で聞こえた。

全然大丈夫なんかじゃないわよ!!

そう言って、事の元凶である桂木に噛み付きたかったが、声にならなかった。

桂木の逞《たくま》しい腕の中に抱きとめられ、茜はホッと気が緩《ゆる》んでいくのを感じた。

意識が遠くなっていく。

気持ち悪い。

「真崎！　しっかりしろ!!」

お願い。頭に響くから耳元で大きな声を出さないで。

だいたい、こんなことになったのは全部、桂木さんのせいじゃない。

責任取ってよ、この鉄仮面！

どんどん暗くなっていく視界の中、そう思ったのが茜の最後の記憶だった。

倒れた茜は医務室に運ばれてすぐに意識を取り戻した。

目を開けると、心配そうにおろおろしている美紀と、いつも通り感情の読めない桂木が茜を見下ろしていた。

「よかった、茜!! 気分は大丈夫？ どこか痛いところはない？」

美紀が声をかけてきたが、目を覚ました茜は、自分の置かれている状況を理解できずに辺りを見回した。

「あれ、私？」

「急に真っ青になって倒れたのよ！ ここは医務室。桂木さんが運んでくれたのよ!!」

戸惑《とまど》う茜に、美紀が状況を説明してくれる。

あぁ、そうか。美紀の言葉に、ようやく記憶が繋がる。

美紀とランチに行こうとして、外に出た途端、急に気持ち悪くなって倒れそうになったんだ。

そこまで思い出した瞬間、「大丈夫か、真崎？」と、桂木に声をかけられた。

そんなわけあるか！ と事の元凶である桂木に文句をつけたいところだが、酷《ひど》い眩暈《めまい》は治まったものの、いまだに若干の気持ち悪さが残っている茜には、そんなことを言う元気もなかった。それにあの時、桂木が抱きとめてくれなければ地面にひっくり返っていたのだから文句は言えない。

覗《のぞ》き込んでくる桂木の表情は普段と変わらない。倒れた時に聞いた、焦《あせ》ったような声は夢だったのだろうか……

ぼんやりとしたまま、茜は桂木の端整な顔を眺める。

あの時、自分を抱きとめてくれたのが桂木だとわかった瞬間、酷く安心したのを思い出す。遠くなる意識の中、桂木に対する文句を並べ立てていたけれど、これでもう大丈夫だと思った。

なんで、あんなに私は安心したのかな？

桂木の力強い腕は、茜を無条件に守ってくれるような気がしたのだ。そんなことあるわけないのに。茜と桂木はあの一夜を除けば、ただの上司と部下で、それ以上でもそれ以下でもない。

この男には負けたくない。その思いだけで、ここまで来た。

いつか、絶対に仕事でこの男の鉄仮面を引っぺがしてやると思っていた。ただそれだけのはずなのに。

「真崎？　具合が悪いなら救急車を呼ぶか？」

本当にぼんやりしていたらしい。眉を寄せた桂木にもう一度呼ばれてハッとする。

「すいません。ただの貧血だと思うので、少し休めばよくなると思います」

「そうか？　だが」

茜の返答に桂木は無表情のまま、茜の首筋に手の甲を当てた。

な、何!?

桂木のふい打ちに、茜は固まった。自分の頬が一気に赤くなるのがわかった。

横に美紀がいるのに、変に思われる。そう思うのに、どう反応していいのかわからない。先ほどまで感じていた気持ち悪さも、吹き飛びそうだった。

「なんだか少し熱っぽいな」

茜の体温を確かめるための行動だとわかったが、心臓が早鐘を打つ。

ふ、普通、こういう場合に触るのって額《ひたい》じゃないの!?　なんで、首筋に触るんですか!?

茜が目を白黒させているのもかまわずに、桂木は首筋に触れていた手を動かし、頬に触れる。

「まぁ、顔色は戻ったな。さっきは真っ青だったから心配したが」

そう言って茜の頬にまるで愛撫するように触れる。そして茜の弱い部分、左の耳朶《じだ》に触れると、桂木の指先は離れていった。その耳へのソフトな触れ方に茜の背筋を甘い何かが駆け上がった。

今、もし、私の顔色が急によくなったのだとしたら、それは絶対にこの鉄仮面がおかしな触り方をしたせいだ。決して、顔色が戻ったわけではない。

自分でもわかるほど、頬が火照《ほて》っていた。桂木の指の優しい感触に、動揺が治まらない。

「本当だ。よかった。顔色はよくなったね、茜」

美紀が、茜の顔色を見てホッとした様子で言った。桂木の今の行動をなんとも思っていないようだった。

私の意識しすぎ!? 桂木さんはただ熱を確かめただけ。何を意識しているんだ、自分!!

「そう? 気分も落ち着いてきたし、たぶん、もう大丈夫」

平静を装ってそう答えると、二人の背後から落ち着いたアルトの声が聞こえた。

「よかった。目が覚めたのね、真崎さん。まだ目が覚めないようなら、救急車を呼ぼうと思っていたのよ」

医務室勤務の松本《まつもと》だった。落ち着いた雰囲気の女性医師が現れ、桂木と美紀は診察しやすいようにベッド脇に移動する。

「気分はどう? 顔色はよくなったわね。なんだか逆に赤くなってる気がするけど?」

いや、それはそこの鉄仮面のせいです、とはさすがに言えず、茜は「もう大丈夫です。ご迷惑をかけました」と、ベッドから起き上がろうとした。

しかし、「ちょっと待って」と松本に制された。松本はテキパキと茜の血圧と脈拍、熱を測った。そのあと、茜にいくつかの問診をする。

「うーん。過労による貧血かしらね。顔色もよくなったし大丈夫だとは思うけど、近いうちにちゃんと病院で診《み》てもらった方がいいわね。必要なら紹介状も書くから、言ってちょうだい」

「ありがとうございます」

松本の診断に茜はホッとする。もし、桂木や美紀の前で妊娠を指摘されたら、と内心不安だったのだ。茜の中に迷いがある今、まだ、桂木や美紀に打ち明ける勇気はなかった。

「真崎、今日はもう仕事はいいから、帰って休め。ちょうど週末だし、ゆっくりすればいい。有給の処理はしておく」

松本の診断を黙って聞いていた桂木がふいにそう言った。

「でも、桂木さん。仕事が！　私なら大丈夫です」

桂木の言葉に驚いた茜は声を上げる。

やり残した仕事がある。眩暈《めまい》も、気持ち悪さも治まっている今、茜は午後から仕事に復帰するつもりだった。

「無理をしてまた倒れられても困る。有給も残ってることだし、しっかり休んで来週から頑張ってもらった方がこちらとしてもいい。体調管理も社会人の義務だ」

「そうですけど」

桂木の正論に、茜は言い返せなかった。桂木を見上げたまま茜は黙り込む。

確かに、ここで無理をして、また倒れるようなことがあれば、他の皆に迷惑をかけてしまう。ただでさえ今、茜は一人の体ではない。毛布の下で、茜はそっと自分の下腹部に触れる。まだ平たいソコには、今、小さな命が宿《やど》っている。お腹の痛み等の異状は何も感じない。けれど、次も大丈夫だという保証もない。

「真崎さん、桂木課長の言う通りよ。今日はもう帰って休んだ方がいいわね」

桂木と睨《にら》み合う茜を見かねたのか、松本が声をかけてくる。

「そうよ、茜！　ちゃんと休んだ方がいいわ！　さっきは本当に真っ青だったのよ？　疲れてるならちゃんと休んだ方がいいわ」

「わかりました」

美紀にも言われて、茜は折れるしかなかった。

妊娠の自覚があったにもかかわらず、体調管理すらまともにできない自分が情けなかった。

「真崎が人一倍責任感が強いのも、努力家なのも知っている。だが、それも健康であってこそだ。だから、あまり気にするな」

桂木は仕方なさそうに苦笑まじりで言うと、再び横になっている茜に手を伸ばしてきた。そしてくしゃりと優しい仕草で茜の頭を撫でる。

その顔に浮かぶのは、いつもの鉄仮面はどうした！　と言いたくなるような穏《おだ》やかな微笑みだった。

今日の彼はやけに感情表現が豊かで表情も優しい。茜は落ち込んでいたのも忘れ、どう反応すればいいのかわからない。

「送ってやりたいところだが、これから部長と打ち合わせがある。一人で帰れるか？」

「それは、大丈夫です」

「そうか。無理せずにしっかりと休め」

「ありがとうございます」

最後に茜の乱れた髪を整えるように、頭を撫でられる。

一体、本当にどうしたの？　桂木さん。

「じゃあ、松本先生。真崎のことをよろしくお願いします」

「まかせて」

まるで何事もなかったように、桂木はいつもの鉄仮面に戻って松本に挨拶をする。そして荷物を取ってくると言う美紀と一緒に医務室を出て行った。桂木が出て行った医務室で、松本がホゥと溜息をついた。

「普段表情が変わらない美青年が急に微笑むと、心臓に来るわね。いいもの見せてもらったわ」

松本が独り言のように呟《つぶや》いた言葉に、茜は激しく同意した。

本当に、全く、その通り！　心臓に悪いのよ。鉄仮面のふい打ちの微笑みは!!

「さて、あの二人もいなくなったし、真崎さんちょっといいかしら？」

松本はベッドに戻ってくると、傍にあった丸椅子に座る。その言葉に茜は緊張を覚えて起き上がる。

言われることはなんとなく予想がついていた。

「……なんでしょうか？」

緊張する茜に、松本はふっと柔らかい笑みを浮かべる。

「これは若い女性社員が体調を崩してここに来た時には必ず質問することだから、そんなに固くならずに答えて欲しいんだけど。あなた、妊娠の可能性は？」

やっぱり。茜は一瞬どう答えようか迷った。

答えを迷う茜の様子を見て悟《さと》ったのか、松本が溜息をついた。

「その様子だと、妊娠の可能性があるのね？」

「……はい」

穏《おだ》やかに問われて、茜は迷いながら頷《うなず》いた。

「別にあなたの事情を詮索《せんさく》するつもりはないわ。誰かにこのことを報告するつもりもない。ただ、社員の健康を預《あず》かる者として知りたかっただけ。それによって紹介状を書く病院も変わってくるから。だから、そんなに悲愴《ひそう》な顔をしなくても大丈夫よ？」

そっと松本が茜の手を握った。その優しいぬくもりに茜は緊張が緩《ゆる》んで、泣きそうになる。

妊娠が判明してから、いや、その前の生理が遅れているのに気づいた時から、茜は不安でどうしようもなかったのだ。一人で抱《かか》えるには大きすぎる秘密に、押し潰されそうだった。親友の美紀にすら相談できないことを桂木に相談できるわけがない。

「病院には行ったの？」

「まだです。検査薬は陽性《ようせい》でした」

「そう。どっちにしろ一度ちゃんと病院には行った方がいいわね。妊娠初期の大事な時期だから。お腹が痛いとか、お腹が張る感じとかは、今はない？」

「大丈夫です」

「それならよかったわ」

松本が慈愛《じあい》に満ちた微笑みを浮かべ、反対の手で、茜の背を優しく撫でる。

自分はこんなに心配をかけるほどに、酷《ひど》い顔をしているのだろうか？

松本の指先から労《いた》わるような優しさが伝わってきて、茜の張り詰めていた緊張の糸が緩《ゆる》む。

「私には守秘義務があるから、絶対にこのことは口外しないわ。だから安心してちょうだい。どうするかはあなた次第だけど、何かあればすぐに相談して。産婦人科は専門外だけど、これでも二児の母だから相談には乗れるわ」

「ありがとうございます」

松本の優しい言葉に、茜は込み上げそうになる涙をぐっとこらえた。

ぽんぽんと松本が茜の背を優しくあやすように叩く。

まるで母親のように接してくれる松本の優しさに、高ぶっていた感情が次第に鎮《しず》まっていく。

「あなたも色々あるのでしょう？　こんな離れ小島のおばさんのところまで、あなたたちの噂《うわさ》は聞こえてきてるわ」

松本は悪戯《いたずら》っ子のような目で言う。茜は顔が引きつりそうになった。

なっ！　こんなところまで、噂が広まっているの!?

「ふふ。とりあえず、園田さんが戻ってくるまで休んでて。その間に紹介状を書いておくわ。また気分が悪くなったら声をかけてちょうだい」

「はい」

がっくりとうなだれながら茜は答えた。

＊　＊　＊

ボ〜〜

そんな擬音が付きそうな、気怠《けだる》い日曜日。時刻はもうすぐ十二時になろうとしていた。

茜は自宅のソファの上で、お気に入りのクッションを抱き締めて、見るともなくテレビを眺めていた。

何もしたくないな。

普段の日曜日なら、平日にできない掃除や洗濯等の家事をするところなのだが、今は何もする気が起きなかった。

体が熱っぽい上に、だるかった。これって、やっぱり……

がっくりと、クッションに顔を埋《うず》める。

「はぁ～」

また、溜息が零《こぼ》れた。思い出すのは金曜日の出来事。

ただでさえあの日、茜と桂木は噂《うわさ》の的《まと》になっていた。それなのに桂木が倒れた茜をお姫様抱っこで医務室に運んだことで、二人の噂はクジラ並みに大きくなっているらしい。

それは、そうだろう。あの時点でさえ、茜たちの三角関係は面白おかしく脚色《きゃくしょく》されていたのだ。

茜はさらにぎゅーっとクッションを抱き締める。お気に入りのクッションは、最近茜が何かあるたびに力の限り抱き締めるせいで、徐々に形が変わってきていた。

それを見下ろしながら、溜息をつく。

本当に、どうするよ?

あのあと、茜は美紀に持ってきてもらった荷物を持って、タクシーで自宅に帰ってきた。帰りに病院に寄ろうかと思ったが、なんだか色々起こりすぎて、疲れてしまった。

今のところ、お腹が張る感じも痛みも出血もない。

来週こそは松本の紹介状を持って、産婦人科を受診しよう。

茜はクッションを抱えたまま、コロンとソファに横になる。

桂木さんは私が妊娠したことを伝えたら、どうするだろう？

香との婚約は誤解だとわかったが、桂木が何を考えているのか、茜にはさっぱりわからない。

桂木が茜をどう思っているのか。茜が桂木をどう思っているのか。

思い出すのは金曜日の桂木。その一挙一動に茜はただ振り回されている。

ねぇ、桂木さん。私はどうすればいい？

また、溜息が零れそうになった瞬間、ガラステーブルの上に置いていたスマホが着信メロディを奏《かな》でる。日曜のこの時間に電話をかけてくるのは、美紀かな？ と茜は電話の相手も確かめずに出た。

「はい、真崎です」

『桂木だが』

まさに今、思い出していた桂木からの電話に驚いて、茜は思わずスマホを取り落とした。

な、なんで、桂木さん!?　あ、落とした。

茜はあたふたと、慌てて落としたスマホを拾い上げる。

なんで、こんなに動揺してるのよ、私は？　そう思うが、なぜか動悸《どうき》が治まらない。

「も、もしもし。桂木さん？」

何だか妙に動揺したまま、茜は桂木に呼びかけた。

『大丈夫か、真崎、取り込み中か？』

「だ、大丈夫です。なんでもありません」

あなたからの突然の電話にびっくりして、スマホを取り落としただけです。

『そうか。今、話をしていても？』

「大丈夫です。何かありました？」

休日に桂木から電話がかかってくるということは、きっと話の内容は仕事のことだろう。わかっているのに、突然の電話に狼狽《うろた》える自分にますます動揺する。

とりあえず、落ち着け、自分!!

『ちょっとな。ところで真崎、体調は大丈夫か？』

「おかげさまで……ちゃんと休めたので回復しています。ご迷惑をおかけしました」

桂木の言葉で、茜は金曜日の情けなかった自分の姿を思い出す。中途半端な状態のまま残してきた仕事が気になった。自分が情けなく気持ちを沈ませる茜に対して、桂木が電話の向こうで苦笑している。

『あまり、気にするな。体調が悪い時は仕方ない。無理をして倒れられる方が、心配だ。真崎が人一倍責任感が強いのは知っているが、自分の体をもっと大事にしてくれ。真崎がいなければ、うちの課はまとまらないからな』

嘘つき。間山も田中も、桂木さんの言うことは、ちゃんと聞くじゃないですか。自分がいなくても二課はまとまる。

天邪鬼《あまのじゃく》な自分が、心の中でそう呟《つぶや》いた。

電話越しに聞こえてくる桂木の声はいつもと同じ淡々としたものだが、その変わらない声音の中に自分を気遣う響きがある。

金曜日は素直に受け入れられなかった言葉が、ストンと胸に落ちる。

体調を気にしてわざわざ電話をくれたの？

桂木の思わぬ優しさが嬉しかった。

「ありがとうございます。明日はちゃんと出社します」

『あぁ。待ってる』

いつもと変わらない素っ気ない一言。なのに、なぜか茜は電話の向こうで桂木が微笑んでいる気がした。金曜日に医務室で見せた穏《おだ》やかで優しい笑みが頭に浮かんで、鼓動が大きく打つ。仕事の時は変わらぬ無表情に反発を覚えて、「鉄仮面」と罵《ののし》っていた。だけどそんな桂木が、もう恋なんてしないと思っていた茜の心を揺らす。

中国から帰国した桂木は、今までになく色々な表情を茜に見せる。

思わずロリコンと呟《つぶや》いた瞬間、物すごい威圧感を伴《ともな》って睨《にら》んできた不機嫌顔。派閥《はばつ》になんて興味がないと茜が言い切った瞬間に見せた満足げな笑顔。倒れて自己嫌悪に陥《おちい》る茜の頭を撫でながら見せた穏《おだ》やかで優しい笑み。金曜日の一日だけで、桂木が鉄仮面を外したたくさんの瞬間を見た気がした。

中国に鉄仮面を忘れてきたの？　なんて馬鹿なことを思ってしまう。

二ヶ月前に、あの鉄仮面が雄《おす》に変わる瞬間を目の当たりにした。

その瞬間に茜が感じたのは、この男に触れてみたいという強烈で純粋な衝動。

もうずっと忘れていたはずの女としての自分を思い出した。

そのあとに与えられた純度の高い熱は、茜の中で小さな命となり——あの日から、忘れたはずの女としての自分が、時々顔を出す。

あの一夜があってからも、桂木が変わらないで接してくれたことに安心した反面、ほんの少しの落胆《らくたん》を覚えた。

桂木を好きなのか？　と問われたら、正直わからないとしか答えられない。

ただ、桂木に婚約者がいると知った瞬間に感じた痛みは本物だった。

もう恋なんてしないと思ってた。できないと思ってた。

なのに、今、茜の心は揺れている。揺れる自分の心に、茜は戸惑《とまど》わずにはいられない。

あなたは私をどう思っているの？　どうして、今になって私との距離を変えようとするの？

言葉にできない問いが、胸の中で渦巻く。

『真崎は、今日これから予定はあるか？』

「特にはありませんけど」

『だったら、体調が戻ったところ悪いんだが、真崎の手を借りたい。今から付き合ってもらえないか？』

「今からですか？」

茜は桂木の突然の申し出に驚く。

『急な頼みだということはわかってるんだが、緊急事態だ』

桂木さんが手に負《お》えない事態って一体何？

桂木とは長く一緒に仕事をしているが、彼が「緊急事態」なんて言葉を使ったのを聞いたのは初めてだった。

どんな時だって、この上司は冷静に状況を判断して、対応してきた。

茜は桂木が迷ったり困ったりしたところなんて見たことがない。せいぜい、香の発言に戸惑《とまど》って固まっていた時ぐらいだ。結局はあの時だって、すぐに我に返って警備に電話を入れさせていたし。その桂木が茜の手を借りたい事態なんて想像ができなかった。

「一体どうしたんですか？」

『詳しいことは会ってから話す。ここからだと真崎の家まで三十分くらいだから、近くに行ったらまた電話する。用意しておいてくれ』

「え、ちょ、ちょっと桂木さん!? 今から三十分後って」

『あぁ、そうだ。仕事じゃないから私服でかまわない。じゃあ、またあとで』

言いたいことだけ言うと、桂木はさっさと電話を切ってしまった。

「ええ!! 桂木さん!! もしもし! もしもし!?」

慌てて呼びかけても、ツーツーと通話終了の音がむなしく聞こえるだけだった。

三十分後。桂木は本当に茜が住むマンションまでやって来た。

茜は女の意地で、三十分で化粧と身支度を済ませた。髪は簡単にアップにまとめ、白いカシュクールのブラウスに黒いキャミソール、開いた胸元にはプチダイヤモンドのネックレス、耳にはおそろいのピアス、それに千鳥格子柄《ちどりごうしがら》のスカートというシックなコーディネートでまとめた。

この短時間によく化けたと、茜は自分を自分で褒めたい気分だった。用意ができたのは、桂木のもうすぐ着くという電話がかかってくる実に一分前。慌ててコートを着て、ブーツを履いて、マンションのエントランスまで降りると、桂木が愛車のプリウスの運転席から軽くクラクションを鳴らしてきた。

茜は焦《あせ》って外出の用意をしたなんてことはおくびにも出さずに、迎えに来た桂木の車の助手席に乗り込んだ。

「体調が戻ったばかりなのに、急に呼び出してすまなかったな」

桂木は、いつも通りの淡々とした表情で声をかけてきた。

「いいえ、それはかまいませんが」

せめて一時間前に電話をよこせ!!　と心の中で思ったが、大人げないのでさすがに口にはしなかった。

というより、運転席に座る桂木のいつものスーツとは違うカジュアルな格好に、不覚にも一瞬目を奪われてしまったのだ。茜は妙に緊張して、反撃することができなかった。

桂木は、ジーンズに黒のタートルネックのセーター、それに茶のジャケットというラフなコーディネートだったが、スタイルがいいのと元々の顔の作りが良いこともあって、まるでメンズ雑誌のモデルのようだった。

桂木さんの顔なんて見慣れているはずなのに、なんで、こんなにドキドキしてるんだろう?

入社当時からずっと桂木とは一緒に仕事をしているのに、最近やけに男としての桂木を意識している自分がいた。今まで、男としての桂木を意識したことなんてなかったのに。近頃、感情の振れ幅が大きくなっているせいか、自分で自分がうまくコントロールできない。こんなこと今までなかったのに。

気合を入れ過ぎた自分の格好とカジュアルな桂木の姿がつり合っていない気がして、焦《あせ》りを覚えた。そして、まるで女子中学生みたいなことを考えている自分に気づいて、溜息をつきたくなる。だがそんな気持ちをこらえて、茜は桂木に「緊急事態」について詳しく話を聞くことにした。

「あの、桂木さん。一体何があったんですか？　緊急事態って」

「あぁ。実はな……」

茜の質問に桂木が珍しく言いよどむ。本当に何かあったのかと思い、茜は興味が湧いてきた。

この鉄仮面に緊急事態なんて言わせる事態って、一体何？

思わずわくわくした面持《おもも》ちで運転席に座る桂木を見てしまう。茜の視線を感じたのか、桂木は溜息をつくと車を発進させながら、話し始めた。

「午前中にちょっと私用があって出かけていたんだが、さっき家に戻ったら……」

眉間に皺《しわ》を寄せた桂木が言葉を切る。

「なぜか、うちのマンションの玄関前で、あの電波なお嬢様がうろうろしていた」

「えぇ!? 本当ですか？」

つい大きな声が出てしまった。

あのお嬢様が桂木さんの玄関前に。そ、それは確かに緊急事態だ。

「こんな恐ろしい嘘をつくわけがないだろう」

「ですね。でも、一体、どうやって桂木さんの家を突き止めたんでしょうか？」

「さぁな。あまり考えたくないが、社内の誰かがあのお嬢様にうちの住所を教えたか……」

「教えたか？」

茜は先を促《うなが》す。

「あるいは、あのお嬢様のことだ。俺たちにわからない宇宙のどこかから流された電波によって、うちの場所をキャッチしたか」

桂木のその言葉に茜は思わず想像してしまった。空に向かって呪文を唱えていた香が突然、『政秀さんのおうちの場所をキャッチですわ――!!』と叫んで、桂木の自宅目がけて走る様子を。

その瞬間、茜の背筋に冷たいものが走った。

あのお嬢様ならありえそうで、怖い――!!

「戻ったら？」

「か、桂木さん。洒落《しゃれ》になってません」

「だろうな」

茜、桂木ともに視線を車外に向けた。微妙な沈黙が二人を包む。香がいたのはほんのわずかな時間だったのに、彼女はあの時営業部フロアにいた全員に強烈な印象を残していた。

あの子なら、本当に宇宙のどこかから電波を受信していそうで怖い。

「それで、どうしたんですか？」

茜は、恐る恐る運転する桂木に問い掛ける。

「見つかる前に、全力で走って車に逃げた」

鉄仮面のまま、桂木は答えた。沈黙が二人の間に落ちる。桂木の答えに茜は何も言わずに、そっと彼から視線を外し、流れる景色を眺めた。それでもこらえ切れずに茜は下を向いた。そんな茜に桂木が呼びかける。

「真崎」

「は……い……」

茜は震える声で返事をする。

「肩が震えてるぞ。笑いたかったら笑え」

桂木の言葉に、次の瞬間、茜は我慢できずに爆笑した。

「……くっ。あはは……ふっはは」

この鉄仮面が！　この鉄仮面が！　あのお嬢様を前にして、全力で走って逃げている様子を想像したら、もうたまらなくおかしかった。

お、お腹が痛い!!　助手席で笑い転げる茜に、桂木が嘆息《たんそく》した。

「笑い転げてくれるがな、真崎。俺にだって苦手なものはある」

「ご……ごめん……な……っさい……。でも……だ……って……ふふ」

桂木のどこか拗《す》ねたような口ぶりが、余計に茜の笑いに拍車をかけて、しばらく車内に笑い声が響いた。

ようやく笑いが収まった時には、茜は笑い過ぎて疲れを感じるほどだった。

桂木には悪いが、久しぶりに大きな声で笑ったことで、鬱々《うつうつ》としていた茜の気分は不思議と晴れていた。

この鉄仮面にも人間らしいところがあったのかと失礼なことを思ってしまう。

いつだって無表情だから、この鉄仮面は実はサイボーグなんじゃないかと疑ったこともあった。でも、今の桂木は、とっても人間らしい。少しだけ不機嫌そうな顔をして運転している桂木が、何だかかわいらしく感じた。

そして、茜の中に疑問が湧く。

香から桂木が逃げてきた理由はわかる。桂木が緊急事態と言った理由も。

だが、それと自分を呼び出したこととどう関係があるのかわからなかった。

そして、言われるままに車に乗ったが、桂木はどこに向かっているのだろう。

「ところで、桂木さん。あのお嬢様の件はわかりましたが、それと私とどう関係があるんですか？」

「しばらく家に帰れそうにないから、真崎に付き合ってもらおうかと思ってな」

「はぁ？」

桂木の突拍子もない言葉に、茜は唖然《あぜん》として桂木を見た。桂木はにやりと人の悪い笑みを浮かべる。

「ギブ&テイクと言っただろう。お嬢様が諦めて家に帰るまで、俺の時間潰しに付き合え」

え――!?

「というのは冗談だが」

助手席に座ったまま、ずりっ、と茜はずっこけそうになった。運転している桂木は、変わらずに人の悪い笑みを浮かべているだけで、何を考えているのかわからない。

今のは冗談だったの!? か、桂木さんがわからない。この人、こんな人だった？

いつも追いかけていた三歳年上の上司は、まるで鉄仮面のような無表情で、淡々と仕事をする。

それが茜が知る桂木だった。素っ気ないところもあるけど、部下にも上司にも公平。

だけど、最近、今まで知らなかった桂木にばかり出会う。そのたびに茜は振り回されている気がした。

でも、別に嫌じゃないと茜は思った。戸惑《とまど》って、振り回されて、あたふたとしている自分。こんな風に男の人に心を揺らされるなんてことは、もうずっとなかった。

なのに嫌じゃない。嫌じゃないのだ。それが茜には不思議だった。

もうずっと忘れていた感覚。男の人の行動にいちいち一喜一憂《いっきいちゆう》する。こんな自分は久しぶりで、どうしていいのかわからない。

桂木のことをもっと知りたいような、これ以上踏み込むのが怖いような、矛盾した思いが茜の心に波紋《はもん》を描く。

「からかってます？　私のこと」

脱力したまま茜が問うと、桂木は楽しげに笑った。その笑みに茜は目を奪われて、心臓が大きく鼓動を打つ。自分の頬が赤くなるのがわかった。

だ、だから、ふい打ちで笑わないで!!　心臓に悪いから!!

桂木の綺麗な顔なんて見慣れたと思っていたのに、時折見せる笑顔に、胸が騒いで仕方ない。普段は表情が変わらない男だけに、そのギャップの破壊力は凄《すさ》まじかった。

だからなのか。この人が無表情を装うのは。

茜は普段の桂木の鉄仮面の理由がわかったような気がした。もしこれだけ綺麗な顔で、仕事もできる人が、普段から愛想良く女性たちに接していたら、勘違いする女が後を絶《た》たないだろう。

だから、素っ気ないぐらいの対応が、ちょうどいいのだと思う。

笑うと途端に下がる目じりを眺めながら茜は思った。でも、次に桂木にからかわれたことを思い出して、ちょっとムッとする。

「真崎はリアクションがいいからな。ついな」

「それは私が単純ってことですか?」

思わず尖《とが》った声が出る。これが単純と思われる原因だと思ったけど、今さら直しようもない。

「そうじゃない。素直でいいと言ってるんだ」

そんな顔で言われても、説得力はありません。面白がってるんでしょ?

「仕事ではポーカーフェイスも腹芸《はらげい》もできるのに、普段は素直で真っ直ぐなところが真崎のいいところだと思っているよ。だから、そう怒るな」

桂木は苦笑しながら、いつもと違って宥《なだ》めてくるから、こんなことで怒っている自分が大人げないような気がしてくる。茜は怒りに力が入っていた肩の力を抜くが、それでもムッとした感情を完全に消し去ることはできなかった。

「一応褒め言葉として受け取っておきます」

「そうしてくれ」

まだブスッとした顔で答えると、再び桂木が笑った。その笑顔を見て、茜は怒っているのが馬鹿らしくなった。

桂木の目が優しい。その瞳にちょっとだけときめいているなんてことは絶対に秘密。運転に集中する桂木と茜の間に束の間の沈黙が落ちる。カーステレオからはジャズが流れている。

きっとお嬢様の襲撃は口実。医務室の松本に働きすぎと言われた自分の様子を見に来てくれたのだろう。そのついでに、落ち込んでいた茜を気分転換に連れ出してくれたに違いない。

こんな風に口には出さずに慰《なぐさ》めるのが、なんとも桂木らしいと思った。

まあ、勘違いだったら、ただのイタい女だけど。でもたぶん、間違ってない。

ふと見上げた空は綺麗な冬晴れで、茜の考えを後押ししてくれているように思えた。

間違ってたら、間違ってたでいいかな。だって、久しぶりに気持ちがいいんだもん。

思いっきり笑わせてもらったし。

お嬢様から桂木が全力で走って逃げる様子をまた想像して、茜は笑みを零《こぼ》す。

最近の悩み事の元凶ともいえる桂木に、癒《いや》されているというのも変な話だが、不安定に揺れていた心が、久しぶりに晴れ晴れとしていた。

桂木さんが何を考えているのかわからないのはいつものこと。だったら、逆にこの状況を楽しんでしまえばいい。

車の外を流れる青空を見上げながら、茜は知らずに笑っていた。

桂木がそんな茜の様子に笑みを深くして、ステアリングを握る指先で楽しげにリズムをとったことに、茜は気づかなかった。

＊＊＊

「綺麗」

目の前に広がる光景に、茜は思わず呟《つぶや》いていた。

まるで深海にいるような気分にさせてくれる水槽のトンネルと、その中を優雅に泳ぐ色とりどりの魚たち。青い、蒼《あお》い、水の世界に茜は心を奪われた。

頭上を群《む》れをなした魚たちが泳いでいるかと思えば、目の前をカラフルな熱帯魚がその綺麗な鰭《ひれ》を靡《なび》かせて横切る。その揺らめく青い世界の中に、極彩色の魚の楽園があった。

青、赤、白、黒、黄、銀、金、緑……。言葉で表すのに一言で済む色は、目の前の光景のどれを切りとっても一つとして同じ色はなかった。微妙に違う色のグラデーションがまるで、宝石みたいに美しいと思えた。

照明が落とされた水族館の通路を、茜と桂木は無言で進む。

茜と桂木がいるのは、都内某所にある水族館だ。

ここに来るまで結局、茜は桂木が自分を呼び出した理由を尋ねなかった。

だがおそらく自分の感じたことが正しいと考えた茜は、この鉄仮面の優しさを素直に受け入れてみようと思ったのだ。

途中、二人ともお昼がまだだったから、桂木のおすすめの蕎麦《そ ば》屋で昼食を取り、そこで盛り蕎麦とざる蕎麦の違いについて店主に謎かけされて、いつものように意見を戦わせて、呆《あき》れた店主に仲裁《ちゅうさい》されるなんてこともあった。

しかし、そんな他愛のないやり取りがとても楽しかった。仕事の話も、香の話もしなかった。

二ヶ月前のあの夜のことについても触れなかった。

互いに意識していなかったと言ったら、嘘になるだろう。

特に茜は桂木に伝えなければいけないことがある。

でも、触れることができなかった。触れてしまえば、この穏《おだ》やかで優しい時間を壊してしまう。茜はそれを恐れた。

自分がこんなにも臆病《おくびょう》な人間になっていたことに驚く。

桂木を信じるには、茜の心はかつて受けた裏切りのせいで酷《ひど》く臆病になっていて、あと少しの勇気が持てなかった。

桂木さんは信じても大丈夫。そう思っても、踏み出せない。

また、裏切られたらと思うと、怖くて仕方なかった。

二人で過ごす時間が優しければ優しいほど、その思いは強くなっていく。

日曜の夕方の水族館は人はまばらだった。桂木と茜は会話もないまま、ゆっくり泳ぐ魚たちの群《む》れに導かれるように歩いた。

水族館の中はいくつかの展示に分かれていた。その中で一際照明が落とされた深海魚を展示しているスペースで茜は足を止めた。

やや地味な深海魚の展示スペースはあまり人気がないのか、そこで足を止めているのは茜と桂木だけだった。

どこよりも深い蒼《あお》の世界の中で見たこともない不思議な形をした魚たちが泳いでいた。独自の進化の道を歩んだ彼らの姿は独特で、時にグロテスクに、時にユーモラスに茜の目に映り、なぜか目が離せなくなった。

不思議な魚たちを目で追っていると、茜は間近で桂木の体温を感じた。見上げた先には、桂木の切れ長の黒い瞳。

体温が上がった気がした。桂木の黒い瞳の中に見つけた光。それは二ヶ月前のあの夜に見たものと同じ熱を宿《やど》していた。茜の中の女が目を覚ます。

ゆっくりと近づいてくる桂木の黒い瞳から目が離せない。

あの夜と同じように、引き寄せられるまま茜は静かに瞼《まぶた》を閉じる。瞼を閉じるのが、自然なことだと思えた。瞼を閉じる瞬間、唇に桂木の吐息が触れた。

ゾクリと、甘い疼《うず》きが背筋を駆け上がり、唇が触れ合おうとしたまさにその瞬間。

「こっちは、深海魚だってー!!」

「なんか気持ち悪い魚がいるらしいよ!!」

子どもたちの元気な声が聞こえてきて、一瞬の緊張感は破られた。

茜と桂木はともに子どもたちの声にびくりとして、慌てて体を離す。

い、今、何しようとした、私!?

心臓が早鐘を打って、茜は胸に手を当てる。

「うわー！　本当に気持ち悪い！」

「変な魚が多い！」

無邪気《むじゃき》な声を上げる子どもたちを見ながら、場所もわきまえずに桂木の瞳に落ちそうになっていた自分を思い出して、茜は顔から火を噴きそうだった。

ばくばくとなかなか動悸《どうき》の治まらない心臓を宥《なだ》めるように、茜は大きく深呼吸をする。

それと同時に頭上からも嘆息《たんそく》が聞こえ、見上げるとばつの悪そうな顔をした桂木と目が合った。気まずい沈黙のあと、二人は思わず苦笑する。

「行くか」

「そうですね」

なんとも言えない雰囲気になり、二人は足早に深海魚の展示スペースをあとにする。

少し先を歩く桂木は先ほど見せた熱は勘違いかと思うほどに泰然《たいぜん》として、いつもの無表情に戻っていた。

茜はいまだに熱に浮かされたような感覚があるのに。胸だって動悸《どうき》を打ったままなのに、仕掛けた本人はいつも通りってどういうことだ。やっぱり、鉄仮面は腹が立つ。

散々、人を振り回して平然としている桂木にムカついて、睨《にら》みつけても彼は気づかない。するとふいに、桂木の歩く速度がいつもより速いことに気づいた。普段一緒に歩いていても桂木が歩くのが速いなんて思ったことはない。さりげなく茜の歩く速度に合わせてくれていた。なのに、今の桂木は自分がちょっと立ち止まっただけで、離れていきそうだ。珍しく彼に余裕のなさを感じた。

もしかして、桂木さんも困ってる？　いつもの鉄仮面は見せかけ？

この気まずい空気に困ってるのは自分だけではない。自分のペースを崩さない桂木でも、余裕を失くす時がある。そう気づいたら、茜はホッとした。

唇にはまだ先ほど触れた桂木の吐息の感触が残っていた。

たぶん、子供たちが入って来なければ、流されてキスをしていた。

熱を孕《はら》んだ桂木の黒い瞳を思い出すだけで、体の奥が疼《うず》く。

今日はお互いに酔ってない。言い訳もできない。なのに、あの瞬間、キスをするのが当然のような気がした。

どうして？　また、キスしようとしたの？

あれは酔った勢いの一夜の過《あやま》ちだった。だから、あなたはあのあとも何も変わらなかったんでしょう？　なのに、どうして？

二ヶ月も経《た》った今……茜が人生最大の岐路《きろ》に立たされている今になって、どうしてまた手を伸ばしてきたの？

先ほど桂木が灯《とも》した熱のせいで、思考がまとまらない。

茜がついて来ていないことに気づいた桂木が振り返る。

「真崎？」

数歩の距離をあけて、桂木が茜の名を呼んだ。思考の海に沈んでいた茜は、その声にハッとする。「なんでもありません……」と言って、茜は桂木のもとに向かうために歩き出した。

歩を進めながらも体の奥に熱が宿《やど》っている気がして、茜は酷《ひど》く落ち着かなかった。

水族館をあとにした二人は、再び桂木の車で移動し、桂木がたまに寄るというジャズバーを訪れた。イギリスのパブをイメージさせるような店内は、奥にステージがあり、定期的にジャズの生ライブを行っているらしい。今も、ステージでは茜でも知っているスタンダードなジャズナンバーが演奏されている。

ここは生のジャズの演奏や酒もいいけれど、海外で修業した料理人の料理がうまいのだと桂木が教えてくれた。その言葉通り、桂木が注文した料理はどれも美味しかった。美味しい料理と生のジャズ演奏。非日常の世界で、茜と桂木はのんびりと食事と演奏を楽しんだ。酷《ひど》く穏《おだ》やかな時間が流れていた。

「そういえば、真崎は今日は飲まないのか？」

先ほどからノンアルコールカクテルを注文する茜を見て、桂木が尋ねてくる。

「俺に遠慮する必要はない。飲みたかったら飲んでかまわないぞ？　帰りはちゃんと送る」

「別に遠慮してるわけじゃないです。っていうかその言い方だと、まるで私が普段から大酒飲みみたいに聞こえるんですが」

「そういう意味じゃない。ただ二課一の酒豪《しゅごう》が飲まないのは珍しいと思ってな」

にやりと桂木が笑った。

「誰が二課一の酒豪なんですか。営業部一のザルの桂木さんにだけは言われたくありません」

茜もそれなりにイケる口ではあるが、これだけは桂木には敵《かな》わないと思う。本人はそれなりに酔っているとは話すが、茜は桂木が酔っているところを見たことがない。

胡乱《うろん》な眼差しで反論する茜に、桂木が笑って茜を気遣う。

「遠慮はいらないぞ？」

今日だけで何度も見たというのに、その笑顔に茜の鼓動がまた乱れた。いい加減、見慣れてもいいはずなのに……

落ち着け、心臓。

頬が火照《ほて》る気がするのは、きっとこのライブハウスの熱気のせいだと、自分に言い聞かせても、乱れる鼓動は誤魔化せそうになかった。

なんで、こんなにドキドキするのよ。たかが笑顔でしょ!?　と思っても、桂木の笑顔の破壊力は凄《すさ》まじかった。

「本当に、遠慮してるわけじゃないですよ？」

動悸《どうき》を抑えるために、茜はノンアルコールのカクテルに口をつけ、生演奏中のステージを見た。

「そうか？」

挙動不審な茜の態度に気づいているはずなのに、桂木は何も言わずにステージに視線を向ける。そのことにホッとした反面、もっと突っ込んで聞いてほしいような、矛盾した思いが茜の中に生まれる。

穏《おだ》やかで優しい沈黙が二人の間に落ちた。

そして、茜はふいに気づく。ここには今、茜と桂木しかいないのだと。

普段、うるさいほどに纏《まと》わりついてくる後輩も、曲者《くせもの》の同期も、心優しい親友も、あの電波なお嬢様もいない。ここには茜と桂木の二人だけ。

今なら。今なら、あのことを相談してもいいだろうか？

今まで言えずにいたことも、なぜか今なら言える気がした。

きっと、桂木なら自分の子供じゃないとか、すぐに中絶しろなんて言わないだろう。

「桂木さん」

気づくと、茜は桂木の名を呼んでいた。ステージで演奏されているジャズに耳を傾《かたむ》けていた桂木が「ん？」とこちらを見る。

桂木の切れ長の黒い瞳と目が合う。その瞳の穏やかさに後押しされて、茜はそっと告げる。

「桂木さん、相談したいことがあるんですけど」

自分でも、どうすればいいのかわからない問題。

産む？　産まない？

それすらもまだ決めかねている状況で桂木に相談することに、ためらいはあった。

相談すれば、桂木に余計な重荷を背負わせることになる。
それはわかっていた。わかっていても、一人で抱《かか》えるにはこの問題は茜には重すぎた。
『産んでほしい』とか『結婚しよう』とか、そんな言葉を期待してるわけじゃない。
そんな甘い夢を見るほど、茜はもう若くない。ただ、話を聞いて欲しいと思った。そ
れに桂木なら話を聞いてくれると思った。今なら、二人で一緒にいても喧嘩をせずに一
日過ごせた今なら、言える気がする。
なのに、茜は突然怖くなってしまった。
桂木の眼差しに茜は緊張を覚える。
「どうした?」
桂木がいつもの鉄仮面とは違うリラックスした表情で、茜を促《うなが》す。
「桂木さん、私」
緊張のせいで喉が酷《ひど》く渇く。言葉がまるで喉に張り付いたみたいに出てこない。
「あの」
桂木の真っ直ぐな視線に、茜は迷わずにはいられない。
自分で抱えきれないからって、本当に相談してもいいの?
どうすればいいのかわからないのに、桂木に余計な負担を負わせていいの?
無意識に、自分の下腹部に触れる。

何を言ったらいいのかわからない。

どうすれば、どうすればいいの?

頭の中をその言葉だけがぐるぐる回って、茜は何も言えなくなった。

どうしようもない衝動に突き動かされたあの夜。ただ、この男に触れてみたいと、それしか考えられなかった。桂木に避妊をしなかったのだからと、責任を取らせるのは簡単なことだ。

でも、茜だって危険日だとか考えもせずに桂木に身を任せ、避妊を促《うなが》しもしなかった。

桂木なら間違いなく避妊をしてくれるだろうと、どこかで油断していたのだ。

酔っていたから、久しぶりのセックスと快感に溺《おぼ》れていたから、なんて言い訳にならない。

セックスをすれば妊娠する。そんな当たり前のことを忘れていた。

それを忘れてしまうくらいに、あの時の自分は、目の前のこの男に触れてみたいと強く思った。

一度はやめようとした桂木を強引に引き留めても、茜は桂木に触れてみたいと思った。

だから茜に後悔はない。

でも、桂木は? 桂木はどうだったのだろう?

この鉄仮面は、あの夜、何を考えていた?

なぜ、あの夜、いつも喧嘩《けんか》ばかりしていた私にキスをしたの？

それに二ヶ月も経《た》った今になって、茜に再び手を伸ばして来たのだ？

水族館での出来事を思い出す。唇に触れた桂木の吐息。あの夜と同じ熱を宿《やど》していた桂木の黒い瞳。まるで触れ合うのが当たり前のような気がした瞬間、茜の心を支配していたのはあの時と同じ衝動だった。

この男に触れてみたい。普段、この男が鉄仮面の下に隠している感情に触れてみたいと強く思った。この衝動がどこから来るものなのか、はっきりさせるのが怖かった。

孝明と満のことがあってから五年。

茜は傷付きボロボロになった心を、二度と誰にも触れさせないように胸の奥深くに沈めた。

自分には仕事があればいいと強気な仮面の下に臆病《おくびょう》な自分を隠し、少しでも恋愛の匂いがするものから逃げ続けてきた。仕事をしていれば余計なことを考えなくて済むと、まるで嫌な現実から逃げるように茜は仕事に没頭《ぼっとう》した。

いつか仕事で桂木の鉄仮面を引っぺがしてやる！　この男を超えてやる!!

それだけを目標に、がむしゃらに頑張ってきた。

この鉄仮面と喧嘩しながら、仲の良い同僚たちと賑《にぎ》やかすぎる毎日を過ごしてきたことで、癒《い》えることのない傷が自分の中にあることを茜は忘れていられた。張り裂けそうだったあの日々の痛みも、少しずつ少しずつ風化してきた。五年という時間をかけて、この先も一人で生きていく強さを身につけられた気がしていた。

もう恋なんてしないと思っていた。できないと思っていた。

また、誰かを好きになるのが怖かった。

でも、今、茜ははっきりと自覚したのだ。この鉄仮面に惹《ひ》かれ始めている自分を。

艶《つや》やかな音楽が流れる空間で、桂木は茜が次の言葉を発するのをただ静かに待っていた。

その切れ長の黒い瞳を見つめながら、茜は思う。

もっと、知りたい。この人が普段、鉄仮面の下に隠し持っている、色々な表情を。

もっと、触れてみたい。桂木政秀という男を。

今日という時間の中で、桂木と過ごす時間が穏《おだ》やかで優しいものであると知れば知るほどに、茜は桂木に惹かれている自分を感じずにはいられなかった。

しかし、桂木に惹かれ始めている自分を自覚すると同時に、茜が覚えたのは怖さだった。

桂木を信じたい。桂木なら信じても大丈夫。そう思うのに、どうしようもない怖さが、茜を襲う。妊娠を告げることで、変わってしまうのが怖かった。

まだまだ仕事を続けたい。この鉄仮面に自分の力をもっと認めさせたい。でも一方で、自分の中に宿《やど》った命を守りたいとも思う。

恋をするのが怖い。でも、桂木に惹かれ始めている自分もいる。

言葉にできない複雑で、矛盾だらけの感情に、茜の心は振り子のように揺れる。

「大丈夫か、真崎？」

桂木に声をかけられ、茜はハッとする。自分の思いに囚《とら》われ過ぎて、茜は随分長い間、黙り込んでいたことに気づく。

「そんなに言いにくい相談か？」

言葉を失っていた茜の様子を見て、桂木が真剣な眼差しを向けてくる。

「いえ、あのそういうわけじゃないんです」

「だったらどうした？」

「あの」

何を言えばいいのかわからない。頭の中が真っ白になっていた。

「真崎？」

茜はテーブルの上のグラスに手を伸ばし、オレンジベースのノンアルコールカクテルを一気飲みする。時間が経《た》ったために、少しだけぬるくなったノンアルコールカクテルが、緊張にひりついた茜の喉を通り抜けていく。

トンッと飲み干したグラスをテーブルに置いて、小さく息をつく。

「来週のどこか、半日でかまわないので、休暇をもらえますか？」

考えた挙句、茜が発した言葉はそれだった。

まだ言えない。こんなにぐらぐらと揺れている今の自分では、桂木に妊娠を告げることなんてできない。

問題を先延ばしにしているだけだとわかっていた。わかっていても言えないと茜は強く思った。変化を怖がって、身動きが取れない今の茜では、ただ悪戯《いたずら》に桂木に責任と重荷を背負わせるだけだ。

そんなことできないと思った。しちゃいけないと思った。

逃げてばかりいないで、まず自分がどうしたいのか、ちゃんと決めないとどこにも進めない。

だから、もう少しだけ時間をちょうだい。ごめんね。

心の中で、茜はお腹の子に謝る。

意気地なしでごめん。あなたをちゃんと産むって決められない母親でごめん。

でも、ちゃんと決めるから、あとちょっとだけ私に時間をちょうだい。

「それはかまわないが、どうした？」

「金曜日、病院に行きそびれたので、来週受診しに行きたいんです」

「やっぱり、体の調子が良くないのか？」

心配を滲《にじ》ませた桂木の口調に、茜は笑う。今の迷いを桂木に悟《さと》らせるわけにはいかない。

笑顔の下に茜は迷いと不安を隠す。

「そういうわけでもないんですが、医務室の松本先生にも勧められたので、いい機会だから一度ちゃんと診《み》てもらおうと思って。体調管理も社会人の義務でしょう?」

「そうだな。そういうことなら真崎の都合のいい時に、休みの希望を出してくれ。処理はしておく」

「ありがとうございます」

本当の理由はまだ言えない。言う勇気がない。だから、今はまだ、何も気づかないままでいて。祈るような気持ちで、茜はなんでもないふりを装った。

＊＊＊

「今日はありがとうございました」

ジャズバーを出たあと、茜は桂木に自宅マンションまで送ってもらった。

マンションのエントランスの前で車を停めてもらい、茜はシートベルトを外しながらお礼を言う。

「こっちこそあまり調子が良くない時に、遅くまで付き合わせて悪かったな」

「いえ、それは大丈夫です。おかげでいい気分転換になりました」

茜は笑って言った。

本当に色々あった一日だった。金曜日に仕事を途中で放り投げてきたことに落ち込んでいたら、突然桂木から電話をもらい、自宅まで迎えに来た彼に外に連れ出された。まるで恋人同士のように、二人でドライブを楽しんで、水族館やジャズバーで時間を過ごした。

その時間の中で桂木への気持ちを自覚し、いまだに癒《い》えていない自分のトラウマに気づいた。

まだ心は不安に揺れている。

それでも今日一日を振り返ってみて、茜は素直に楽しかったと思った。

茜を穏《おだ》やかに見つめていた桂木が、ふいに真面目な顔をした。

その真面目な雰囲気に、茜も知らず緊張する。

「それならいいが。あまり無理をするなよ？　真崎は一人で抱《かか》え込む癖《くせ》があるからな。もう少し、人に頼ることを覚えろ」

運転席からこちらを真っ直ぐに見つめてくる桂木の視線の鋭さに、なぜか茜は焦《あせ》りにも似たものを覚える。

「どういう意味ですか。別に無理なんてしてませんよ？」

「そうか？　さっきあの店で相談したかったことは、本当は休暇のことじゃないんだろう？」

　桂木の言葉に、体が強張る。

　まさか気づかれてるの？

　でも、まだ言えない。自分で結論も出せていないこの問題を、桂木に言うわけにはいかない。

　エントランスの明かりが差し込む薄暗い車内で、桂木の真剣な眼差しを茜は感じていた。迷いを見抜かれていたことに、心が揺れる。

「そんなことないですよ」

　仕事で身につけたはずのポーカーフェイスができない。顔が強張る。

　これじゃあ、何かを隠していると言っているようなものだ。

　緊張を孕《はら》んだ沈黙が二人の間に落ちる。動揺する茜に、桂木はフッと表情を緩《ゆる》め、手を伸ばした。桂木の大きな手が、クシャリと茜の前髪を乱す。

「そんな顔をしなくてもいい。真崎が言いたくないことを、無理やり聞き出すつもりはない。ただ、覚えておいてくれ。真崎は一人じゃない。何かあれば俺も二課のメンバーも力を貸す。だから一人であまり抱え込むな」

　どうして。どうして、この鉄仮面は、こんな風にふいに茜の心の隙を突くようなことを言うのだ。ずるい。必死の思いで装った心の鎧《よろい》も隙を突かれてしまったら、無防備な素の自分を隠すことなんてできないじゃないか。

滲《にじ》み出そうな涙を茜は必死にこらえて、小さく深呼吸をする。

「ありがとうございます。でも、まず自分で解決しないといけない問題なんです」

額《ひたい》に置かれたままの桂木の大きな手を外し、茜は桂木の瞳を見つめた。

そう。まずちゃんと自分と向き合わないといけないのだ。いつまでも過去のトラウマに囚《とら》われていてはいけない。一歩を踏み出す勇気が、今の茜には必要なのだ。

この人に惹《ひ》かれている自分を否定しないために。

お腹の子を産むと言える自分になるために。

そのために、これは自分で解決しないといけない問題だった。だから……

「だから、もう少しだけ、時間を下さい」

それ以上は何も言えなかった。

でもまだ言わないと決めたのだ。ちゃんと自分と向き合うまでは。

頑《かたく》なな茜の様子を見て、桂木が何か言いかけてやめた。

桂木は嘆息《たんそく》したあと、ただ一言「わかった」と呟《つぶや》き、それ以上は何も言わなかった。

3

「う～ん」

　プレゼンの資料を作るために残業していた茜は、デスクに座ったまま背筋を伸ばした。時計を見ると二十一時を少し過ぎたところだった。営業のフロアに残っているのは茜一人。本社が海外にあり、取引先のメインも海外にあるこの会社では、時差の関係もあって、役付きはフレックス制が導入されている。だから、夜の遅い時間でも仕事をしている社員がかなりいるが、今日は残っているのは茜一人だった。

　結構、時間かかったな。

　本当なら金曜日の午後には終わっているはずの仕事だった。でも、あの日、貧血で倒れて午後から有給を取ったために、資料作りが残ってしまっていた。

　体のことを考えたら、早めに帰って休んだ方がいいのはわかっていたが、仕事を中途半端《はんぱ》のままにはしておけなかった。こんな時間まで残業しているのが桂木に見つかったら、説教されそうだと思い、苦笑が漏《も》れる。

　こうして仕事をしていると、昨日桂木と二人で出かけたことが、夢のような気がする。

今日の桂木はいつも通りだった。

今は無人の桂木の席を見ながら、昼間に間山から聞いたあのお嬢様のプロフィールを思い出す。


鳥飼香。二十一歳。九月生まれのおとめ座のA型。

好きなものは薔薇《ばら》と犬と苺と桂木さん。嫌いなものはピーマン。

企画開発部部長の鳥飼始《はじめ》とその妻、美代子《みよこ》を両親に持つ。

現在はエスカレーター式のお嬢様学校の大学部に在学中。

世間の荒波《あらなみ》に揉まれることなく、裕福な祖父母と母親に溺愛されまくって育った結果、香のあの突拍子もない性格が形成されたらしい。あの子の性格は、電波というよりもむしろ、常識というものを全く知らずに育った天然。普段の香は思い込みの激しいところはあるものの、おっとりとした天然のかわいいお嬢様。だが、桂木に恋をしてその天然さがおかしな方向に向かってしまったらしい。

金曜日のことを思い出して、茜は苦笑する。

ちょっと、いや、かなり突拍子もないところがあるけれど、あれほど素直に誰かへの思いを表せる香を茜は少しだけうらやましく思う。

茜はもうあんな風に、誰かを真っ直ぐに好きだと言う勇気はない。

この五年。誰かを好きになって傷付きたくなくて、逃げていた自分ではあの子の真っ直ぐさには敵《かな》わない気がした。

桂木に惹《ひ》かれ始めていることを自覚して、もう逃げるのはやめようと決めた。

でも、こうして一人でいると、情けないほど気持ちが後ろ向きになってしまう。

そっとお腹に手を当てて、優しくお腹を撫でる。

ごめんね。あなたにも無理させているよね。

心の中で、お腹の子に話しかける。

ちゃんと自分と向き合おうと決めたはずなのに……

いつもと変わらない桂木に、気持ちが揺らぐ。

自分の気持ちが整理できるまで、桂木にもう少しだけ放っておいて欲しいと言ったのは茜だ。

なのに、まるで昨日のことなどなかったかのように、本当に放っておかれると、それはそれで気持ちが凹《へこ》む。自分の身勝手さに呆《あき》れてしまうが、溜息は止められない。

茜の心を悩ませる原因のどれもこれもが、この鉄仮面上司のせいだと思うと、無人の桂木の席を見つめる視線も鋭くなる。

人の心を振り回すだけ振り回して、自分だけ平然としている桂木に、腹が立ってくる。

わかっている。ただの八つ当たりだと。

桂木は何も知らない。相談する機会があったのに、まだ言えないと突っぱねたのは茜だ。もういっそのこと、桂木の首根っこを掴まえて、婚姻届にサインでもさせてしまえば事は簡単に済むと物騒なことを考えてみたりする。

でも、そんなことをしても、今、茜が抱《かか》えている不安も怖さも、何一つ解決しない。こんな気持ちのままでは、きっと何もうまく行かない。だから、昨日、桂木に妊娠のことを告げなかったのは間違ってなかったと思う。なのに……

「あー、もう!!　うじうじ悩むのは好きじゃないっーの!!」

つい大声を上げてしまう。一人きりのフロア内に茜の声は思ったよりも大きく響いた。こんなマイナス思考は自分らしくないと思った。鬱々《うつうつ》と考えることなんて苦手なはずなのに、気づけば同じことをぐるぐると考えている。

決めたはずの覚悟はどこに行った！　と思う。本当に最悪。

「悩みがあるのなら、いつでも相談に乗るが？」

誰もいないと思っていたのに、急に声をかけられて、茜は心臓が止まりそうなほどに驚いた。びっくりして振り向くと、フロアの入り口にもう帰ったはずの桂木が上着を持って立っていた。

「え、あ！　か、桂木さん!?　どうして？」

「明日、直行する宝東《ほうとう》商事の資料を忘れたから取りに戻ったんだが」

「そうですか」

びっくりしたせいで、鼓動が異常に高鳴り、言葉がぎこちなくなる。

そして、このなんでもそつなくこなす鉄仮面にしては、翌日の仕事の資料を忘れるなんて珍しいこともあるものだと思った。

桂木さんも疲れてるの？

中国出張から帰って来たばかりの金曜日は香の騒ぎだけではなく、茜が貧血で倒れて早退したし、昨日は茜の様子を気にして、気分転換に連れ出してくれた。

休む暇《ひま》がなかったのかもしれない。

上着を持った桂木がゆっくりと近づいてくる。

「それより、真崎はこんな時間まで仕事してたのか？　金曜日に倒れたばかりだろう」

「木曜日のプレゼンの資料がまだできてなくて。もう帰るところです」

咎《とが》めるような桂木の口調に、ついかわいくない物言いをしてしまう。

「体調管理も仕事のうちだと言ったはずだが？」

「わかってます」

お説教に苛立ちが募《つの》る。貧血で倒れたばかりで、残業している自分が悪いことはわかっている。

「だったらいいが。それで資料はできたのか？」

「だいたいは」

「それなら、もう今日は終わりにして帰って休め。これは業務命令だ」

いつもの淡々とした口調で桂木が言った。それが茜の体調を気遣ってのものだとわかっていても、なんだかムッとする。

誰のせいでこんなに悩んでいると思っているのだ！

自分が桂木に対して理不尽なことを考えているのは理解している。それでも、桂木を前にすると、どうしても意地を張りたくなる。

いつだって、この男には負けたくないと思う自分がいる。でも、今は桂木の方が正しい。また、体調を崩せば皆に迷惑をかけるし、お腹の子にもいい影響はないだろう。

「わかりました。もう帰ります」

意地を張りたくなる気持ちを我慢して、茜は返事をした。桂木は満足したのか、自分のデスクに向かい、明日の資料を机から出している。

それを横目で確認しながら、茜は作った資料をＵＳＢに保存して、パソコンの電源を落とす。

きっと今、桂木の頭の中は、仕事のことだけだろう。自分だけが桂木のことを気にして空回《からまわ》りしている気がした。いつもと変わらない桂木に落胆《らくたん》を覚えるのは自分勝手だとわかっているのに、心は揺れる。

馬鹿みたい。

茜は桂木に気づかれないように小さく溜息をつくと、帰り支度を済ませて席を立つ。一言、桂木に声をかけようとして振り向くと、予想外にすぐ傍に桂木がいてビックリする。驚く茜を見下ろしながら桂木が問う。

「悩みごとの相談ならいつでも乗るが、今も話す気にはならないのか？」

そう言われて、茜の中に迷いが生まれる。

自分が妊娠していることを桂木に言ってしまいたい気持ちはずっとある。

でも、桂木という人間を知っているだけに、こんなぐらぐら揺れているままで妊娠を告げることはできない。桂木に責任を感じてほしいわけでも、重荷を背負わせたいわけでもない。

あの夜のことは、茜も同意の上でのことだった。だからこそ、はっきりと自分で答えを出さないまま、桂木に告げる気はないのだと改めて思う。

さっきまでは桂木の首根っこを掴んで婚姻届にサインをさせてしまえと思っていたのに、本人を前にするととてもそんなことはできない、と思う。

桂木の綺麗な瞳を見ていることができなくて、茜は俯《うつむ》いて首を振る。

「これは自分が解決しないといけない問題だから、まだ言えません。時機が来たら、ちゃんと相談します」

自分らしくもない、小さな声が出る。俯《うつむ》く頭に桂木の強い眼差しを感じ、そして嘆息《たんそく》が聞こえた。

「頑固《がんこ》だな」

聞こえてきた言葉に、今度こそ我慢できないくらいにムカっ腹が立つ。

顔を上げ、桂木の漆黒《しっこく》の瞳と視線が合った瞬間、ふいに腕を掴まれて、引き寄せられた。

ガタンッと茜が座っていた椅子が、大きな音を立てたが、そんなことは気にならなかった。

「え」

驚いて小さく声を零《こぼ》した時には、茜は桂木に抱き寄せられていた。ほんのりと桂木のフレグランスが香った。何が起こったのかわからず茜が呆気《あっけ》にとられているうちに、唇に何かが触れた。

熱く、柔らかい感触に、桂木にキスをされたのだと気づいて、一気に鼓動が激しく乱れた。

「……んっ」

な、なんで？　どうして？

突然の桂木の行動に頭が真っ白になる。

茜は桂木の腕の中に囚《とら》われたまま、身じろぎひとつできずにいた。

「…んん、やぁ」

抗議のために上げたはずの声は、桂木の口の中に消え、吐息まじりの曖昧《あいまい》な言葉にしかならなかった。その声は自分で聞いても酷《ひど》く甘く聞こえた。

抗議というより、もっとキスをねだっているような響きがそこにはあった。

顔が羞恥《しゅうち》で赤く染まる。茜の背筋を覚えのある甘い疼《うず》きが駆け上がってくる。口の中に滑《すべ》り込んできた熱い舌に、意識のすべてを持って行かれた。体から力が抜けそうになって、思わず桂木の肩に手を回す。すると、茜を抱く桂木の腕の力が強くなるので、抗《あらが》う気力も奪われる。

だからなんでこの人、こんなにキスがうまいの？

巧《たく》みに、情熱的に、絡められる舌先に、茜はただ翻弄《ほんろう》された。

そのことを悔しいと思う余裕もない。もう何がなんだかわからない。

ひとしきり唇を奪われて、解放された頃には、茜の息は上がっていた。

「……な……んでキス？」

離れていく唇に、二ヶ月前のあの夜と同じ問いが零れた。完全に力の抜けきった体を桂木に預《あず》けたまま端整な顔を見上げると、桂木が吐息だけで笑ったのがわかった。

「この前も、同じことを聞いてたな」

間近にある桂木の漆黒の瞳に、からかうような色が浮かんでいた。焦点も合わせるこも出来ない距離にある桂木を見て、茜の心臓は酷《ひど》く乱雑なリズムを刻む。

さっきまで何を考えているのかわからない、いつもの鉄仮面のままで、仕事の話をしていたくせに、今、茜の前にいる桂木はかつて一度だけ触れ合った獰猛《どうもう》な雄《おす》の顔をしていた。

体を小刻みに震わせながら、茜は桂木の瞳を真っ直ぐに見つめて言った。

「だって、わからないもの」

なんで私にキスをするの？

茜の頭の中で疑問がぐるぐると回る。熱に浮かされた頭で、茜は考える。

でも、わからない。なのに……

「理由が必要か？」

唯一、答えを持っているはずの男は、問いに問いで返して、答えをはぐらかす。

ムッとして眉間に皺《しわ》が寄った。

理由は必要だろう。だって、茜と桂木はただの上司と部下で、恋人でも、なんでもない。

だから、なぜ桂木が茜に触れるのかわからない。

あの夜から二ヶ月も経《た》っている。その間、桂木さんは何も変わらなかったじゃない。

なのに、どうして、今になって。

言葉にできない問いを視線に込めて見つめても、桂木は答えてくれない。

私の言いたいことなんて、わかっているくせに!!　言いたいことも、聞きたいことも、たくさんあるのに、たくさんありすぎて、うまく言葉にできなかった。

「理由が必要なら、真崎が自分で見つけろよ」

どこまでも人を振り回してくれる男は、そう言った。

ふざけないで!!　これ以上、この鉄仮面に振り回されるなんてごめんだ。

ずるい、酷い、馬鹿!!　と、言ってやりたいことはたくさんあるのに茜はどれ一つ言葉にはできなかった。

再び近づいて来た悪辣《あくらつ》な男に、また唇を奪われて、言葉を発することができない。

ここが職場だとか、誰かに見られるかもしれないとか、そんなことは忘れていた。

測れない桂木との距離に、茜は溺《おぼ》れる。

この男のキスは卑怯《ひきょう》だ。

茜が普段持っているはずの大人の女の理性とか、意地とか、プライドとかそんなものを全部引き剥《は》がして、茜をただの女にしてしまう。

「ふぁ、ん」

触れ合わせた吐息も、何もかも桂木に奪われた。無意識に首を反《そ》らすと、より深く口の中に桂木の舌が差し込まれた。ねっとりと動く舌が、的確に茜の性感を呼び覚ます。息継ぎの合間に、零《こぼ》れた声は甘かった。

舌を絡め合って、何度も角度を変えて、キスを貪《むさぼ》り合うたびに、その声は零れ落ちた。自分でも聞いたこともないような、蕩《とろ》けきった甘い女の声。

桂木とのキスは、酷《ひど》く甘く感じる。

桂木のキスがうまいから甘いと思うのか、相手が桂木だから甘く感じるのかわからない。

心の中は桂木に対する文句で溢《あふ》れている。なのに、茜はこのキスをやめたいとは思わなかった。

やめたくないと思ってしまった。

強引なのに、甘過ぎるキスに、茜は翻弄《ほんろう》されるがままに応えた。とろりとした蜜のような疼《うず》きが背筋を駆け上がり、ますます足元がおぼつかなくなる。桂木の腕が腰に回され、崩れていきそうな体を支えた。茜はまるで溺《おぼ》れた人間のように、必死で桂木の広い背中にしがみ付く。

唾液《だえき》に濡れた唇を解《と》かれる瞬間、閉じていた瞼《まぶた》をゆっくりと開くと、男の表情はいつもとは違った。桂木は普段、決して見せることのない色気のある表情をしていた。茜を翻弄する意地悪な男の顔……

「いじ……わ……る」

その表情に思わず零れた言葉。涙目で睨《にら》みつけても、効果が全くないとわかっていても、言わずにはいられなかった。

もう少しだけでいい。自分の気持ちに整理をつける時間が欲しいと思っていたのに、読めない男は極上のキスをして、茜の心を散々かき乱してくれる。

「かもな。でも真崎が頑固《がんこ》だからちょうどいいんじゃないか？」

茜の言葉に笑い、桂木は力の入らない茜の体を抱き寄せる。茜はぽすんと桂木の肩に頭を預《あず》けた。

誰が頑固者で、何がどうちょうどいいのだ。桂木の言葉にむかついた茜は言い返してやりたいと思った。

この腕の中で暴れてやりたい一方で、居心地の良すぎる桂木の腕の中にずっと抱かれていたいという、複雑過ぎる気持ちに茜は瞼を閉じる。

今、茜を抱く桂木の腕も声も、彼女を傷つけるものではなく、優しいものだった。だからなんだか自分が腹を立てているのが馬鹿らしく思えた。

ぴったりと合わさった胸元から聞こえる桂木の鼓動が少しだけ速く、この男が茜とのキスにまだ興奮していることに気づく。

あえて、それには気づかないふりをして、茜は黙って桂木に体を預《あず》けていた。

今のキスですっかり感情のバロメーターが振り切れてしまって、口を開くのすら億劫《おっくう》だった。ここは普段、働いている場所。いつ誰が入ってくるともわからない状況なのに、茜は逃げることもせずに、ただ大人しく桂木の腕の中にいた。

二人の間に、沈黙の時間が落ちる。

力の抜け切った茜の背中を桂木の大きな手が、まるで子どもをあやすように撫でる。

その指先の優しさに、ますますこの鉄仮面が何を考えているのかわからなくなる。

一体、なんなんだと思う。本当に、この男は私をどうしたいんだ。

そして、自分がどうしたいのか、どうしたらいいのかわからなくなって、混乱した気持ちのまま唇から言葉が零《こぼ》れ出る。

「一体、なんな……んですか？　何……がした……いん……です……か！」

閉じていた瞼《まぶた》を開いて、茜は桂木の顔を見上げた。

腹立たしいような、泣きたいような、切ないような混乱した気持ちのまま、桂木の端整な顔を睨《にら》み付ける。

しかし、茜を抱く男は、ふわりと穏《おだ》やかに目元を緩《ゆる》めるだけで、茜の問いに答える気はないらしい。

「本当っ、わけわかんない！　もう少しだけ……放って……おいてくださいって言ったじゃないですかぁ」

茜は腹立たしくなり、涙目で迫《せま》る。桂木は読めない笑みを浮かべて、茜の腰にまわした腕に力を込めてくる。

「そうだな。だが、真崎に関しては俺はもう十分に待ったから、これ以上待つつもりはない」

そこまで言って一度言葉を切ると、桂木が笑みを消して、茜の瞳を覗《のぞ》き込んできた。

もう十分に待ったって何？　待つつもりはないって？

自分を鈍感だとか、察しが悪いとか思ったことはない。なのにこの男については、本当に何を考えているのかわからない。

桂木の言葉の先が読めなくて、戸惑《とまど》いに茜の瞳が揺れる。

「それに、もう待ってやれる時間がないんだ」

どういう意味？　時間がないって何？

意味深な桂木の言葉に、茜の戸惑いは酷《ひど》くなるばかりだった。

まさか桂木が茜の妊娠に気づいているとは思えない。けれど、時間がないと桂木は言う。

「桂木さん？」

桂木の言葉の真意を知りたくて、茜が桂木の名前を呼んだ瞬間、誰かがこちらに向かって歩いてくる足音に気づいた。

あ、どうしよう。ただでさえ今は香との三角関係だとか、鳥飼部長に喧嘩《けんか》を売ったことだとか、色々あることないことを噂《うわさ》されているのに、こんなところを見られたら……

茜がそこまで考えた時、頭上で小さな嘆息《たんそく》が聞こえて、ふいにするりと桂木が茜を抱き寄せていた腕を解《ほど》いた。今まで隙間もないほど、ぴったりと抱き合っていた温もりが急に離れて、一瞬だけ寒さに体が震えた。見られたら困ると思っていたのに、あっさりと解放され、ほんの少しの寂しさを覚える。

まるで何事もなかったように、いつもの無表情に戻った桂木は、気づけば手の届かない距離に立っていた。

その冷静さに、やっぱり腹が立った。自分は桂木の一挙一動に反応して、動揺して、振り回されているのに。

妊娠したという事実だけで、もう茜の心はいっぱいいっぱいだというのに目の前の男は、思わせぶりな行動と言葉で、茜の心をかき乱す。

それと同時に、揺れてばかりで何もできない自分を情けなく思った。

ちゃんと自分と向き合うと決めたはずなのに、ちょっとしたことで心が揺れて、迷って、どうすればいいのかわからなくなる。

色々な感情がぐちゃぐちゃと入り混じって、茜は急に泣きたくなった。

やばっ。

ただでさえ潤《うる》んでいた瞳に、こらえ切れないくらいの涙が溢《あふ》れてくる。嗚咽《おえつ》まで込み上げてきて、茜はとっさに下を向いて口元を押さえた。

泣きたくなんてない。泣きたくなんてないのに！

なんで自分が泣きそうになっているのか、茜はわからなかった。でも、我慢できなかった。

「くっ」

小さな嗚咽が零《こぼ》れた。本当に小さな音だったのに、人気《ひとけ》のないオフィスでは、それは大きく響いた。

「真崎？」

桂木がこちらを振り向き、涙を必死に我慢している茜を見て驚く。桂木の声を聞いた茜は、とうとう涙を零した。

返事をすることもできずに、茜はさらに俯《うつむ》いて、ギュッと自分の体を抱き締める。桂木がこちらに手を伸ばしてくる気配がした。桂木の手が茜に届くより早く、先ほどから聞こえていた足音が営業部の入り口で止まった。

そして「政秀さん!!」と香の甲高い声が聞こえた。

桂木はハッとして入り口を振り向く。茜に伸ばそうとした手を引っこめた。

それが酷《ひど》く哀しかった。そして、こんなタイミングで登場した香に、苛立ちを覚える。

なんでよりにもよって今!!　こんなぐちゃぐちゃな気持ちの時に、このお嬢様と顔を合わせたくなかったのに。

軽やかな足音が近づいて、香が桂木に抱き付くのが、涙で滲《にじ》んだ視界の端《はし》に映る。桂木に抱きついた香から、ふわりと甘い香りがした。その甘い匂いが、妙に鼻についた。波立っていた心がさらに拍車をかけて疼《うず》き出す。

「なんで、君が」

自分の腕に纏《まと》わり付く香を桂木が引きはがそうとしているのが、俯《うつむ》いたままでもわかった。

「やっぱりまだお仕事されてたんですね！　おうちに行ったら、いらっしゃらなかったから、きっとまだお仕事中だと思ったんですの！　妻として少しでもお手伝いしたくて!!」

しかし、それにもめげずに、香は満面の笑みを浮かべ、桂木の腕に纏わりつく。

「あら、真崎さん、いたんですの？」

桂木に向けるのとは違う冷たい声音に顔を上げる。桂木の腕に自分の腕を巻きつける香の姿がはっきりと視界に入り、再び涙が滲む。

さっきまで茜を抱き締めていた桂木の腕を、当然のように取る香が嫌だった。

こんなこと思うなんて、らしくないと思った。

香が茜の泣き顔に驚いて、目を瞠《みは》る。

もう、やだ。そう思った。

色々なことが一度に起こりすぎて、乱れ切った心を立て直すことができない。

今は見たくなかった。茜とは違い、真っ直ぐに桂木にぶつかっていける香の姿を。

茜はとっさに机の上の荷物を掴み、この場から逃げ出す。

「真崎！」

「きゃ！　政秀さん！」

桂木に名を呼ばれたが、立ち止まらなかった。茜は廊下を走り抜けて、ちょうど開いていたエレベーターに飛び込む。

「真崎！」

降下ボタンを連打して、エレベーターのドアが閉まる瞬間、追いかけてきた桂木とその腕に縋《すが》って彼を引き留めている香の姿が見えた。

あの鉄仮面にしては珍しく焦《あせ》っていた。

でも知ったことかと、茜はエレベーターを止めなかった。ドアが閉まり、エレベーターがゆっくりと動き出すと、ホッとして一気に涙が溢《あふ》れだす。

「……ひっく、ふぁん」

自分でも何をやっているのかわからない。ただ今は、どうしてもあの場にいたくなかった。

ゴンッと頭をエレベーターの壁にぶつけるようにして、壁に寄りかかる。狭いエレベーターの中、茜の嗚咽《おえつ》だけが響く。

こんな風に心が乱れてどうしていいのかわからなくなるなんて、五年前の孝明と満の時以来だった。

だから、もう恋なんてしたくなかったのだ。

男の人の行動に一喜一憂《いっきいちゆう》するのも、裏切られて傷付くのも、もう嫌だったはずだ。

いつかあの鉄仮面を仕事で引っぺがしてやることを目標に、手のかかる後輩の面倒を見て、食えない同期を叱咤《しった》し、疲れた心と体を親友と飲んで慰《なぐさ》め合ってきた。

気持ちが揺れることも、波立つこともない。大きな変化もないが、穏《おだ》やかな日々が好きだった。

なのに、桂木はいともあっさりと茜の心を揺らして、忘れていたはずの気持ちを思い出させる。

たかがキス一つ。

そう思うのに桂木が仕掛けてくる極上のキスは、茜の心を振り回して、混乱させる。

鞄《かな》に入れていたスマホが着信音を奏でた。泣いたまま取り出したスマホの画面に桂木の名前が浮かぶ。一瞬だけ出ようか迷って、でも今もきっと一緒にいるはずの香の顔が浮かび、茜はスマホの電源を落とした。

＊＊＊

「茜！　起きて～朝よ！」

美紀の元気な声と同時に、カーテンが一気に開けられ、部屋の中に冬の澄《す》んだ朝日が差し込んでくる。

「……ん」

その眩《まぶ》しさに、茜は小さく唸《うな》り、眉間に皺《しわ》を寄せながら瞼《まぶた》を開けた。窓辺に立つ美紀と視線が合う。

「おはよう！」

「……おはよう」

茜が起きたのを確認した美紀が、笑顔で声をかけてくる。今日も朝から元気な親友に、茜は苦笑しつつ挨拶を返す。

「朝ご飯できているから、顔を洗ってきて」

それだけ言うと、美紀は寝室を出て行った。美紀の言う通り、みそ汁とごはんのいい匂いがしている。その匂いに誘われて、茜はまるで鉛《なまり》のように重い体をのろのろと布団から起こした。

何だか朝日が瞼《まぶた》に突き刺さる気がした。

きっと、昨日泣きすぎたせいで、瞼が腫《は》れているのだろうと他人事のように思って、小さく溜息をつく。

昨日の夜、茜は桂木と香の前から泣きながら逃げ出したあと、美紀の家に押しかけていた。

一人でいたくなかった。酷《ひど》く気持ちが不安定になっていたから、真っ暗で誰もいない自宅には戻りたくなかった。

だからといって、桂木たちのところに戻る勇気なんてない。

スマホの電源も昨夜から落としたまま。あのあと、桂木が再び連絡をよこしていたのかどうかも知らない。

怖くて、見ることもできないから、スマホは鞄の奥深くにしまったままだ。

会社の前でタクシーを捕まえた時に、後ろから桂木の声が聞こえた気もしたが、それは追いかけてきてほしいと思った自分の幻聴のような気がして、振り向くことはできなかった。

もし振り向いて、桂木がいても、いなくても、きっとどうすることもできなかったと思う。

タクシーに飛び乗って、混乱した気持ちの茜が頼ることができたのは親友の美紀だけだった。

夜に突然泣きながらやって来て、「泊めて……」と言った茜に、美紀は最初驚いていたが、何も言わずに部屋に入れてくれた。

美紀は夕飯や茜の布団の用意をしたあと、事情を問いただすこともなく、そっとしておいてくれた。

何も聞かず、さりとて無関心なわけでもない美紀の優しさが、ささくれ立って不安定になっていた茜にはありがたかった。

一晩経《た》って、少しだけ冷静になった今、茜はなぜ自分があの場から逃げ出したのか振り返る。

あの時はいろんな感情がごちゃ混ぜになって、自分で自分を抑えられなかった。

ただ、見たくなかったのだ。香と並ぶ桂木の姿を。

臆病《おくびょう》な自分とは違って、素直に桂木にぶつかっていく香の姿を。

あの瞬間に、茜が覚えた感情。それはきっと嫉妬《しっと》だったのだろう。少しだけ冷静になった今ならわかる。自分には無いものを持つ彼女にひどく嫉妬していた。

たとえちょっとずれていても、真っ直ぐに恋に向かって走る勇気なんて茜にはない。

茜の傷ついた心は臆病《おくびょう》になりすぎていた。それと同時に、茜は桂木に見られたくなかったのだ。香に嫉妬《しっと》して醜《みにく》く歪《ゆが》んだ女の自分を。

あの男の前だけでは、どんな弱さも見せたくない。そんな意地は無意味だとわかっていても、茜は桂木にだけは負けたくないのだ。

入社以来、桂木の近くて遠い背中を必死に追いかけ続けてきた。その努力が今の茜を支えている。

孝明と満のことがあっても、茜がなんとか立ち直ることができたのは、桂木がいたからだ。

いつか絶対に、仕事であの男の鉄仮面を引っぺがしてやるという明確な目標を持つことで、辛い現実に挫《くじ》けそうだった自分の心を鼓舞《こぶ》して、茜は働き続けた。

一歩を踏み出すために、時間が欲しいとか、自分に対して色々と言い訳をしているが、結局のところ、茜は怖いのだ。

恋をするのが、桂木や妊娠という現実と向き合うのが怖くて仕方ないのだ。それがあの瞬間に、はっきりとわかってしまった。

二日前の決意は一体なんだったのだと、自分を責めたくなる。

今、茜の心はどうしようもないほどに、揺れて、乱れていた。

なんであんなことしたのよ、桂木さん。どうして放っておいてくれないのよ。お願いだからこれ以上、私の気持ちをかき乱さないで。もう本当にこれ以上の厄介事《やっかい》はご免なのだ。

たかがキス一つ。そう思うのに。そう思いたいのに。

重い溜息が茜の唇から零《こぼ》れる。

これはただの八つ当たりだ。桂木が悪いわけじゃない。問題は桂木ではなくて自分だ。向き合うと決めたはずのことから、逃げ続けている自分が悪いのだ。

茜は俯《うつむ》いて、自分のまだ平たいお腹を見つめる。

どうしたらいいのだ。

「茜～！　起きてる？　早くしないと遅刻するわよ！」

台所から美紀の声が聞こえてきてハッとする。慌てて時間を確認すると、もう七時近くになっていた。茜は急いで起き上がり、洗面所に向かう。

顔を洗ってから台所に行くと、もうすっかり仕事に行く準備を整えた美紀が、朝食を前にコーヒーを飲みながら新聞を読んでいた。

「ごめん。お待たせ」

茜が声をかけると、美紀が新聞から顔を上げる。

「何してたの？　もしかして二度寝？」

「みたい」

「しょうがないわね。さ、早く食べないと遅刻するわよ？　ご飯、食べよう！」

仕方なさそうに笑って、それだけ言うと美紀は朝食を食べ始めた。

茜の様子がいつもと違っているのはわかっているはずなのに、あえて何も言わずにいつも通りに接してくれる親友の優しさがありがたかった。

「いただきます」

茜も美紀の向かいに座り、箸《はし》を持つ。

炊《た》き立てのご飯とみそ汁、厚焼き玉子と納豆の美味しそうな純和風の朝食を見て、茜は笑みを浮かべた。

どんなに落ち込んでいてもお腹って空《す》くのよね。そう思いながら、みそ汁を飲もうとした時だった。急にみそ汁の匂いが鼻についた。美紀や香の香水の匂いを感じた時も同じように、気持ち悪くなったが、その時よりも今の方が数倍気持ち悪い。

胃がむかむかして我慢できず、箸とみそ汁の椀をテーブルに置き、急いで立ち上がる。

「茜？」

驚いた美紀が声をかけてくるが、返事をする余裕もなかった。胃の奥から酸っぱい胃液がせり上がってくる。我慢できずに流し台に走り寄り、茜は胃液を吐き出した。

「ちょっと！　茜、大丈夫!?」

美紀が茜に駆け寄って背中を擦《さす》ってくれる。

「……うっ、ごほっ……」

何度かえずいて少しばかりの胃液を吐き出すと、ちょっとだけ吐き気が治まった。

蛇口をひねってシンクを洗い流していると、美紀が横からコップを差し出してくれた。

まだ胃がむかむかして口を開くことができず、茜は無言のままコップを受け取り、口をすすいだ。ようやく気持ち悪さが治まった。

小さく安堵《あんど》の息を吐く茜に、美紀が今度はタオルを差し出してくる。

「ありがとう」

掠《かす》れた声で小さく礼を言ってタオルを受け取り、口元を拭《ぬぐ》う。

これって。今のこれってやっぱり、つわりなのだろうか。

不安が再び茜を包む。自分が妊娠しているという現実を、お腹の子に突き付けられた気がした。覚悟もなく、母親である自覚もない自分に、お腹の子が怒っているような気がした。

ごめん。ごめんなさい。こんな情けない母親でごめんなさい。

後ろ向きで、何一つ決められない自分に、泣きたくなる。嗚咽《おえつ》をこらえるために、口元に当てたタオルを強く押し付ける。

「ねぇ、茜……」

今まで沈黙していた美紀が、覚悟を決めたように声をかけてきた。茜の体がビクリと震える。

「今のってもしかして――」

「なんでもない！　やっぱり、まだ調子が悪いみたい！　ご飯時にごめんね！」

茜は美紀の言葉を途中で遮《さえぎ》り、わざとらしいほどの引きつった笑顔で謝った。

こんなことで美紀を誤魔化せるとは思っていなかった。わがままだとわかっていても、知らないふりをしてほしかった。

「茜！」

美紀は前に回り込み、肩を掴んで、俯《うつむ》こうとした茜の顔を覗《のぞ》き込んでくる。

「あんた、いい加減にしなさいよ？　いくら私でも我慢の限界ってものがあるのよ。この私を誤魔化せるとでも思っているの!?　最近、何か悩んでいると思ったら、こんな大事なこと一人で抱《かか》えられるわけないでしょうが！　夜中にいきなり泣きながらやって来た親友を心配しないわけがないでしょ！」

そう怒鳴りながら、美紀は茜の震える肩を抱き締めてくれる。

「……ごめん。美紀」

その優しい温もりに、頑《かたく》なになっていた茜の心が緩《ゆる》んで、涙が溢《あふ》れた。

「本当に馬鹿なんだから。茜が言いたくないって言うなら、無理やり聞き出すつもりはないわ。でもね、心配ぐらいさせなさいよ。私たち親友でしょ？　それともそう思っているのは私だけなの?」

美紀の肩に額《ひたい》を押し付けて、茜は首を横に振る。何度も強く振る。弱っている今、茜が頼れるのは美紀だけだった。でも心配してくれる親友になんと言って詫《わ》びたらいいのかわからない。

美紀は笑い、茜の背を子どもをあやすようにゆっくりと撫でる。

「この前、倒れたのもこれが原因?」

「……うん」

「そう。病院には?」

「まだ行ってない」

「そっか」

初めの怒鳴り声が嘘のように優しい声で美紀が問い掛けてくる。茜もポツリポツリと返事をする。

「今日は仕事行けそう?」

「今日は休む」

今の不安定な状態では、桂木に冷静な気持ちで会える気がしなかった。

「そうね。その方がいいかもね。まだ、顔色悪いし、病院に行ってちゃんと診察してもらったら?」

「……うん」

美紀の提案に茜は素直に頷《うなず》いた。

美紀がそっと茜の体を離す。

「とりあえず、これ以上は今は聞かないでおく。茜が言えないのは、自分の中でまだちゃんと答えが出てないからでしょう？　でも、覚えておいて。心配する人間が傍にいることを」

「……ありがとう」

「事情が話せる時が来たら、ちゃんと話してね？」

「わかった」

「ご飯、食べられそう？　少しでも胃に何かを入れておいた方がいいと思うわ」

「たぶん、大丈夫だと思う」

「じゃあ、ご飯食べよっか」

「うん」

二人はテーブルに戻ると食事を再開した。今度はなんとか吐き気を覚えることなく食べることができた。食事の間、美紀はもう何も聞いてこなかった。

「ごめん」と「ありがとう」。その気持ちでいっぱいになる。

心配をかけてばかりの自分は情けないけど、美紀に妊娠がバレたことで茜の心は随分と楽になっていた。医務室の松本に慰《なぐさ》められた時も安心したが、今の方が心強かった。

食事を終えて急いで後片付けをする美紀の横で、茜は休みを取るために会社に電話を入れようとスマホの電源を入れる。

電源を入れた瞬間に、いくつもの不在着信とメールを知らせる着信音が鳴った。

すべて、桂木からのものだった。茜が逃げ出してから、ほぼ時間を置かずに何件もの着信とメールが入っていた。


『連絡くれ』

『どこにいる？』

『話がしたいから連絡をくれ』

『無事に家に着いたのか？』

『家に着いたらでいい。連絡をくれ』


あの男らしい端的な要件のみのメール。でも、あの鉄仮面が焦《あせ》っているのが、その短い文面からでも読み取れた。何通もの短い文面を眺めて、茜の瞳に涙が浮かぶ。そして、最後に一件だけ入っていた留守電を聞く。

『真崎、今どうしてる？　ちゃんと家に着いたか？　今日のことは悪かった。話がしたい。明日でもいい、俺に時間をくれ。体調もまだ万全じゃないだろうから、今日はちゃんと休め。おやすみ』

茜を気遣う言葉と、話がしたいという桂木の言葉を聞き、茜は逃げてばかりいられないと思う。

スマホから流れてくる桂木の声は、淡々としていたけれど、優しく聞こえた。あの男の本質的な強さと優しさがその声から伝わってくるような気がした。

逃げることを許さない強さと、それと同時にすべてを受け止めてくれる優しさ。

桂木が何を考えているのかわからない。あの時、彼は時間がないと言った。

茜の妊娠を知っているとは思えないから、別の話なのだろう。

桂木とちゃんと話をしなければいけないとわかっている。でも怖くて仕方ないのだ。逃げてばかりではいられないとわかっているのに、どうしようもなく臆病《おくびょう》で弱い自分がいた。

茜は小さく息を吐き出し、涙を瞼《まぶた》に閉じ込める。そして、桂木に電話を入れるために、スマホを操作する。

桂木と何を話せばいいのかわからない。それでも、このままではいけないということだけは、はっきりとわかっていた。

スマホを持つ指先が微《かす》かに震えた。長く続く単調なコール音に、茜の気力は挫《くじ》けそうになる。

どうしよう？

一度、電話を切ろうか悩む。でももし今、電話を切ってしまったら、もう一度電話をかける勇気なんて湧いてこない気がした。迷っている間も呼び出しのコール音は続く。

あと五コールで、桂木が出なかったら、この電話を切ろうと決める。

カウントを始めた三コール目の終わり、『真崎か？』という声が聞こえた。

スマホ越しに桂木の声が聞こえてきて、茜はとっさに返事をすることができなかった。

『政秀さん!! 香のお話はまだ終わっていません!!』

その声の後ろで香の叫び声が聞こえて、茜の心は動揺する。

『悪いがこれ以上、君とする話はない……』

『政秀さん!!』

香と桂木の言い争う声が聞こえてきて、ますます戸惑《とまど》って、茜は何も言えなくなる。

ど、どうしよう？

茜が困惑している間も二人の声は聞こえてくるが、何を言っているのかまでは、はっきりと聞き取れない。ただ、一方的に香が騒いでいるようだった。

スマホを耳に強く押し当てて、二人の声を拾おうと集中する。

本当に一体何があったの？

『田中、間山!!』

茜がそう思った時、ふいにクリアに桂木の田中と間山を呼ぶ声が聞こえた。

『ちょっとなんですの!! 止めないで!! 政秀さん!!』

『うわっ! いてて……!!』

『あとは頼む!』

『はいはい……』

香たちが争う音と声が聞こえたと思ったら、桂木がどこかに移動する足音と衣擦《きぬず》れの音が聞こえてきた。

今、職場で何が起こっているのだろう? と思った時、静かな場所に移動したらしい桂木が、茜の名を呼んだ。

『真崎?』

「あ、おはよう……ございます」

とっさに朝の挨拶をしている自分に間抜けさを感じてしまって、羞恥《しゅうち》に頬が染まる。

何を言っているのだ、私はもっと他に言うことがあるだろうに。なんで呑気《のんき》に朝の挨拶をしてるのよ。

『おはよう。大丈夫なのか? 昨日はちゃんと休めたか?』

桂木の返事も遅れたが、すぐに茜の体を気遣ってくれた。そのことが素直に嬉しい。

「……大丈夫です」

『そうか』

安堵《あんど》を滲《にじ》ませた桂木の答えが返ってくる。でも、電話の向こうの状況も気になる。

「あの、そちらこそ大丈夫なんですか？　なんだか取り込んでたみたいですけど……」

『問題ない。あのお嬢様のことは気にしなくていい』

そう言われても、気になって仕方ない。

「でも……」

『それより真崎』

二人同時に言葉を発して、気まずさに一瞬だけ沈黙が落ちる。

「桂木さん」

『真崎』

互いの呼びかけがまた重なって、電話の向こうで桂木が笑ったのがわかった。茜も状況を忘れてクスリと笑った。二人の間にあった緊張感が緩《ゆる》む。

『真崎……』

「……はい」

『話がしたい』

「……」

単刀直入な桂木の一言に、茜はなんと答えていいのか一瞬だけ迷う。でもいつまでも逃げてはいられないと思った。

なのに、どうしていいのかわからない。

怖いのだ。桂木と向き合うのが。その先に待っている変化が怖かった。

そんなことできるわけないとわかっているのに、いつまでも変わらないでいたいと強く思ってしまう臆病《おくびょう》な自分がいる。

トクンッ！

その時、ふいに茜の下腹部が強く疼《うず》いた。

え……？

驚いて茜がお腹に触れると、もう一度だけ下腹部が疼いた。痛みはなかった。ただ内側から蹴《け》られたような、そんな感じの疼きを手のひらに感じた。

まさか……!?　そんなことあるわけない。まだ胎動《たいどう》を感じるような時期じゃない。

なのに、まるでお腹の中の子が、意気地のない母親に痺《しび》れを切らして、「しっかりしろよ！」と檄《げき》を飛ばしている気がした。

触れた腹部から温かい何かが伝わり、茜の中を満たしていく。

あなたのためにも、ちゃんとしないとね。この現実から、いつまでも逃げてばかりはいられないのだ。迷っていられる時間はもうない。本当に情けなくてごめん。

お腹の子に心の中でそう話しかけると、まるでその通りと言わんばかりに再びトクンッ！　と下腹部が疼いた。

茜はお腹を撫で、一つの決意をする。

桂木は何も言わずに茜の返事を待っている。茜は小さく息を吐いた。

「今日の夜。時間、ありますか？」

緊張のため喉がからからで、少し掠《かす》れた声が出た。プレゼン前だってこんなに緊張したことはない。

たった一言を告げるのに、酷《ひど》く勇気が必要だった。

本当に自分はいつの間にこんなに臆病な人間になったのだろう？

「私も……私も桂木さんと話がしたいです。桂木さんに、聞いて欲しいことがあります……」

それだけ言うのがやっとだった。茜の中のためらいがそのまま表れた、歯切れの悪い言葉。でも、桂木はその言葉を遮《さえぎ》ることも急《せ》かすこともなかった。

この鉄仮面のような上司は、いつだってちゃんと茜の話に耳を傾《かたむ》けてくれる。だから、突っかかっていくことも、喧嘩《けんか》を売ることもできたのだ。

『わかった。今夜、時間を作る』

相変わらずの短い言葉。この鉄仮面上司の言葉はいつも用件だけ。桂木らしいといえばらしいのだが、今のこの状況ではもっと何かを言って欲しいような物足りなさを感じる。

でも、きっと今、何か言われてしまえば、また茜は逃げ出したくなるだろう。だから、これくらいのシンプルな短い言葉がちょうどいいのかもしれない。この敏《さと》い上司にはそんな茜の臆病《おくびょう》さも、今の心の揺れも、何もかもを見抜かれているような気がした。

「ありがとうございます」

『礼を言われるようなことじゃない。話がしたいと言ったのは俺だ』

「そう、でしたね」

『あぁ』

会話が途切れて、ためらいの沈黙が二人の間に落ちる。

「……桂木さん」

茜は桂木に呼びかけた。

『なんだ？』

「今日。急なんですけど、病院に行きたいので、仕事を休ませてください」

先週の金曜日に続いてまた急に仕事を休むことに対して、申し訳なさはあった。それでも、美紀に言われたこともあり、今は自分の体とお腹の子のことを優先したかった。

『やっぱり、調子が悪いのか？　だったら今晩、無理しなくてもいい。話は真崎の体調が戻ってからでもかまわない』

「大丈夫です。私も話がしたいから……」

もし、今日を逃したら、今の臆病な自分は、また逃げ出してしまう気がした。そうしなければいつまでも、迷って、悩んで、身動きがどんどん取れなくなる。だから、自分から今日の夜とタイムリミットを作る。

『わかった。有給の処理をしておく。ただ、無理だけはするな』

茜の思いを感じ取ったのか、桂木はそれ以上は何も言わず、茜の体を気遣いつつも了解してくれた。

「ありがとうございます……」

『仕事のことは心配しなくてもいい。こちらで対処しておく』

「お願いします」

そのあと、いくつか桂木に仕事の引継ぎを頼んで、「それじゃあ、今日の夜、仕事が終わった頃に電話します」と茜が電話を切ろうとした時だった。

『真崎』

桂木が茜の名前を呼んだ。

「はい？」

『今日の夜は』

そこまで言って桂木が一度、言葉を切った。この男にしては酷《ひど》く珍しいことに、何か言うのをためらっている。

『真崎。今日の夜は泣いても、怒ってもいいから、逃げないでくれ』

「……………」

茜は何も言えなかった。逃げている自覚があるだけに、余計に何も言えなかった。

やっぱりこの上司には、今の茜の中にある臆病《おくびょう》さも、怖《おそ》れも気づかれているのだと思った。本当は電話をしている今この時も、逃げ出したくてたまらない。でも、逃げても何も変わらない。だったら、ちゃんと向き合うしかないのだ。こんな風に嫌なことや怖いことから、尻尾《しっぽ》を巻いて逃げるような真似はしたくない。

そして、何よりやっぱり自分は、この男に自分の弱さを見せるのが嫌なのだと思った。この男の前から逃げ出すようなことはしたくない。いつだって正面からぶつかっていたのだから。臆病なくせに、どこまでも負けず嫌いで意地っ張りな自分。天邪鬼《あまのじゃく》すぎて笑うしかない。

なんで自分はこんなにもこの男に負けたくないと意固地《いこじ》になってしまうのだろう？

そう思うが、この鉄仮面を前にすると無駄に闘争心が湧くのだ。習性みたいなものかもしれない。

「……今日は逃げません」

気づけば茜はそう返事をしていた。小さくも力強い声ではっきりと答えた茜の言葉に、電話の向こうで桂木がくすりと笑う。

『今晩、連絡を待ってる』

それだけ言って桂木は電話を切った。

次の瞬間、緊張していた体から一気に力が抜けた。茜は座り込んだまま通話の切れたスマホを見下ろす。

茜はふと自分は桂木に謀《はか》られたのだろうかと思った。

桂木に『逃げないでくれ』と言われる前の自分だったら、もしかしたら今晩も逃げ出すかもしれない。でも、桂木にそう告げられた瞬間、いつもの自分を取り戻していた。

桂木に負けたくないと思う、いつもの意地っ張りで負けず嫌いな茜がいた。

茜は苦笑して溜息をつく。

茜の性格も行動も何もかもを見透かして桂木がああ言ったのだとしたら、やっぱりあの男には敵《かな》わないと思った。結局、自分はあの上司の手のひらの上で転がされているのかもしれない。そう思うと苛立ちも覚えるが、桂木の方がやっぱり茜よりも一枚も二枚も上手《うわて》なのだろう。

悔しいと思うなら、頑張るしかない。

タイムリミットは決まった。だったらあとは腹を括《くく》るだけ。あの鉄仮面の前で尻尾を巻いて逃げるなんて真似はもうしたくない。

茜は小さく拳《こぶし》を握って自分に気合を入れると、そっとお腹に手を当てた。

先ほど、暴れていたのが夢だったのではないかと思えるほど、今は何の反応も示さない平らなお腹。でも、確かにここには命が宿《やど》っている。情けない母親を叱《しか》り飛ばすほど元気で、自己主張の強い命が。

妊娠検査薬を使った時も、判定時間の三分を待つまでもなく、はっきりくっきり現れた陽性《ようせい》反応を見て、どれだけ自己主張が強いんだと思ったことを思い出す。

桂木と茜の子どもなのだ。自己主張が強いのは当たり前なのかもしれない。

そう思うとなんだかおかしくて、茜はクスリと笑っていた。

怖いとは思う。今も変化を恐れる気持ちはある。でも、変わりたいと思う気持ちも本当なのだ。

また、恋がしたい。

その相手があの鉄仮面上司だったのはなんの因果だとは思うけど。

あの無口な鉄仮面の下にある、生身《なまみ》の桂木政秀という男と触れ合ってみたいと強く思う。

だから、今度こそ逃げないで、向き合ってみよう。

茜は今度こそと覚悟を決めた。

＊＊＊

茜は仕事に行く美紀と駅で別れたあと、医務室の松本に紹介された産婦人科に来ていた。

保険証と一緒に松本からの紹介状を受付の女性に手渡し、渡された問診票に記入する。

「はい、お預《あず》かりしますね。順番が来たらお呼びするので、おかけになってお待ちください」

受付が終わり、肩の力が抜ける。

いい歳して、診察に緊張している自分に気づく。病院に慣れていないのもあるが、やっぱり産婦人科という場は、女性にとって独特の緊張感があるところのような気がした。

待合室のソファに座りながら辺りを見回す。当然のことながら妊婦さんとその付添いの家族で溢《あふ》れていた。

独身で、まだお腹も大きくない茜は、なんだか自分が場違いな気がして、少しだけ居心地が悪かった。茜は気を紛《まぎ》らわせるために、待合室にあった週刊誌を手に取って眺める。

それからしばらくして「真崎さーん！　真崎茜さん！　一番診察室までお越しください！」と呼ばれ、再び緊張しながら茜は診察室に入った。

「妊娠九週目に入ったところですね」

いくつかの診察を終えたあと、産婦人科医が穏《おだ》やかに微笑みながら言った。松本の同期だというこの女性も彼女と同じで優しい笑みがよく似合う人だった。慣れない診察に戸惑《とまど》い緊張する茜に、一つ一つ丁寧に説明してくれる。

「ここ見てください。これが赤ちゃんですね。元気に動いてますよ」

そう言って、先ほど診察の時に撮影したエコーを見せてくれる。

ボールペンの頭で示された場所には、豆粒のような小さな黒い点がピコピコと懸命に動いていた。

元気に動く小さな姿を見た瞬間、突然茜の目から涙が溢《あふ》れ出す。

産みたい。

その時初めて、茜は強く強く、この子を産みたいと思った。

今までは自分のことばかり考えてしまっていて、産むことにどこか迷いがあった。

でも絶対にこの子を産みたい。

どんなことをしても、産んでみせると、素直にそう思えたのが不思議だ。

涙で霞《かす》む視界の中、懸命に動く小さな命に愛おしさを覚えた。

まだ人間の形すらしていないその小さな命は、茜が迷って不安になっている間も茜の中で懸命に生きていた。そのことが嬉しい。

自分の中の迷いや不安が綺麗に晴れていくのを茜は感じた。

ごめんね。今まで、本当にごめんね。でも、もう迷わないから。私はあなたをちゃんと産んでみせる！

茜は泣きながら、笑ってお腹に手を当てた。その時、また下腹部が小さく疼《うず》くのを感じた。

今さらかよ！　とお腹の中の子どもが怒っている気がして、茜はおかしくなった。

本当にこの子は自己主張が強い。きっとこの子がいてくれたら自分も強くなれると思った。

「あらあら。真崎さん、大丈夫？」

茜の涙を見て、医師がティッシュボックスから豪快に何枚もティッシュを引き出して手渡してくれた。

茜は医師の見た目と行動のギャップがおかしくて、さらに笑ったあと、ありがたくティッシュを受け取った。

化粧がぐちゃぐちゃになることも気にならなかった。

おかしくて、嬉しくて、そして、茜は幸せだった。

思いっきり鼻をかんで、涙を拭くと茜は、「産みます！」と迷わずに宣言した。

医師は「そう。じゃあ一緒に頑張りましょう」と優しい笑顔で告げ、茜は力強く何度も頷《うなず》いた。

そのあと、いくつかの妊娠初期の注意事項と母子手帳交付の手続きについての説明を受け、茜は病院をあとにした。

4

病院の帰り、茜は桂木と会う前にもう一つ、どうしても片付けておきたいことがあって、自宅とは反対の路線の電車に乗っていた。

十三時を過ぎた中途半端《はんぱ》な時間だったので、車内は空《す》いていた。茜は人気《ひとけ》のない座席に、穏《おだ》やかな気持ちで座る。

触れた自分の腹部は、いまだに平らなままで、ここに命が宿《やど》っているとは見た目だけではわからない。

でも、今の茜はそれをしっかりと自覚していた。

柔らかく温かい表情で、茜はそっと、自分のお腹に触れる。

先ほど見たエコーに映っていた小さな小さな豆粒。まだ人間の形にすらなっていない小さな命が、確かに命が宿っている。

茜は自分の下腹部を、優しい気持ちで撫でる。

あんなに産むかどうか迷っていたのに、エコーに映ったわが子の心臓の動きを見た瞬間に、茜は産みたいと思った。何があっても、どんなに苦労してもいい。この子を産みたい。

あれほど悩んでいたのが嘘のように、今の茜に迷いはなかった。

この子を産むために、桂木と向き合うためにも、茜はどうしても片付けておきたいことがあった。

目的地の駅名がアナウンスされ、茜は電車を降りる。

五年ぶりに降りた駅は少しだけ様子が変わっていて、茜は時間の流れを感じずにはいられなかった。でも、商店街は昔とあまり変わらなくて、懐《なつ》かしくなる。変わったところ、変わらないところを見つけながら商店街を抜けて、茜は実家に向かってゆっくりと歩いていた。トラウマになっている過去を清算するために。

五年ぶりに訪れる実家の前に辿《たど》り着くと、茜は一つ深呼吸し、勇気を出してチャイムを鳴らした。

数秒後、『はーい』という明るい女性の声がインターフォンから聞こえてきた。

『どなた～？』

インターフォン越しに母が問い掛けてくるが、なんと言うべきか迷った。何しろ孝明と満のことがあってから五年、電話はしていても、茜は一度も実家に寄りつこうとしなかったのだ。

そんな娘が突然帰宅したら、母親はなんと言うだろう?

勢いのまま連絡もせずに帰ってきたことを少しだけ後悔する。

インターフォン越しに母が再び『どちら様ですか?』と不審そうに声を掛けてくる。

茜はおずおずと応えた。

「えっと、あの、お母さん、ただいま。茜なんだけど……」

『……! 茜っ⁉』

茜の返事に母の声が裏返る。

ガシャンッ‼

そして、インターフォンが乱暴に切られると、家の中からドタドタというすごい足音が聞こえた。次に起こることを予測して、茜は玄関ドアの前から三、四歩下がる。

バーン‼

壊れるんじゃないかという勢いで玄関ドアが開かれて、母が顔を出す。

茜とよく似たアーモンドアイと襟足《えりあし》でカットされた焦げ茶色の髪をした母は、玄関前に立つ茜の姿を見て瞳を丸くする。

そのあまりの視線の強さに、茜は苦笑いせずにはいられない。

親不孝してきたもんね。

茜が苦笑すると、母が話し出した。

「やだ!! ちょっと!! 本当に茜じゃない!! あんた、どうしたの？ 仕事は？」

「えっと、ただいま。仕事は今日は有給を取ってる。これ、お土産《みやげ》……」

先ほど、商店街で買ってきたチーズケーキの箱を母に差し出す。

「あら、田丸屋《たまるや》のケーキ？ 茜が買って来るってことはチーズケーキ？」

「うん。久しぶりに商店街を通ってきたら、お店やっててつい買って来ちゃった」

「そう、あんた好きだったもんね。田丸屋のチーズケーキ」

「うん……」

少しだけしんみりとしながら、そこまで話をしたところで母がハッとする。

「あ、びっくりしてこんなところで話し始めちゃったけど、とりあえず上がんなさい」

「うん……」

母に促《うなが》されて、茜は久しぶりに実家に上がる。玄関先に小さな子供用の長靴が置かれているのが目に入って、一瞬だけ茜に動きを止めた。青い小さな長靴は片方だけ倒れている。

感傷に胸が疼《うず》く。でも、その痛みは思うより、ずっと小さかった。

茜はわずかな胸の痛みに目を伏せて、そっとその片方だけ倒れた長靴を直すと、自分の靴を脱いで家に上がった。母はそんな茜の行動を見ても何も言わなかった。チーズケーキの箱を持って、茜をキッチンに促《うなが》す。

「茜、昼は食べたの？」

キッチンのダイニングテーブルに座ると、母が尋ねてきた。

「来る前に食べてきた」

「そう。私もさっき食べたばかりだしね～」

ケーキの箱を見下ろした母が、どうしようかと思案しているのを見て、茜は笑う。母の指先がケーキの箱を開けたくてうずうずしているのが見えたからだ。

そういえば、母もここのチーズケーキが大好物だったことを思い出す。

「でも、甘いものは別腹でしょ？」

「まあね……」

笑いながら茜がそう言うと、母も悪戯《いたずら》っ子のような光を瞳に浮かべる。

「せっかく田丸屋のチーズケーキを買って来てくれたのに食べないなんてもったいないものね。コーヒーでも淹《い》れようかしら？」

いそいそと動き出す母がかわいらしかった。茜は母がコーヒーを淹れる準備をしている間、食器棚から皿を取り出して手伝う。六個あるケーキのうち、母と自分の分を皿に取って、残りは箱ごと冷蔵庫にしまった。

「うーーん。やっぱり、田丸屋のチーズケーキは美味しいわね！」

母が満面の笑みを浮かべてそう言い、茜も無言で頷《うなず》く。懐《なつ》かしい味をゆっくりと味わいながら、母と二人で無言のままチーズケーキを食べる。こうしていると実家に帰ってきたのが五年ぶりだなんて嘘のような気がした。でも、何も変わらないように見える家の中にも、確実に変わったところがある。

居間や台所に置かれた子供用の玩具《おもちゃ》や食器が、確実に流れた時間を茜に教えてくれる。

五年前。妊娠初期にかなり体重を落としていたことと、精神的に追い詰められていたこともあり、満は出産後に酷《ひど》く体調を崩し、とうてい育児ができる状態ではなかった。

生まれたばかりの乳飲《ちの》み子と、体調を崩した満、それに孝明たちを見るに見かねた茜たちの両親が育児に協力することになった。そのため、満の体調が回復するまで三人はここに同居していたのだ。

満の体調が回復してからも、まだまだ未熟な若夫婦だけで育児をするのは心もとなく、孝明たち夫婦は実家のすぐ傍に部屋を借りて、今も頻繁《ひんぱん》に行き来している。

だから、茜はこの五年、帰省にしなかった。

見たくなかったし、知りたくなかった。

孝明と満の様子も、生まれた子どもの様子も、何も知りたくなかった。

両親もそんな茜の心情を理解していたから、無理に帰って来いと言うことはなかった。

あれから五年。あの時、生まれた男の子は元気に順調に育っているということが、実家の様子から窺《うかが》えて、茜はホッとする。元気に育ってくれていてよかったと素直に思えた。

胸の痛みは確かにある。でも、それは想像していたものよりもずっと小さかった。

本人たちに会ったらまた別の感情が湧くのかもしれない。けれど、今、茜の中にあるのは健《すこ》やかに育っているらしい子どもの成長に安堵《あんど》する気持ちだけだった。

「……それで？　一体どうしたの？　あんたが帰ってくるなんて、よっぽどのことでしょ？　何があったの？」

チーズケーキを食べ終わり、コーヒーを飲んでいると、母が頃合いと見たのか、そう尋ねてくる。

やっぱり、お見通しか。ま、当然か……五年も帰らなかった娘が突然、連絡もなく帰ってきたら母でなくても何かあったと思うだろう。

茜は母の言葉にふっと表情を緩《ゆる》めると、飲んでいたコーヒーカップをテーブルの上に置いて、姿勢を正す。

「……妊娠した」

なんと言おうか一瞬迷ったが、取り繕《つくろ》っても仕方ないか、と正直に母に報告する。

「…………そう」

茜の言葉を聞いた母は束の間沈黙し、茜と同様にコーヒーカップをテーブルに置いた。

カチャンと母がカップを置く音が、やけに大きくキッチンに響いた気がした。

……それだけ？

母の静かすぎる反応に戸惑《とまど》い、テーブルの向こうに座る母を恐る恐る見つめると、静かな表情をした母と目が合った。母が茜と同じ薄茶のアーモンドアイを細めて、呼びかけてくる。

「ねえ、茜……」

「はい……」

母の静かな声にびくりと緊張して、背筋が伸びる。

次は何を言われるのだろうかと思い、胸がドキドキする。

「いい歳した娘に妊娠したって言われた母親の反応としては、三つあるんだけど、どれ？」

「……三つ？」

「そう三つ。で、どれ？」

予想外な母の反応に、茜はだんだん緊張してきた。

えーと。三つの反応ってなんだろう？　考えてみてもわからなくて、茜は恐々として母に尋ねた。

「……ちなみにその三つって何？」

母は茜の目の前で指を一本立てながら言う。

「一つ目は、娘の幸せを親として祝福する。二つ目は――」

そう言いながら母が二本目の指を立てる。

「いい歳して、男に避妊もさせない馬鹿娘を叱《しか》り飛ばす。三つ目は――」

三本目の母の指先を見つめながら、茜は固唾《かたず》を呑む。

なんだか、次の言葉を聞くのが酷《ひど》く怖い。

それでもすべての選択肢を知りたくて、茜は母の指先を見つめながら、思わず尋ねた。

「三つ目は……？」

茜の質問に、母がにっこりと笑った。

その笑顔に茜は顔を引きつらせる。

怖い……!!

母の微笑む姿に、茜はかつてないほどの緊張と恐怖を覚えた。

「三つ目は、人の大事な娘を傷物《きずもの》にしてくれたどこかの馬鹿男を、地の果てまで追いつめて三枚におろす！」

まるで夕飯の魚を三枚におろすと言うのと同じような口調で、母は静かに微笑みながら言った。しかし、その目は全く笑っていなかった。

「で、どれ？　茜？」

茜の言葉次第で、本当に包丁を持って出て行きそうな殺意を感じた。

「…………」

……うん。そうだった。うちのお母さんはこういう人だった。

明るくてさばさばしていて、曲がったことが大嫌い。家族を守るためならどんなことでもする強くて優しい人。それが茜の母だった。変わらない母に、茜はおかしさをこらえきれない。

無言で茜に選択肢を迫《せま》る母に、ここは大人しく叱られようと茜は覚悟を決める。

「とりあえず二番で……」

「そう。二番なのね？」

「はい……」

茜が返事をすると、母はコーヒーカップを脇にどけ、にっこりと笑ったまま一つ息を吸った。茜は次に来るであろう衝撃に備《そな》えるために、テーブルの下で拳《こぶし》を握る。

「このバカ娘ーーー!!」

母の怒声がキッチンに響き渡る。その声は耳がキーンとするほど大きく、茜は思わずギュッと目を瞑《つむ》った。

「三十にもなって男に避妊もさせないなんて、私はあんたをそんな間抜けに育てた覚えはない！　小学校からやり直しておいで!!」

母の怒声はすさまじかったが、こうして馬鹿なことをしても、ちゃんと叱り飛ばしてくれる人がいる自分は幸せだと思った。

「……ごめんなさい！」

そっと片目を開けると、母は肩で息をしていた。

そんな母に茜は一つだけ反論を試みる。

「あの、お母さん……」

「何よ？」

「私、まだ二十九歳になったばかり……」

茜の言葉に母が再びクワッと目を見開く。

「二十九も、三十も大して変わらないわよ！　いくつだろうがまともに避妊をさせることもできないバカ娘に、反論の余地はない!!」

「う……」

微妙な年頃の女性の茜としてはそこは反論しておきたかったが、これ以上言ってもきっと母の神経を逆撫でするだけだ。茜は大人しく首を竦《すく》めて反論を諦めた。

「それで、どうするの？　産むの？」

母は息を整え、茜に静かに問い掛けてくる。

「産むわ」

今度ははっきりと茜は答えた。真っ直ぐに母の瞳を見つめて、ちゃんと答えることができた。迷わずにはっきりとこの子を産むと言えた自分が誇らしかった。

「そう。よかったわ。ここで、産まないなんて言うような娘だったら、あんたを三枚におろすところだったわ」

「ははは……」

母の言葉に茜は乾いた笑いを漏《も》らす。

選択を間違えないでよかったと茜は心の中で呟《つぶや》いた。

まだ産むことを迷っていたら、ここまではっきりと答えられなかった。

そしたら、本当に自分がこの母に三枚におろされていたかもしれない。この母は、やると言ったら本当にやるだろう。危なかった。本当に危なかった。

「相手の人は、このことを知ってるの？」

「……まだ言ってない。これから言うつもり」

「そう。何か事情があるの？」

「そんなわけじゃないんだけど、ちょっと言いづらい状況で」

いつもの様子を取り戻した母がコーヒーを飲みながら、冷静に質問してくる。茜が順に答えていると、玄関で「ただいま～!!　おばあちゃん!!」という元気な男の子の声が聞こえてきた。

「こら！　孝満《たかみち》!!　脱いだ靴はちゃんと揃《そろ》えなさい!!」

それと同時に男の子を注意する懐《なつ》かしい妹の声も聞こえてきた。母はハッとしたように立ち上がり、時計を見て、茜を見つめて来た。茜は静かに笑う。

このために来たのだ。逃げるつもりはない。

ちゃんと過去と向き合おうと思って、ここまで来たのだ。

茜は静かにその時を待つ。

母はそんな茜の様子に何かを感じ取ったのか、何も言わずにテーブルに座り直した。

それからすぐ「ただいま。お母さん！　そこの角まで怒鳴り声が聞こえて来たけど何かあったの？」と言いながら、満が小さな男の子と手を繋《つな》いでキッチンに入ってきた。

暖簾《のれん》を潜《くぐ》って入って来た満と目が合った瞬間、時が止まった気がした。

茜の姿を見つめて、満の瞳が大きく見開かれる。

満は男の子と繋いでいる手とは反対の手に持っていた荷物をバサッと落とした。

「……お姉ちゃん」

真っ青な顔をして、満が茜を呼ぶ。

「久しぶり」

茜は静かに笑いながら、五年ぶりに会う妹に声を掛けた。

大人になったな。再会した満に対して、茜が最初に思ったのはそれだった。

二人の間に流れた五年という時間を茜は知る。

茜が覚えている最後の満は、まだ高校生だった。泣きながら茜に謝り続けていた時の印象が強く残っていて、きちんとメイクをし、子どもと手を繋いでいる満がなんだか不思議だった。

満に会ったら自分はどうするのだろう？

実家に帰る道すがらずっと考えていた。泣くのか、それとも怒りに我を忘れるのか、憎しみで満を罵倒《ばとう》するのか、色々想像してみた。

でも、今、こうして向かい合う満に覚える感情は、想像していたそのどれとも違っていた。茜が覚えた感情は怒りでも、悲しみでも、憎しみでもなかった。

大人になった満に感慨を覚えるだけだった。

見つめ合う満の見開かれた瞳に涙が盛り上がる。顔を真っ青にして、嗚咽《おえつ》に体を小刻みに震わせ、男の子の手を握る指先が白くなるほど、満は力を入れていた。

「ママ？　痛いよ？」

男の子が動かない満を不思議そうに見つめながら、握られる手の痛みに耐えかねて声を出す。その声にも満は気づかない様子で、ただ茜だけを見つめている。

「……くっ！」

今にも泣きだしそうだった満は、自分の唇を強く噛み締めて涙をこらえた。

その姿に、本当に大人になったなと茜は思った。

この場で泣くのは卑怯《ひきょう》だとちゃんと満は自覚しているのだろう。

五年前の満はただ泣き続けていた。理由も何も言わずにただ泣きながら、茜に謝り続けていた。

あの時、茜は泣いて謝るだけの満を卑怯《ひきょう》だと思っていたことに、今になって気づく。

五年前……本当は茜も泣きたかった。大切な妹と恋人に裏切られて、大声を上げて泣いてしまいたかった。でも、満が先に泣いてしまったから、茜は泣くことができなかったのだ。

あの時の茜に唯一できたことは、自分の感情を麻痺《まひ》させて、何も考えず、まるで傍観者のように、二人の様子を眺めていることだけだった。

そうしなければ、自分の心が壊れてしまうとわかっていたから。

茜が泣いて、喚《わめ》いて、嫌だと叫んだところで、あの時の現実は何一つ変わらなかった。ただ悪戯《いたずら》に事態を悪化させるだけで、孝明の心が茜に戻ることも、満の妊娠という現実が消えることもないとわかっていた。

だから、すべてのことに目を瞑《つむ》り、耳を塞《ふさ》いで、逃げることで茜は自分の心を守った。

茜と孝明、満の間に起こったことは、世間ではよくある寝取られ話の一つなのかもしれない。あの時の自分を悲劇のヒロイン扱いするつもりはさらさらない。でも、二人の裏切りに、感情を麻痺させなければ生きていけないほどに、茜が傷ついていたのは本当だ。しかし、茜にはそれを癒《いや》す方法である涙を流すことも許されなかった。

もし、あの時、泣いて、喚いて、嫌だと叫んでいたら、少しは今と違っていたのかもしれない。

両親を娘たちの間で板挟みにすることもなかったし、ここまで恋に臆病《おくびょう》になることもなかったのかもしれない。

でも、すべてが今さらだった。もうあの辛かった日々から五年の時間が経《た》っていた。

この五年で、茜は多くの大切なものを失くしたが、同じだけ得たものもある。

仕事のキャリアもその一つだが、何よりも自分を支えてくれる人たちがいることを知った。

妊娠を知っても、何も聞かずに自分を心配してくれる姉御肌の優しい親友や、曲者《くせもの》の同期、手のかかる弟みたいな後輩。

そして、いつも喧嘩《けんか》ばかりしていた、鉄仮面のような上司。

彼らがいたから茜はこの五年、一人でもなんとか頑張ってこれた。

茜は無意識に、自分のお腹に触れる。

それに今、自分にはこの子がいる。この子のためにも、強くなりたいと茜は思う。

「マーマ！　痛いよ!!」

満に手を握られていた男の子が、不満げに大きな声を出して、満の手を振り回す。

その様子に、いまだに満が男の子の手を強く握り締めていたことに気づいた。

茜はゆっくりと立ち上がり、満と男の子に近寄った。満の肩がびくりと大きく震えた。

「……そんなに強く握っていたら、痛いでしょう?」

そう言いながら、茜は満の指先に触れて力を抜くように促《うなが》した。満は関節が白くなるほどの力で握り締めていたが、茜が触れると、ゆっくりと解《ほど》いた。触れた満の指先はまるで氷のように冷たかった。

満に握り締められていた男の子の手が少しだけ赤くなっていて、茜は床に膝《ひざ》をつくと男の子と目線を合わせて、「大丈夫?」と声を掛ける。

ようやく解放された手と、茜を交互に見た男の子は、にこっと笑って「大丈夫!!」と元気な返事をした。

その表情に、かつての恋人の面影《おもかげ》を見つけて、胸が切なさに疼《うず》く。

その疼きにはあえて気づかない振りをして、茜は穏《おだ》やかに笑いながら男の子に問う。

「そう。よかった。初めまして、私は茜っていうんだけど、君のお名前を教えてくれる?」

男の子は一瞬きょとんとしたが、にっこりと笑って、「ひかり幼稚園、たんぽぽ組の、おかのたかみち!!」と元気に答えてくれた。

健《すこ》やかに育っている甥《おい》の様子に、茜の顔にも自然と笑みが浮かんだ。

この命を守るために、五年前自分は傷ついたのだと思うと、あの時の苦悩も哀しみも切なさも、すべて無駄ではなかったと思えた。

それは今、自分の中に命が宿《やど》っているからこそ思えるのだろうと思う。

「孝満君は上手に挨拶ができるんだね。えらいね」

そう言って茜が甥の頭を撫でると、孝満は嬉しそうに笑って、首を右に倒し、今度は茜に尋ねてくる。

「おばちゃんは誰？」

「おばちゃんは、孝満君の伯母さんよ」

「おばさん？」

伯母という言葉が理解できなかったのだろう、孝満は茜の言葉にきょとんとした。

「そう、伯母さん。簡単に言うと孝満君のママのお姉ちゃん」

「ママのお姉ちゃん？」

「そうよ」

「ふーん」

孝満は茜の顔をじーっと見つめて何かを考えていたかと思うと、次ににぱっと笑い、

「茜おばちゃん！　一緒に遊ぼう!!」と言った。

どうやら自分は、甥に新しい遊び相手の一人として認識されたらしい。

甥の満面の笑みにつられて、茜も微笑みを浮かべる。

「いいわよ。でも先に、孝満君のママとお話ししてからね」

茜がそう言うと隣にいた満が、再びびくりと大きく震えた。

「孝満！　こっちおいで!!　手を洗っておやつにしよう？」

「おばあちゃん!!　おやつ？」

おやつという言葉に反応した孝満が、満面の笑みで母に返事をする。

「今日は田丸屋のチーズケーキよ。ちゃんと手を洗って、うがいをしたら食べていいわよ」

「やったーー!!」

お利口さんの返事をしたあと、孝満が一瞬迷うように茜を見上げてくる。

ケーキと新しい遊び相手の間で迷ってるらしい孝満の様子がおかしくて、茜は噴き出す。

「行っておいで？　せっかくのチーズケーキだから。私とはあとで一緒に遊ぼう？」

「チーズケーキ食べてる間に帰らない？」

「大丈夫よ。ちゃんと待ってるから」

「約束だよ！」

「うん」

茜の返事に満足したのか、孝満が「おばあちゃん、おやつー!!」と言いながら、茜の横をすり抜けていく。その元気な後ろ姿を見送りつつ、茜は立ち上がった。

「元気でいい子ね……」

母にケーキをねだってまとわり付く孝満の様子に瞳を細めながら、茜は妹に再び声をかける。

「……お姉ちゃん」

掠《かす》れた声で、満が茜を呼ぶ。孝満と茜が話している間、微動だにしなかった満は真っ青な顔色で、こちらを見つめていた。茜は甥《おい》の孝満に向けていた慈愛《じあい》の表情を消し、五年振りに満と対峙《たいじ》する。

束の間の沈黙が二人の女の間に落ちる。

満は涙を必死にこらえ、身じろぎ一つしない。それを黙って見つめ、茜は表情を緩《ゆる》ませた。

「……もし、満がまた先に泣き出したら、ひっぱたいてやろうかと思ってた」

「お姉ちゃん……わ……たし……わ……た……し」

「でも……まだ泣いてないからとりあえず、ひっぱたくのはやめておくわ」

「ご……めん……な……さ……ぃ……わ……た……しぃ……」

「ごめんはもういい。言い訳もいらないわ……」

何かを言いかけようとする満を遮《さえぎ》り、茜は真っ直ぐに満の瞳を見つめた。

満は戦慄《わなな》く唇を噛んで、茜を見つめてくる。

ここに帰って来ると決めた時、逃げ出してきた過去と向き合おうと思った時。満にあれも聞こう、これも聞こうと思ってきた。

でも、元気に育っている甥《おい》の孝満の様子を見た瞬間、茜はもういいと思った。すべてが今さらだと気づいた。

たとえ、五年前に孝明と満の間に何があったのか知ったところで、きっと何も変わらない。

だったら、もういいと思った。

五年前、自分が傷付き、ぼろぼろになったことも、無駄ではなかったと知ることができた。

孝満が健《すこ》やかに育ってくれるのなら、茜のトラウマも報《むく》われる。

それでいい。それ以上のことはもういい。

こうして久しぶりに会った満は、自分のしたことをちゃんと自覚しているのだろう。

あの時のように、ただただ泣いて謝るだけの卑怯《ひきょう》な妹はもういない。

あんなに泣き虫だったのにね。

子どもの頃、いつも泣きながら茜のあとをついて回っていた妹を思い出す。

泣くのを必死にこらえて、茜の言葉を待つ満の悲壮《ひそう》な表情に、茜は満の覚悟を知った。

満が自分に何をしたのか忘れずにいてくれるのなら、茜にはもう何も言うことはなかった。

あんなに苦しんできたトラウマは、健やかで元気な命になっていた。だったらもう、互いを傷つけ合う必要はない。そんなことは無意味だ。

「……満には言いたいことも、聞きたいこともいっぱいあったけど、もういいわ」

気づけば茜はそう言っていた。茜の心の中は、まるで凪《な》いだ海のように穏《おだ》やかになっていた。

「満には何も聞いてあげない」

「お姉……ちゃ……ん？」

茜の言葉に満が目を見開く。その泣きそうな顔を見つめながら、茜は穏やかな表情で告げる。

「五年前、二人の間に本当は何があったのかを聞きたい気持ちはある。でも、それを知ったところで何も変わらない。せいぜい変わるのは満の気持ちが楽になるってことだけでしょう？　だったら、私は満を楽になんてしてあげない」

そこまで言うと、茜は一度言葉を切った。

「だから、だから満も忘れないで……」

あなたのしたことを……

今はまだそれ以上のことは言えなかった。けれど、それはまだ二人を完全には許せていない茜が言える精一杯の言葉だった。

茜の言葉に満は言葉もなく頷《うなず》いた。何度も何度も頷いた。

「わ……す……れ……ない……。ご……め……ん……ね……おねぇ……ちゃ……ん」

そう言うと、満はいきなり茜に抱きついてきた。

ぎゅうっと力強く抱き締められて、茜は仕方なく笑った。

腕の中で涙をこらえる満の表情は、子どもの頃と同じだった。

懐《なつ》かしい気持ちになった茜は、妹の乱れた髪をそっと梳《す》いてから抱き締めた。その瞬間、茜は満に一つだけ聞いておきたいことがあったことを思い出す。

「ねぇ満。一つだけ教えて。孝満を産んでよかった？」

それだけはどうしても満に聞いておきたかった。自分も母になる。だからこそ聞いておきたかった。

茜の質問に満が顔を上げる。涙に濡れた瞳が真っ直ぐに自分を見上げてくるので、茜も満を真っ直ぐに見つめ返す。満は呼吸を整えてから言った。

「それだけは……それだけは後悔してない。お姉ちゃんにひどいことをしたってわかってるけど、孝満を産んだことだけは後悔してない」

体を小刻みに震わせ半分泣きながらも、満は言い切った。

茜は満の言葉に、ようやく満足することができた。

「そう、それなら本当にもういいわ」

それだけ言うと、茜は目を伏せた。五年前、流すことのできなかった涙が溢《あふ》れて来る。ようやく茜は自分に涙を流すことを許せた。溢れる涙をこらえられない。

昨日から、自分は泣いてばかりだ。こんなに自分が泣き虫だなんて知らなかった。でも、涙を我慢することができなかったし、我慢するつもりもなかった。

「強くなったね。茜……」

いつの間にか傍に来ていた母が茜の肩を抱く。

「だ……って……これ……から……わた……しも……おかぁさん……になる……か……ら」

抱き締められるままに母の肩に顔を埋《うず》めて泣きながらそう言うと、母が「そうだったわね」と言いながら茜を抱き締めた。母の腕の中は、子どもの頃と同じで温かかった。

小さな嗚咽《おえつ》が漏《も》れる。

「……くぅっ」

俯《うつむ》くと溢れた涙がパタパタと落ちて行った。病院を出る時に直したはずのメイクもまたぐちゃぐちゃになっているだろう。

「……っひぅ」

一度堰《せき》を切ると涙は次から次へと溢れて、止まらなくなった。

「ひ……っ……く」

ようやくこれで終わらせることができる。そう思った。

まるで子どものようにボロボロと茜は母の腕の中で泣いていた。

その時温かい小さな手が、茜のスカートの裾《すそ》を引っ張った。涙で霞《かす》む目で見下ろすと、孝満が茜を見上げていた。

「茜おばちゃん、どうしたの？　どこか痛いの？」

茜の涙に驚いたのか、泣きそうな顔で孝満が尋ねてくる。

その素直な優しさが愛おしかった。

「だぃ……じょ……ぶ……ぅ」

茜は泣きながら母の腕から出ると膝《ひざ》をついて、孝満と目線を合わせてそう言った。

涙を止めることはできなかったが、なんとか笑うことはできた。

でも、孝満は心配そうにこちらを覗《のぞ》き込み何かを考えたあと、「泣き虫、泣き虫、とんでけ――」と精一杯背伸びして茜の頭を撫でてきた。

それは昔、泣き虫だった満に茜がよくしていたおまじないだった。懐《なつ》かしい思い出がよみがえってきて、茜はますます涙が止まらなくなった。

茜は泣きながら手を伸ばして、目の前の幼い甥《おい》を抱き締める。抱き締めた甥の体は温かく、そして日向《ひなた》の匂いがした。

「……あ……りぃ……が……と……ぅ……」

優しく素直な命が、愛おしくて、そして切なかった。

「……うっ……」

「茜おばちゃん？　痛いの？　ケーキ食べたら治る？」

さらに号泣する茜に、孝満はおろおろして、一生懸命に頭を撫でてくれた。

小さな甥を抱き締めて、茜は笑いながら、思いっ切り泣いた――

＊　＊　＊

バシャン、バシャンと勢いよく顔を洗う。

冷たい水が、泣いたせいで熱を持った顔には、冷たくて気持ちよかった。

散々泣いてすっきりした茜は、母に言われて顔を洗っていた。

ひどい顔。鏡に映った自分の顔に、思わず苦笑いをする。

これ桂木さんに会うまでになんとかなるかな……？

昨日から何度も泣いたせいで瞼《まぶた》は腫《は》れ、目は充血し、鼻も真っ赤になっている。とてもじゃないが、人前に出られるような顔ではなかった。

あまりにひどい自分の顔に、くすりと笑う。

思いっきり泣くことができたからか、茜の心は落ち着きを取り戻した。

昨日の醜態《しゅうたい》もあるから、これ以上桂木にみっともないところは見せたくない。

夜まではまだ時間もあるし、あとで目元を冷やせばどうにかなるかな？

洗面所にあった母の化粧水を拝借して、茜は母たちが待つキッチンへと戻った。

キッチンに行くと、居間のソファでこちらも泣き腫《は》らした顔をした満が、甥《おい》と一緒にチーズケーキを食べていた。

満面の笑みでチーズケーキにフォークを突き刺している孝満の様子が微笑ましい。

茜が泣いている時、甥は茜が泣きやむまでずっと頭を撫でてくれた。

小さな甥の優しさに、茜の心は温かくなった。

だから、きっともう大丈夫だと茜は思った。

根拠も理由も何もないけど、今晩、桂木と会っても、揺るがない自分でいられる気がした。

「……大丈夫？」

キッチンの入り口で立ち止まって、満と孝満の様子を見つめる茜に母が声を掛けてくる。

「うん、もう大丈夫。ごめんね。大騒ぎしちゃった……」

子どもみたいに母の前で大泣きしたことが気恥ずかしくて、茜は照れ笑いを浮かべながら、ダイニングテーブルに座る母の向かいに座った。

母が茜にココアが入ったカップを差し出してくる。甘いココアの匂いに、茜の顔が緩《ゆる》む。カップを受け取って、茜はココアに口をつけた。

ココアの優しい甘さが茜の心と体にゆっくりと沁《し》み込んでいった。

「ママ！　ケーキ美味しいね!!」

居間から聞こえてきた孝満の元気な声に、茜は穏《おだ》やかに微笑む。

生まれてくる自分の子も、孝満みたいな優しい子になってくれたらいいなと思った。

「茜……」

そんな茜に母がふいに真剣な顔をして呼びかけてくる。

「ん？」

どうしたの？　と首を傾《かし》げて母の方を見ると、いきなり母は頭を下げた。

「ごめんね……」

「え？　ちょ……！　何？　どうしたの？」

突然のことにびっくりした茜はマグカップをテーブルに置いて立ち上がる。親不孝をしてきた自覚はあるが、母に謝られるようなことをされた覚えはない。

「ちょっと！　お母さん？　どうしたの？　顔を上げてよ……」

いくら茜がそう言っても、母は顔を上げようとしなかった。

「……五年前。いくら生まれたばかりの孝満のためっていっても、私たちはあんたにたくさんの我慢をさせたわ。本当はあんたが一番泣きたかったはずなのに、泣かせてあげることもできなかった。ごめん、本当にごめんなさい……親失格だったと思う……」

母の言葉に茜は目を見開き、そして静かに椅子に座った。

苦い思いが茜の胸の中に湧き上がる。

「お母さん……顔を上げてよ……謝らないで……」

「茜……でも……」

「……満と孝明を助けてあげてって言ったのは私よ。だから、お母さんが謝る必要はないわ」

五年前、当然のことながら両家の両親は激怒した。特に茜をかわいがってくれていた孝明の両親は自分の息子がしでかしたことに怒りを収めることができずに、孝明は勘当《かんどう》された。茜たちの両親もそれは同じで、満と孝明の結婚には大反対だった。

満と孝明はまるで駆け落ちするように、一緒に暮らし始めた。

孝満が生まれるまでは二人でなんとか生活していたが、出産後に満が体調を崩し、とうてい育児ができる状態ではなくなると、二人の生活は行き詰まった。

仕事をしながら、誰の手も借りず、慣れない育児、体調を崩した満の看病をしていた孝明は疲れを隠せずにいたのだろう。

最初は気にしないようにしていたが、聞こえてくる二人の噂《うわさ》に、茜は耐えられなくなっていた。

正直、あの頃の茜は二人がどうなろうと自分には関係ないと思っていた。

なのに、次から次に届けられる二人の窮状《きゅうじょう》に、茜は耳を塞《ふさ》ぐことはできなかった。

聞きたくもないし、知りたくもない二人の噂に、茜自身も疲弊《ひへい》していった。

だから、茜は両親にすべてを押し付けた。

二人を助けてあげて。茜がそう言えば、両親が動かざるをえないと知っていて、茜はそう言った。

二人のことが心配だったからとか綺麗事を言うつもりはない。茜もそこまでお人よしではない。ただ、自分が聞きたくもない二人の噂に煩《わずら》わされるのが嫌だったのだ。

すべてのことに目を瞑《つむ》って、耳を塞いでしまいたかった。

そして、自分は仕事に没頭《ぼっとう》することで逃げた。それは、茜の弱さとずるさだった。

──……私は、自分の嫌なことをお母さんたちに押しつけただけよ。自分が満たちのことで煩わされたくなくて。お母さんたちに押し付けてしまえば、自分が楽になるってわかってた」

「でも、それをあんたに言わせたのは私たちよ。一番、辛かったのはあんただったはずなのに、私たちはあんたにそれを言わせた。満の体調が回復したあとも、あんたが帰って来れる場所を残してあげなかった」

「帰りづらかったのは確かだけど。でも、この五年間、自由に楽しんできたのも本当。年末に海外とか行ったりして遊んでたしね……」

苦く笑いながら茜はそう言った。両親に面倒を押し付けたことに対する罪悪感は絶えずあった。両親に心配をかけていたことも、板挟みにしていることもわかっていた。すべてをわかっていて、茜は両親にすべてを押しつけたのだ。

茜は瞼《まぶた》を伏せて、「……ごめん」とポツリと呟《つぶや》いた。

「私はもう大丈夫だから」

「茜……」

母が茜の名前を呼ぶ。目線を上げると母の薄茶の瞳と目が合った。その瞳の中に茜は後悔と愛情が入り混じっているのを見た。そうして、母と娘はどちらからともなく泣き笑いの表情を浮かべたのだった。

＊　＊　＊

「孝満！　そろそろパパが迎えに来るからおもちゃを片付けなさい！」

「はーい！」

満の言葉に孝満と遊んでいた茜は、もうそんな時間になっていたことに気づく。

もうすぐ孝明が帰って来る。そう思うとちょっとだけ、茜の気持ちが揺れた。

会わずに帰ってしまおうかと思っていた。でも、この際だから孝明にも会っておこう。

それに一言だけどうしても言いたいことがあった。

ピンポーンと家のチャイムが鳴り、「パパだ～!!」と孝満が玄関に向かって走り出す。

「……お姉ちゃん」

満が茜を呼び、茜は静かに笑った。茜はソファから勢いよく立ち上がると、自分に気合を入れた。

「パパ！　おかえりなさい!!」

「ただいま」

玄関先で懐《なつ》かしい声がした。茜はゆっくりと居間を出て玄関に向かった。孝満をかまいながら、孝明が廊下に出てきた茜に気づく。

「茜……」

満から連絡が入っていたのだろう。孝明は茜が実家にいることに驚いた様子もなく、静かに茜を見つめ返してきた。茜はにっこりと笑った。

「おかえりなさい」

かつての婚約者に声を掛けると、茜の中にあった迷いが消えた。

茜は今、自分が何をしたいのかはっきりと自覚して、孝明と対峙《たいじ》した。

最初からこうしていればよかった。

現実から逃げ出すのではなく、ちゃんと向き合っていれば、きっと五年もこんな風に自分の殻《から》に閉じこもることはなかった。

いつから眼鏡をかけるようになったのだろう。昔と変わらない穏《おだ》やかな孝明の眼鏡越しの目を真っ直ぐに見つめ返しながら、茜は思う。

孝明の穏やかな眼差しに、昔の恋心を思い出して胸が痛みを訴《うった》える。でも、その痛みはもう茜を傷つけることはなかった。胸は確かに疼《うず》いたが、それは感傷なのだとはっきりと言えるほどの、極《ごく》小さな痛みだった。

彼の優しい眼差しが好きだった。

勝気な性格で、時々無鉄砲なことをする茜を年上らしく窘《たしな》めて、フォローしてくれていた恋人。

この人が好きだった。一生、一緒にいたいと思った。

孝明と一緒にいる時が、一番自分らしくいられる気がした。

だからこそ孝明の裏切りが、茜には耐えられなかった。

玄関で靴も脱がずに佇《たたず》んでいる孝明を見て、茜は改めて実感する。

自分たちの恋は、もうとっくの昔に終わっていたのだと。

今さら実感するなんておかしな話かもしれないが、あまりにも突然に迎えた最悪な恋の終わりのせいで、茜の中の時間はずっと止まったままだった。

孝明との恋の終わりを、彼の裏切りを、認めることが辛くて逃げ出した。

でも、今、五年ぶりに孝明と再会しても、茜の中に動揺はない。感傷にわずかに胸が痛みを覚えるだけだった。かつて覚えたはずの恋心も、二人で一緒に過ごした喜びも、切なさも、辛さも、悲しみも、何もかも、すべてが過去だと思えた。

やっと、茜は自分の中でこの恋をちゃんと終わりにできると思った。

もう大丈夫だ。本当にもう自分は、大丈夫だと茜は確信する。

だったら、やることは一つ。

これから自分がしようとしていることは、褒められたことじゃない自覚はあったが、この哀しかった恋にきちんと決着をつけるための儀式ということで、目を瞑《つむ》ってもらおうと勝手に決める。

この恋をちゃんと終わらせることができなければ、きっと自分は同じことを何度も繰り返す。

それは嫌だった。あの鉄仮面の前から逃げ出すなんて醜態《しゅうたい》は一度で十分。

桂木のいつもの鉄仮面のような無表情を思い出し、茜は知らず微笑を浮かべた。茜らしい自然な笑みに孝明が目をわずかに見開いて、その眼鏡越しの瞳に極小さな痛みを宿《やど》したが、茜は気づかなかった。

もう逃げないと自分は決めた。あの鉄仮面上司と話し合うためにも、ここできっちりと孝明と決着をつけておきたかった。

決意を固めると茜は小さく息を吐いて、いまだに玄関先で靴も脱がずに立っている孝明に近寄った。孝明は何も言わずに、静かに茜を見ていた。

手を伸ばせばすぐに触れられる距離まで近づいて、茜は孝明を見上げる。

「孝明にどうしても言いたいことがあって待ってたの」

「……あぁ」

茜の言葉に孝明が短く返事をした。孝明の瞳には先ほど一瞬だけ浮かべた痛みはなかった。その言葉に、茜は孝明の中に満と同じ覚悟を感じて、苦笑する。

「何をされても仕方ないって顔をしてるわね」

「……茜には何をされても仕方ないって思ってるよ。それだけのことを俺はしたから、殺されても文句を言うつもりはないよ……」

そう言って、孝明はわずかに目を伏せた。孝明の態度に、彼の本気を感じた。

変わらないな。こういうところは昔とちっとも変わらないと茜は思う。

普段は穏《おだ》やかで優しいが、一度こうと決めたら誰がなんと言おうと、自分の思ったことをやり抜く頑固《がんこ》さが孝明にはあったことを茜は思い出す。

だから時々、茜ともぶつかって喧嘩《けんか》をしていた。思い出した過去に、一瞬だけ茜の心が揺れる。でも、茜はその思いを振り切るように唇を動かす。

「いい心がけね。だったら遠慮はいらないわね……」

そう言って、茜は孝明の眼鏡を取り上げた。

「茜……？」

茜の動きに驚く孝明にかまうことなく、近くで大人しくしている孝満に孝明の眼鏡を渡す。

「茜おばちゃん？」

「孝満、ちょっとパパの眼鏡を持ってて、あっちに行っててくれる？」

甥《おい》の小さな手のひらに孝明の眼鏡を預《あず》けて、茜はにっこりと笑う。孝満はきょとんとしつつも、茜の言った通り居間に向かった。茜は再び孝明と対峙《たいじ》する。

孝明は、長い付き合いで茜の意図を読んだらしく苦笑する。次の瞬間、覚悟を決めたように奥歯を固く噛み締めた。

その様子に茜のためらいも消える。

茜はにっこりと最高に綺麗な笑顔で笑った。そして――

「……人のカワイイ妹に手を出してんじゃないわよーー!!　この××××!!」

バキッ。茜の渾身《こんしん》の右ストレートが孝明の頬に華麗にヒットした。

孝明は大きな体をふらつかせる。

孝明は玄関にあった靴に躓《つまず》き、玄関扉に背中を打って転んだ。ガタンという音が響く。一瞬の静寂が広がったあと、茜が情けない悲鳴を上げた。

「……っいーたい!!」

思いっ切り殴《なぐ》ったために、右の拳《こぶし》がひどい痛みを訴《うった》えた。顔を歪《ゆが》めながら、拳をぶんぶんと振る。だが、気分はすっきりとしていた。

やっぱり、最初からこうしていればよかった。

うじうじ悩む前に、さっさと孝明を殴り飛ばしていれば、こんな風に引きずることはなかっただろう。

晴々とした気持ちで茜はそう思った。

でも、まだ肝心なことを言っていないことを思い出し、茜は玄関に座り込む孝明のネクタイをグイッと掴んで引き寄せる。

「あんたなんて大っ嫌いよ、孝明。一生、許したくないくらいに大っ嫌いよ……でも……」

一度言葉を切り、茜は孝明を見下ろして睨《にら》み付ける。孝明は無言で先を促《うなが》した。

「でも、満と孝満を不幸にしたらもっと許さないわよ？　こんなもんじゃなくて、あんたの大事なところ、一生、使い物にならないようにしてやるから……」

緊迫した沈黙が二人の間に落ちたあと、真剣な表情で、孝明が「わかった」と一言だけ告げた。

その表情に茜は満足して、孝明のネクタイを離す。

もし、孝明がこの約束を破ったなら、有言実行するまでと決めて立ち上がる。

そして、すでに赤くなってきている孝明の頬を見下ろしながら笑った。

「明日の孝明の職場の話題は、きっと岡野さんちの激しい夫婦喧嘩《げんか》の話でもちきりね！ザマーミロ！」

悪戯《いたずら》が成功した子どものように無邪気《むじゃき》に笑って、茜はそう言った。そんな茜を孝明が眩《まぶ》しげに見上げて苦笑する。

「茜には本当に敵《かな》わないな……」

ぽつりと孝明が呟《つぶや》いた。茜はそれには何も答えずに、居間に戻ろうと振り返る。そこには自分の父親が殴り飛ばされたという衝撃的な場面を見て固まった孝満がいた。

なんでここに孝満がいるの!? 居間に戻ったはずじゃ……

「……孝満？」

恐る恐る茜が孝満に声をかけると、孝満が無言で見上げてくる。

「………」

その瞳の純粋さに茜の中の罪悪感が刺激される。

「孝満……ごめ……」

「スゲーー!! 茜!! カッコいい!! 今のどうやってやったの!?」

茜が孝満に謝ろうとした瞬間、それまで固まっていた孝満が瞳をキラキラさせて、茜の言葉を遮《さえぎ》った。

孝満の頬は興奮でピンク色に染まり、気づけば孝満は茜の名前を呼び捨てにしていた。

「……………」

予想外の孝満の反応に、今度は茜が固まった。

「ねぇ、ねぇ!! どうすれば今の茜みたいなパンチができるの?」

「……あはは」

好奇心と興奮に輝く甥《おい》の瞳を見て、茜は乾いた笑いを漏《も》らす。

「茜! 教えて!!」

素直でかわいい甥の将来に悪い影響を与えてしまったかもしれないと、ちょっとだけ心配しながら、茜は孝満に目線を合わせて屈《かが》んだ。

「……あれは、私が正義の味方から教えてもらった秘密のパンチなの。だから、簡単には教えてあげられないの」

「そうなの?」

茜の言葉にしょんぼりする孝満に、罪悪感を覚える。

「ごめんね。でも、孝満がママの言うことをきちんと聞いていたら、きっと私にこのパンチを教えてくれた正義の味方が、孝満にも教えてくれると思うわ」

「本当？」

「……うん。だからちゃんとママの言うことを聞いて、いい子にするんだよ？」

「わかった!!」

茜の苦しい嘘を信じた素直な甥に、ますます罪悪感が湧いてくるが仕方ない。

茜は孝満の頭を撫で、立ち上がる。廊下の向こうでは母と満が立っていた。茜と目が合うと母は、よくやったというようにニヤリと笑い、自分の横で目を見開いたまま固まっている満の背中を軽く叩いた。

それを合図に、満が孝明に近寄る。赤く腫《は》れた頬を押さえたまま、いまだに玄関に座り込んでいる孝明に、恐る恐る声を掛けた。

「あの大丈夫ですか？」

「あぁ、大丈夫だよ」

「……早く……冷やさないと……」

おろおろとした声で満が孝明に手を差し出した。その様子を見ながら、茜はまだふくらみのないお腹に触れる。

過去には自分なりの決着をつけた。だから、今度はあの鉄仮面上司とちゃんと向き合おうと思う。さて、今度はあなたのパパに会いに行こうか。

心の中で、お腹の子にそう呼びかけると、茜は顔を上げて母に声を掛ける。

「お母さん。私、そろそろ帰るね……」

「あら？　ご飯食べてかないの？」

「うん、これから大事な用があるから」

「そう。それなら仕方ないわね」

茜の言葉に、母は肩を下げた。

「ごめんね。今度は連絡してからちゃんと帰って来るから」

その言葉に、母が嬉しそうに笑う。

「そうね。今度は子どもの父親をちゃんと紹介してちょうだい」

母の言葉に茜は肩を竦《すく》め、一瞬だけなんて答えようかと悩んだが、「……わかった」と一言だけ告げた。帰り支度をするために居間に戻る。

そして、桂木に電話をするために、鞄からスマホを取り出した。

よく考えれば、母親に妊娠を報告する前に子どもの父親に告げるべきだろう。自分の行動のちぐはぐさに茜は呆《あき》れた。

それでも、これは自分にとって大切なことだった。

中途半端《はんぱ》なままでは桂木と向き合えない。

だから、これでよかったと思うことにする。

スマホを操作して、桂木の番号を呼び出す。朝とは違う緊張が茜を襲った。

妊娠してると言ったら、桂木さんはなんて言うだろう？

大きな不安とほんのわずかな期待を胸に、茜は桂木に電話を掛ける。

『はい、桂木』

コール三回で桂木が電話に出る。

「あ、あの、真崎です……」

茜からの電話だと確認してから出たのだろう。桂木の声は仕事の時よりも柔らかかった。

『あぁ、もういいのか？』

「はい……」

電話越しに聞こえてくる桂木の声に、茜は緊張して何を言えばいいのかわからなくなる。

言いたいことがたくさんありすぎて、言葉が喉で引っかかる。

「あ……あの……桂木さん……」

『うん？』

茜らしくもなく焦《あせ》ってどもるのにも笑うことなく、桂木は茜の言葉を待ってくれている。その柔らかい雰囲気が電話越しから伝わってきて、茜の肩から力が抜けた。

「……会い……たいです……」

そして、次の瞬間、茜の唇から零《こぼ》れたのは、シンプルな一言だった。

茜は自分の唇からするりと飛び出した言葉にびっくりした。

うわ！　ちょっと待て!!　今、何か物すごく恥ずかしいことを言わなかった、私!?

いや、桂木さんとちゃんと話をしたいと思ってる。だから、こうして今、連絡をしているのだし、会いたいと思ってることは間違ってない。間違ってはいないけど!!

でも!!　『会いたいです』って何!?

他に何かもっと言いようはなかったの？

そう思うと、一気に鼓動が跳ね上がって、顔が赤く染まるのが自分でもわかった。

ど、どうしよう……!!

半《なか》ばパニックに陥《おちい》ったまま、茜はスマホを耳に押し当てて、電話の向こうの桂木の様子を窺《うかが》った。桂木の次の反応を思うと、心臓が痛いほどに鼓動を打ち、答えを待つ時間がやけに長く感じる。

『……真崎は今、どこにいる？』

沈黙のあと、桂木が尋ねてくる。その声には茜の言葉を揶揄《やゆ》するような響きも、驚きも感じられなかった。でも、少しだけ声のトーンが甘さを感じた。

そのほんのわずかの甘さに、茜の心は揺れた。

この鉄仮面上司は今、一体どんな表情を浮かべて私と電話しているのだろう？

きっといつもの無表情に決まっているのに、茜は今の桂木の表情が気になって仕方なかった。

桂木に会いたいと思った。会ってこの鉄仮面が、一体どんな顔をしているのか確かめたかった。

無表情の向こうにある桂木政秀という男の素顔にもっと触れてみたいという欲求が、茜の心を満たす。

いつの間に、この鉄仮面はこんなにも自分の心の中に入り込んできたのだろう？

そう思わずにはいられない。茜は今誰よりも桂木に会いたかった。電話だけではもどかしい。

「……今、実家にいるんですけど、桂木さんはまだ仕事中ですか？」

ここからだと職場までは少し遠い。桂木がまだ仕事中だと言うのなら、会いに行こうと思った。

『いや、もう終わらせる。迎えに行くから真崎の実家の住所を教えてくれ』

桂木から飛び出した『迎えに行く』という言葉にびっくりして、いつもよりワントーン高い声が出た。

「え？　迎えにって？　うちにですか？」

茜も早く会いたかったが、桂木の仕事を中断させてまで、迎えに来てもらうのはためらいがあった。

茜は先週から貧血を起こして早退したり気分転換に連れ出してもらったりと、桂木に迷惑をかけっぱなしだ。

今日だって急に休暇を取ったし、これ以上桂木の仕事の邪魔をしたくなかった。

中国出張から帰って来たばかりの桂木は、きっとやることが山ほどあるはずだ。

それをサポートするべき茜がこの調子では、桂木の役には立てないだろう。そう思うと情けなくなる。それに、今後のこともある。今までのように無理はできなくなるだろう。仕事は好きだし、できれば妊娠中も、出産後も辞めたくない。

ためらう茜に桂木が静かに問い掛けてきた。

『都合が悪いか？』

「いや、都合が悪いわけじゃないんですけど、ただ、これ以上、桂木さんに負担をかけるのはどうかと思って」

電話の向こうで桂木が笑った。

『別に迎えに行くぐらい大した負担じゃない。それに、俺が真崎を迎えに行きたいんだ』

「……」

桂木の言葉に茜は思わず絶句する。

今、さらりとすごいことを言われた気がする。私の気のせい？

桂木の『俺が真崎を迎えに行きたいんだ』という言葉に、茜は、体中が一気に火照《ほて》った気がした。

こんな時に、こんなことを言われたら、期待したくなるじゃない。桂木さんの馬鹿。

心を落ち着かせたくて、八つ当たりのように茜は心の中で呟《つぶや》いた。

『……真崎？』

いきなり黙り込んだ茜を促《うなが》すように、桂木は名前を呼んでくる。

「あ、えっと、じゃあお願いします……」

『あぁ……』

甘く穏《おだ》やかに聞こえた桂木の声に、茜の鼓動が強く打つ。

だから、一体どんな顔してそんな声を出してるんですか！　桂木さん!!

今までに聞いたこともない桂木の甘さを含んだ声に、茜はどう反応していいのかわからなくなる。

「それじゃあ、またあとで……」

茜の実家は住宅街にあるため、一時間後に最寄りの駅で待ち合わせることを約束して、電話を切る。電話を切ってから、茜は緊張が一気に解《と》けてソファに座り込んだ。

心臓がやけに速く鼓動を打っていた。

たいしたことを言われたわけじゃないのに、なんでこんなドキドキしてるの、私。

あんな声、反則だ。顔がいい男は、声もいいのか。今まで意識したことなかったのに、本当に参る。

ソファの背もたれに顔を埋《うず》めながら、茜は溜息をつく。

桂木の一挙一動が気になって、振り回されて、自分でも何やってるんだと思うけど、こんな気持ちになるのは久しぶり過ぎて、本当にどうしていいのかわからない。

情けないけど、今の自分の恋愛スキルはきっと今時の中学生より劣《おと》ってる。

こんなんで私はこの子のこと、ちゃんと桂木さんに伝えられるのかな？

桂木ならきっと『堕《お》ろせ』とか『自分の子じゃない』とかそんな卑怯《ひきょう》なことは言わないだろう。でも、妊娠を知ってどんな反応が返ってくるか想像できない。

怖い。本当は怖くて仕方ない。でももう決めたのだ。この子を絶対に産むと。

だから、こうして逃げていた過去と向き合うために帰って来た。

大丈夫。きっと、大丈夫……

そう自分に言い聞かせるけど、どうしようもない不安が茜を襲う。

茜は立ち上がった。

鏡で自分の顔を確認する。メイクで誤魔化しているが瞼《まぶた》がまだ少し腫《は》れている。けれど、もう仕方ない。

服装をチェックして、茜は自分に気合を入れる。

覚悟しろよ!! 鉄仮面!!

鏡に映るのはいつもの強気な茜。引き締まった顔付きでこちらを見返してくる鏡の中の自分に向かって茜は笑う。この笑顔が茜の武器だ。

茜は居間の窓から空を見上げた。

雲一つない空に、浮かぶ月は三日月。冬の澄《す》み切った空気の中で輝く月は綺麗だった。

その綺麗な月を見上げて思い出すのは、無表情な上司の端整な顔。

あの鉄仮面は、茜との待ち合わせを前に今、一体どんな顔をして、何を考えているのだろう? 早く会いたいような、会うのが怖いような、矛盾した気持ちが茜の心を揺らす。

綺麗な月を見上げて桂木のことを考えながら、ふいに学生時代に聞いた夏目漱石《なつめそうせき》の有名なエピソードを思い出す。漱石は英語の教師として教鞭《きょうべん》をとっている時に『I LOVE YOU』を『今夜は月が綺麗ですね』と訳した。

本当に一体、なんでこんなことになったんだろう?

月を見上げてあの鉄仮面上司を想う日が来るなんて……

でも、こうして桂木のことを想う自分は嫌いじゃない。

茜は気合を入れて、桂木に会いに行くために駅に向かった。

孝明と孝満に駅まで送ってもらうと、桂木はもう先に着いていて車の外で待っていた。

その姿を見て、茜の心臓が強く鼓動を打った。

なんだか不思議だった。いつも喧嘩《けんか》ばかりしていた三歳年上の上司。その鉄仮面のような無表情に腹を立てることはあっても、こんな風に胸がときめくことなんてなかった。

なのに今はあの男の素顔にもっと触れて、色々な表情を引き出してみたくてたまらない自分がいる。

それが本当に不思議だった。

まさか、桂木にこんな想いを抱くことになるなんて。

人生は本当に何が起こるかわからない。

そう思うとおかしくて、茜は知らず笑っていた。

「茜……彼がそう?」

ふいに孝明に尋ねられて茜はハッとする。

あ、桂木さんに気を取られていて、孝明たちの存在を一瞬忘れていた。

そんな自分にも本当にびっくりする。

茜の視線の先に気づいて、孝明は桂木を見つめている。

「うん。そう……」

一瞬、なんて答えようか迷ったが、茜は正直に答えた。

「そう。やっぱり彼なんだね。そんな気はしたよ」

茜の返事に孝明は納得したように深く頷《うなず》いた。最後の呟《つぶや》きだけ、茜には聞こえなかった。その孝明の妙に納得した様子と最後の呟きが気になって、茜は首を傾《かし》げる。

「孝明？」

孝明は苦笑する。

「なんでもない。待ってるみたいだから早く行ったら？」

桂木を真っ直ぐに見つめながら孝明がそう言った。孝明の言葉にもう一度ちらりと桂木の方を振り返るが、桂木はまだ茜が来たことに気づいていない様子だった。

「うん。孝明、送ってくれてありがとう」

「あぁ……」

孝明が穏《おだ》やかに微笑む。その懐《なつ》かしい微笑みにも、茜の心はもう揺れることはない。そして、改めて思う。今、茜の心を揺らすことができるのはあの鉄仮面だけなのだと。

「孝満もありがとうね」

「どういたしまして！」

甥《おい》っ子の満足げな笑顔に、微笑み返して頭を撫でる。

「またね」

「茜、ばいばい！」

元気に別れの挨拶をする小さな騎士に手を振って、茜は桂木のもとに向かうために一歩踏み出した。

「茜……」

桂木のもとに向かおうとする茜を孝明が呼び止める。

「ん？　何？」

振り返ると真剣な顔をしている孝明と目が合った。

「彼ならきっと大丈夫だよ。茜をちゃんと幸せにしてくれると思う。俺が言えることじゃないけど、今度こそ幸せを掴んで……」

エールのような孝明の言葉に、茜は笑う。

「そうね。確かにそれは孝明が言えることじゃないわね」

にやりと笑ってそう言ったあと、茜は笑みを消して孝明を真剣な眼差しで見つめ返す。

「ありがとう。今度こそちゃんと幸せを掴んでみせる」

一度言葉を切って、茜は小さく息を吸った。

裏切られた過去に痛む心はもうない。だから、茜は心のままに告げる。

「だから、孝明もちゃんと幸せになりなさいよ！」

茜の言葉に孝明の瞳が見開かれる。その表情を見て、茜はしてやったりと満足げに笑う。花のように綺麗に笑ってから、茜は孝明に向かって拳《こぶし》を突き出した。

「二人のこと不幸にしたら、今度こそただじゃおかないわよ！」

　拳を見せる茜に孝明が苦笑する。

「……肝《きも》に銘《めい》じておく」

　孝明の言葉に満足して、茜は今度こそ振り向かずに桂木のもとに向かって歩き出す。

「頑張れ……」

　背後で聞こえた孝明の声に、茜は拳を空に向かって上げて答える。

　背筋を伸ばして近寄ってくる茜に桂木が気づく。桂木まであと二、三歩の距離で茜は立ち止まった。

「……お疲れ様です。待たせましたか？」

「いや思ったよりも道が空《す》いていたから、少し早く着いただけだ。大して待ってない。それより真崎……」

　茜が来た方向を見つつ桂木が何か言いかけると、それを遮《さえぎ》るように「茜ーー!! バイバイー!!」という孝満の元気な声が聞こえてきた。驚いて振り返ると、孝明と手を繋《つな》いだ孝満が、ぶんぶんと茜に手を振っていた。その元気いっぱいな姿に茜はクスリと笑って手を振り返す。孝満が嬉しげに笑う。桂木のもとに辿《たど》りついた茜を確認した孝明は桂木に向かって軽く一礼し、孝満の手を引いて歩き出す。

　二人を見送ったあと、振り返ると桂木が「……真崎、彼らは？」と眉間に皺《しわ》を寄せて尋ねてくる。

そのやけに難しそうな表情に、そういえば昔、桂木に孝明を紹介したことがあったなと思い出す。随分、昔に一度会わせたきりだったが、桂木は孝明の顔を覚えていたのだろう。

桂木には五年前に、結婚が破談になったことも、その経緯も知られている。

「甥《おい》っ子と妹の旦那です。夜道は危ないからってここまで送ってくれたんです」

穏《おだ》やかな笑みを浮かべて、茜は二人が去った方向を見つめながらそう言った。何のためらいもなく二人を家族だと言えたことに茜は満足する。

過去は乗り越えられたと実感した。もう大丈夫だと、根拠はないけどそう思えた。

二人を見送る茜を見下ろして、桂木が気遣うような声音で問いかけてくる。

「真崎はそれでいいのか……？」

「ええ」

その問いに茜は微笑んで頷《うなず》いた。桂木は「そうか」とだけ言って嘆息《たんそく》する。

桂木を見上げて、茜は心を甘く揺らす。

気にしてくれてるの？　元婚約者と一緒にいたことを。こんな顔をされると期待したくなる。

あんまり思わせぶりなことしないでよ。桂木さん。

嬉しいのに、傷付きたくなくて、つい予防線を張りたくなる。

複雑に揺れる心を持て余して、茜はわずかに視線を下げた。

束の間の沈黙が二人の間に落ちる。

先に沈黙を破ったのは桂木だった。

「……行くか」

それだけ言うと、桂木は茜に車に乗るように促《うなが》す。「はい」と返事をして茜は助手席に乗り込んだ。

＊　＊　＊

ち、沈黙が重いんですけど。

車に乗ってから十分近く経《た》っているが、桂木は何か考えているのか、ずっと黙り込んでいる。話しかけられる雰囲気でもないため、茜も困惑していた。

どうしよう？

それなりに長い付き合いではあるが、こんな桂木は珍しい。

最近、今まで知らなかった桂木とばかり出会う。

そのたび、茜の心は振り子のようにくるくる揺れる。

行き先も聞けずにいる現状に、思わず溜息が出そうになって、視線を流れる景色に向ける。

何か言ってよ、桂木さん。

無表情で車を運転する桂木に、心の中で文句を言う。

何を考えているかわからないその無表情は、見慣れているはずのもの。なのに、今、その表情が、逆に茜の心を惑《まど》わせる。

交差点の信号が赤になり、車が止まった。

「……体調は大丈夫なのか？」

「え？」

ふいに桂木に問いかけられて、茜はとっさに返事ができず、慌てて運転席に座る桂木の方に視線をやる。

「病院行ってきたんだろう？　どうだったんだ？」

重ねるように問い掛けられて、桂木の問いの意味を理解した瞬間、茜の心臓が音を立てた。

今、一番、桂木に話したいこと。それを問われて、どうしようとパニックになる。

言わなきゃいけない。

ちゃんと伝えないとだめだと思う。なのに、最後の勇気がなかなか湧いてこない。

思わず縋《すが》るように自分のお腹に手を当てる。

「……どこか悪かったのか？」

いつまでも返事ができずに俯《うつむ》いている茜に、桂木がさらに問い掛けてくる。

「あ、違います。大丈夫です。ただ……」

「ただ……？」

次の言葉が出てこなくて、口を何度も開閉させる。

「真崎？」

不審そうにこちらを見る桂木に、焦《あせ》りばかりが募《つの》った。

ど、どうしよう？

焦れば、焦るほど、何を言えばいいのかわからなくなった。

その時、トクン！　とお腹が強く疼《うず》いて、茜はハッとする。

いい加減に覚悟を決めろよ！　とお腹の中の子に発破《はっぱ》を掛けられた気がした。

そうだ。迷ってどうする。自分は決めたはずだ。この子を産むと。

お腹に触れながら、茜はクスリと笑った。

本当に自分は情けない母親だ。こんなにもこの子に支えられて、守られている。これじゃあ、本当に立場がない。ごめん。そしてありがとう。

大事なことを思い出させてくれたお腹の子にそう囁《ささや》いて、茜は覚悟を決める。

一つ大きく息を吐き出し、茜は顔を上げて真っ直ぐに運転席に座る桂木に向かって口を開く。あんなに悩んでいたのが嘘みたいに、茜自身びっくりするほど簡単にその言葉は唇から零《こぼ》れ落ちた。

「……妊娠してます」

茜の言葉に桂木は目を見開いた。その表情を見て茜は笑う。たぶん一生自分は、この時の桂木の顔を忘れないだろうなと思った。

いつもの無表情な鉄仮面が崩れる瞬間。願わくば、この顔は仕事で見たかったと思う。いつか絶対にこの鉄仮面を引っぺがしてやると、がむしゃらに追いかけてきたのだから。

どんな時も冷静だった男が、今、茜の言葉に驚愕《きょうがく》して固まっている。

最近、本当にこの上司に振り回されっぱなしだったから、その表情を見て少しだけ溜飲《りゅういん》が下がる。まさに鳩《はと》が豆鉄砲《まめでっぽう》を喰らったという表現がぴったりの桂木の顔を見上げて、茜は笑みを深めた。さらなる爆弾を桂木に投げつける。

「……桂木さんの子どもです」

茜は桂木の漆黒《しっこく》の瞳を見つめた。そこに浮かぶものを一瞬も見逃したくなかった。たとえ、そこに浮かぶのが、拒絶であったとしてもかまわない。

私はもう覚悟を決めた。ほんの少しだけ、意地悪な気持ちで茜は思う。

さぁ桂木さん、あなたはどうする？

顔のいい男は間抜けな表情を浮かべていても様《さま》になるんだな。

こんな時なのに茜は妙に感心しながら、桂木の表情を眺めていた。桂木の反応を待つ時間が、永遠にも一瞬にも思える。

『さぁ、どうする？』なんて強気なことを思っていても、本当は怖くて仕方ない。

今、この瞬間も逃げ出したくてたまらない自分がいる。でも、ちゃんと桂木と向き合いたいと思った。この子を産むために。だから、もう逃げたくない。

見つめ合った桂木の表情がゆっくりと変化する。

驚愕に染まっていた表情が、いつもの落ち着きを取り戻した。

そして——

桂木は小さく嘆息《たんそく》すると、「……やられた」と呟《つぶや》いて、顔をしかめた。

そのまま無言になってしまった桂木に、茜はなんて声をかけていいのかわからなくなる。

予想していたどの反応とも違う。

え、えーと。この反応ってどう思えばいいの？　やっぱり、ダメってことなのかな……

『産むな』って言われるのだろうか？

茜が今、何より恐れているのは、その言葉だった。

桂木の反応に不安を覚えて、茜は泣きたくなった。

泣きそうになるのをこらえるために、膝《ひざ》の上の手のひらを、強く、ギュッと握り締める。

拒絶されることも考えなかったわけじゃない。

二ヶ月前のあの時、桂木が何を思って茜を抱いたのかはわからない。

お互いに酔っていた。だから、あれは酔った勢いの一夜の過《あやま》ちだった。

付き合っているわけでもない、ただ一度酔った勢いで寝た部下に、妊娠していると告げられて戸惑《とまど》わない男がいるわけがないとわかってる。でも、桂木を信じたかった。

長期出張から帰ってきたあとの桂木の今までにない態度に、心は勝手に期待していた。

このわかりにくい男が見せる優しさと強引さに、どんどん惹《ひ》かれていった。それすらもただの勘違いだったというのか。何も言わずに眉間に皺《しわ》を寄せて、いつもより険《けわ》しい表情を浮かべている男を見て、茜は挫《くじ》けそうになった。

泣きたくなんてないのに涙が滲《にじ》む。この鉄仮面の前では絶対にみっともない姿を見せたくない。その意地だけが今の茜を支えていた。

俯《うつむ》いたら泣いてしまう。そう思うのに、自然と視線が下がってしまう。

何を言われても、自分はこの子を産むと決めた。

泣いてる場合じゃないのに、涙はどんどん滲んでくる。

どうしよう？　ここで泣いちゃダメだ。

桂木さんに何を言われてもいい。たとえ一人で育てることになってもこの子は絶対に産む。だから、泣いたらダメだ。

次の瞬間――

それまで沈黙を守っていた桂木がふいに手を伸ばし、膝の上で強く拳《こぶし》を握る茜の右手を包んできた。

突然の温もりにハッとして、茜は俯きかけていた顔を上げる。

先ほどまでの険《けわ》しい表情が嘘のように、穏《おだ》やかに目元を緩《ゆる》めた桂木と目が合った。涙に潤《うる》む茜の瞳を見た桂木の顔に、一瞬だけ悔恨《かいこん》の表情が浮かぶのを茜は見つけた。

「すまない。誤解させた」

「桂……木さん……？」

酷《ひど》く掠《かす》れた声で茜は桂木の名前を呼んだ。その瞬間、重ねられた桂木の指先に力が入る。

泣かせて悪かったと言っているみたいに、そっと手の甲を撫でられて、茜の心の強張りが少しだけ緩む。戦慄《わなな》くような吐息を吐き出して心を落ち着かせ、茜は桂木の次の言葉を待った。

鉄仮面にしては、ばつの悪そうな表情を浮かべている。

一瞬、車内に沈黙が落ちる。そして――

「ちょっと、田中と間山にしてやられた自分に腹を立てていた」

信号が青になり、桂木はそれだけ言うと、車を発進させた。

「……へ？　田中と間山？」

茜は同僚の名が突然出てきてびっくりする。

茜が二人の名前を呟《つぶや》くとそうだというように、桂木が頷《うなず》いた。

え？　何？　どういうこと？　どうしてここで田中と間山の名前が出てくるの？

桂木さんがあの二人にしてやられた？　それと私の妊娠がどう関係あるの？

桂木の言葉の意味が理解できなくて、頭の中が疑問符だらけになる。

「今は運転中だから、事情はあとでちゃんと説明する。だから、少し静かなところに着くまで待ってくれ。落ち着いてちゃんと話がしたい」

「はい……」

その言葉に、今自分たちが車の中にいて、桂木が運転中だったことを思い出す。

焦《あせ》るあまり、今の状況を忘れていた自分の間抜けさにちょっと呆《あき》れる。

確かにこんな状況じゃ、落ち着いて話など。

茜も桂木の言う通り、ちゃんと落ち着いたところで話がしたいし、桂木の話も聞きたかった。

緊張しすぎたせいで、これほどまでに頭が回っていなかった自分に溜息をつきたくなった。

それにしても、田中と間山は桂木さんに何をしたのだろう？

この人があの二人にしてやられるなんて、想像ができない。

喰えない同期と後輩の顔を思い浮かべて、まぁ、田中なら間山を使って桂木さんを嵌《は》めるぐらいのことはしてのけるだろうなと思った。

こんなことを考えられるくらいには、心が落ち着きを取り戻していた。

それはきっと……

視線を少し下げると、いまだに重ねられたままの大きな手があった。

その温もりが茜の心を落ち着かせていた。

ずっと重ねられている桂木の大きな手が、拒絶したわけではないと伝えてくる。そんな小さなことが、こんなにも嬉しい。

ねぇ、桂木さん。これは拒絶じゃないと思っていいの？　この子を産んでもいいの？

ちゃんと教えてよ。

こんな時まで無口な鉄仮面に、心の中で文句を呟く。

「真崎」

それを見透かしたように桂木が茜の名前を呼んだ。

「はい」

茜の手をしっかりと包み込む。桂木の手は熱かった。

「先に一つだけ、これだけは言っておく。子どもは産んでくれ」

「……はい」

そう答えるのがやっとだった。さっき止まったはずの涙が一気に溢《あふ》れる。

……ずるい。そう思った。

こんな風にふいをついて、心を揺らす桂木のずるさに涙が止まらない。

今、茜が何よりも欲しかった言葉。

それをあっさりと差し出してきた桂木に、腹を立てながらも茜は心の底から嬉しいと感じていた。

ぱたぱたと涙が溢れて、俯《うつむ》く茜の膝《ひざ》を濡らす。そんな茜の頭を桂木がそっと撫でた。

ずっと、ずっと不安だった。

妊娠してるとわかってから、心はいつも不安定に揺れていた。

一人で抱《かか》えるには大きすぎる秘密に、何度も何度も心が挫《くじ》けそうになった。

言いたくて、でも言えなくて。迷って、悩んで、泣いた。

悩みを聞こうとした桂木の言葉を拒《こば》んで、自分で解決しようとして空回《からまわ》りして、迫《せま》る現実が怖くて逃げ出した。

だからこそ、桂木の言葉が酷《ひど》く嬉しかった。

嬉しくて、涙が止まらない。

ねえ、わかってる？ 桂木さん。

その言葉がどんなに、今の私にとって嬉しいものであるかって気づいてる？

この人の前で、こんな風に泣くなんて。弱い自分を桂木には見せたくなかったのに。

でも、今は我慢できなかった。

せっかく、メイクを直してきたのに、桂木のたった一言であっさりと崩れた。隠しきれない素の茜が顔を出す。

もう、本当にこの男はなんでこうも私の心をかき乱すのがうまいのだ。

ムカつく。そう思った。

妊娠を告げた茜に、桂木が動揺を見せたのはほんのわずかな時間だけ。

今はもういつもと変わらない様子で運転している桂木を見て、茜は少しだけ腹が立った。

自分はあんなに迷って悩んだというのに。

ほんの少しの迷いも見せずに、『産んでほしい』と桂木は言った。その言葉がすごく嬉しかった。嬉しいからこそ、腹が立った。その矛盾が茜の涙腺を緩《ゆる》ませる。

鞄から取り出したハンカチで、目元を押さえても溢れる涙は止められない。

なぜか、桂木の手のひらの上で、踊らされているような気がして仕方なかった。

もう、自分はこの鉄仮面には敵《かな》わない気がする。

茜が泣いている間、桂木は何も言わなかった。でも、桂木が茜の涙を無視してるわけではないことはわかっていた。

時折、向けられる眼差しが、頭を撫でる大きな手のひらが茜を気遣っていたから。

静かに茜の感情が落ち着くのを待ってくれている。

きっと、今、何かを言われたら余計泣いてしまう。だから、何も言わずにいてくれることがありがたかった。

突き放すわけでもなく、適度な距離感をもって接してくれるのが、なんとも鉄仮面らしい。

ひとしきり泣くと、高ぶっていた感情が治まってきた。茜は小さく息を吐く。涙は止まっていたが、顔は上げられなかった。

きっと、今すごくみっともない顔してる。泣いたあとの顔を桂木に晒《さら》すのが恥ずかしくて、茜は俯《うつむ》いたままでいた。

「悩んでいたのは、このことか？」

茜の感情の高ぶりが治まったと見てとったのか、静かに桂木がそう尋ねてくる。

茜はコクリと小さく頷《うなず》いた。

「そうか……」

納得したように呟《つぶや》く桂木に、茜は疑問に思っていたことを尋ねる。

「私って……そんなにわかりやすいですか？」

「ん？」

茜の言葉に桂木が首を傾《かし》げた。

「桂木さん、悩みがあったら相談しろって言ったじゃないですか。私ってそんなに感情が表に出てるのかなって思って」

感情的になりやすい自覚はあるが、仕事中は表に出さないように努力していたつもりだ。

だけど、桂木にはあっさりと見抜かれた。それが不思議だった。

「真崎はわかりづらいよ。感情をストレートに出すわりに頑固《がんこ》者だから、揺れている自分は絶対に表には出さない。弱さを人に見せないだろう」

「……」

また、頑固者って言われた。昨日も言われた言葉に、自分はそんなに頑固者だろうかと思った。まぁ、桂木にはよく喧嘩《けんか》をふっかけていたから、そう思われても仕方ないかとは思う。しかし、桂木の言葉は茜を馬鹿にしている感じではなかった。

でも、なんとなく面白くない。

桂木の言葉の先が気になって、茜は桂木を見つめた。

ちょっとだけ怒った顔をした茜を見て、桂木が笑う。

ふい打ちで笑いかけられ、茜の鼓動が乱れる。そんな茜の動揺に気づくことなく桂木は言葉を続ける。

「だから、心配だったし、気になってたよ。真崎は頑張りすぎるところがあるから」

続く言葉に、茜の心が揺れる。

気にしてくれているの？　それは部下だから？　それとも？

「まぁ、今回は間山が先に気づいて、中国まで電話を入れてきたから、気づけたんだけどな」

苦笑まじりに桂木が言った。

「間山が？　何を……」

どうして間山が桂木さんに電話を？

意味がわからず、茜は首を傾《かし》げる。

「帰国の三日前に『茜先輩に、何してくれたんですか!?』って電話で怒鳴られた」

「え……」

あの間山が桂木さん相手に怒鳴るというのが信じられなくて、茜は驚きに言葉を失う。

「ま、間山がどうして……」

「間山と田中は知ってたからな」

「何を？」

「あの夜のこと。というか見てたな」

「……はぁ？」

ちょっと、待て。ちょ――っと待て!!　今、なんて言った!?　あの夜の光景をあの二人が見ていたと言わなかったか!?

さらりと爆弾を落とされて、茜は固まった。

桂木の言葉の意味を理解した瞬間に、恥ずかしくて先ほど止まったはずの涙が再びぶわりと盛り上がる。一気に自分の頬が赤く染まる。

嘘でしょ――!?

「気づいてなかったのか？」

冷静に言われ、茜は首を横に振る。

気づいていたら、絶対に逃げてたわ!!

酔っぱらって気づいたら、目の前に桂木さんの顔があったことしか覚えてない！ていうか、桂木さん!!　気づいていたのか!!　あの二人がデバガメしてたのに気づいていて私を誘ったのか!?

何を考えてるのよ――!!

そして、なんでそんなに落ち着いているんだ。信じられない!!

「大丈夫か、真崎?」

真っ赤な顔でふるふると震えている茜に、桂木が声をかけてくる。

しかし、今の茜には答える余裕なんてなかった。

そんなわけあるか!! そう怒鳴り返してやりたかった。無理! 本当に無理!! 穴があったら今すぐに入りたい。むしろ、今すぐに自分で掘って埋まりたい。明日、どんな顔であの二人に会えばいいいんだ!!

「真崎」

パニックになっている茜に桂木が呼びかける。

「う~」

唸《うな》り声でしか返事ができない。

「とりあえず、目的地に着いたから降りないか? 話はこれからするから」

いつの間にか車はどこかの駐車場に停まっていた。

しかし、茜は動けなかった。

固まったまま動こうとしない茜に桂木は手を伸ばす。

「なんで……なんで、そんなに落ち着いているんですか――!!」

落ち着き払っている桂木にムカついて、思わず手を振り払って茜は怒鳴った。

涙目のまま睨《にら》み付けると、桂木は笑った。

桂木は再び手を伸ばし、茜の首筋に腕を回す。

そして、強引に引き寄せる。桂木の瞳が色を変えていた。あの夜と同じ。茜の中に眠る女を一瞬で揺り起こした男の瞳が、すぐ傍に迫《せま》る。

その瞳に囚《とら》われて、茜は身動きできなくなった。

文句を言うために開けていた唇を、卑怯《ひきょう》な男に奪われる。

「ん……！」

桂木の吐息は熱を孕《はら》んでいた。体から力が抜ける。

本当に。本当に、この男がわからない。どうして、今、この瞬間にキスなのだ……!!

唇の甘さが茜の混乱に拍車をかける。桂木の舌が茜の歯列をなぞり、離れて行く。

吐息の触れ合う距離で笑う男の顔には、黒さが滲《にじ》んでいる気がした。

少しの恐怖を覚え、茜は無意識に逃げようと後ろに下がるが、それを許さないというように、桂木は腕に力を込める。

茜は桂木の腕の中に囚われた。

「……あの夜に決めたから。真崎に関してもう我慢するのも、待つのもやめようと。だからあの二人にはそう言った。おかげであの二人には足元を掬《すく》われたがな」

最後だけ、唸るように桂木はそう言った。

あの二人、桂木さんに何をしたんだ。

不機嫌そうに沈黙した男の腕の中で、茜は冷や汗まじりにそう思った。

黒いオーラを放っている桂木になんと話しかけたらいいのかわからなかった。

直前に大事なことを言われた気がするのに。

っていうか、田中と間山は何をやったの!?

不機嫌な桂木という世にも珍しいものを前にして、逃げる場所もない狭い車内で茜はただおろおろしていた。

さっきまではあの夜のことを最も身近な人物に知られていたという事実を知り、動揺していたのは茜だった。

桂木はそれを宥《なだ》めてくれていたはず。なのに、今は完全に立場が逆転している気がした。

いや、これは逆転じゃない。

だって、茜は桂木がこんな風に不機嫌になってる時にどうやって宥めればいいのかなんて知らない。

仕事のことでよくぶつかることはあった。

でも、熱くなるのはいつも茜ばかりで、桂木はいつだって冷静だった。

頭を冷やすようにと言われることはあっても、逆の立場になったことなんてない。

だから、不機嫌な桂木を前に、どうすればいいのか全くわからなかった。

どう考えても主犯としか思えない田中の黒い笑顔を思い出しながら、心の中で思わず叫ぶ。

もし、この場に田中がいれば、いつもの人を喰ったような笑みで『引っ掛かるほうが悪い』とか言うだろう。

とにかく、このまま二人で車の中で睨《にら》めっこをしていても仕方ない。

桂木には聞きたいことも、言いたいこともたくさんある。

だから茜は桂木に思い切って声を掛けた。

「あの二人に何をされたんですか？」

「……」

茜の問い掛けに、桂木は何も言わずにふいっと茜の視線を避けるように横を向いた。

え？

いつも冷静な男のあまりにらしくない姿に茜は驚く。

「桂木さん？」

名前を呼んでも、返事がない。車内に落ちる微妙な沈黙に、茜は再び戸惑《とまど》いを覚えて桂木の横顔を眺めた。

「……言いたくない」

しばらくしてぽつりと桂木が呟《つぶや》いた。

その言葉と、いつにない桂木の様子に茜は再び驚きに目を瞠《みは》る。

そして、気づく。

え？　あれ？　もしかして……桂木さん、拗《す》ねてる？

そう思った瞬間に、茜の胸の奥がざわりと騒いだ。

桂木の耳が赤くなっている。二人の間に、先ほどとは違う種類の沈黙が落ちた。

どうしよう……？

そんな桂木を見て、茜は笑い出したくなる。

こんな時なのに。いや、こんな時だからなのか。心の奥から溢《あふ》れてくるものがあった。

横を向いたまま桂木は茜を見ようとしない。茜は微《かす》かに赤く染まる耳朶《じだ》から視線を離せない。

心の中に溢れて来るこの想いに、名前を付けることがずっと怖かった。

なのに、今、いつもの鉄仮面を装いながら、耳を赤く染めて沈黙する男をかわいいと思った。

茜は自分がいつの間にかこの鉄仮面を——桂木政秀を好きになっていたことを知る。

惹かれている気持ちはずっとあった。でも、恋に傷ついた茜はずっとこの気持ちにはっきりと名前を付けることが怖かった。

喧嘩《けんか》をしていても、いつだって変わらない鉄仮面みたいな無表情には、腹を立てるばかりだった。

でも、挫《くじ》けそうになった時も、心が揺れそうになった時も、その腹立たしさを糧《かて》にここまで歩いてきたのだ。

何を考えているのかわからない、いつかは絶対に追い抜きたいと追いかけ続けてきた上司。

この人を一人の男として意識したのは二ヶ月前のあの夜。

あの夜からずっと、茜はこの鉄仮面がふいに見せる感情に翻弄《ほんろう》され続けてきた。

だからこそ知りたい。この人が何を考えているのか。

どうして、今になって急に自分との距離を変えようとしてきたのか。

知りたいことがたくさんある。

時間がないって何？

田中と間山に何をされたから、あなたはそんなに拗ねているの？

そして、何より私をどう思ってるの？　教えて、桂木さん。

今度は逃げずにちゃんと聞くから。

茜はこちらを見ようとしない桂木に手を伸ばして、その逞《たくま》しい肩に触れる。

ゆっくりとこちらを向く男の鉄仮面の裏にある感情の色が、なぜか今ははっきりと見える気がした。

「桂木さん」

名前を呼ぶ。茜は桂木のネクタイを掴むと、一気にそれを自分の方に引き寄せた。

「ぐっ」

ふいに喉を絞められた桂木が呻《うめ》き声を漏《も》らす。

吐息の触れ合う距離で、顔をしかめている桂木と見つめ合う。

自分の眼差しが挑発的なものになっている自覚はあったが、茜はそのままにっこり笑いながら囁《ささや》いた。

「桂木さん。時間がもったいないので、さっさと吐いてもらえます？　一体、何があったのか？」

見つめ合う桂木の切れ長の瞳がゆっくりと見開かれる。その瞳に映る自分は、酷《ひど》く不《ふ》敵《てき》な女の顔をしていた。

——開き直った女は怖いんです。

吐息の触れ合う距離で桂木を睨《にら》み付けながら、そんなことを思う。

この距離の近さにふと前にもこんなことなかったっけ？　と軽いデジャヴに襲われて、茜は内心で首を傾《かし》げた。

すぐに二ヶ月前のあの夜のことを思い出す。

あぁ、あの夜もためらう桂木のネクタイを引き寄せたんだった。

なんだか自分たちはいつもこんなことばかりしている気がして、おかしくなる。

「ふっ」

茜がそう思った時、桂木が笑った。

「真崎には敵《かな》わないな」

柔らかい笑顔に、茜の鼓動が速くなる。

だから、ふい打ちで笑わないで。

「どういう意味ですか？」

照れ隠しに低い声で問うが、目の前の男はただ微笑んで、茜の頭を撫でてくる。

「言葉のままの意味だよ。話をするのは賛成だが、ここは、ゆっくり話をするには不向きだ。とりあえず降りないか？」

「そうですね」

そういえば、ここどこ？

どこかのマンションかホテルの地下駐車場だということはわかったが、見覚えはない。

首を傾げていると、桂木に「こっちだ」と促《うなが》され、茜は素直に従って歩き出す。

迷いなく歩く桂木の後ろをついて歩きながら、茜は桂木に声を掛ける。

「あの、桂木さん」

「ん？」

茜の呼びかけに振り向いた桂木に、「ここどこですか？」と尋ねると、彼は「あぁ、俺の部屋だ」と言う。

「え？」

思わず足を止めた茜につられて、桂木も足を止める。

「下手な店に入るより、ちゃんと話ができると思っただけだ。変な下心はないから安心しろ。嫌なら、どこか行くか？」

「あ、いえ、大丈夫です」

意外な流れにちょっと驚いただけだったから、茜はかまわないと頷《うなず》く。

確かに桂木の言うとおり、レストランとかだと他の人間の目が気になる。

泣いたせいで、きっと化粧もボロボロだろうし。

こんな顔のままどこかに出かける勇気はない。

どう見ても修羅場《しゅらば》のあとにしか見えないだろう。茜は促《うなが》されるまま、桂木の部屋に上がった。

＊　＊　＊

部屋に上がって、ソファに落ちつくと、間もなくふいに「真崎」と名前を呼ばれた。

顔を上げると、桂木の真剣な眼差しとぶつかり、茜は緊張する。

「先に話しておきたいことがある」

「はい」

「正式な辞令はまだ下りてないが、俺は年内に異動になる」

「え?」

桂木の言葉に、茜は驚いて動きを止める。

「ニューヨーク本社に異動が決まってる。できれば、ついて来てほしい……」

「プ……プロポーズ、みたいですね……」

桂木を見つめたまま、無意識に言葉が零《こぼ》れた。

二人の間に沈黙が落ちる。

「……」

沈黙した桂木に、決定的に自分が何かを外したことに気づく。

え?　あれ!?　ちょっと待て私!!　何を言った!　今、何を言ったの!?

そうして、今、何を言ったか理解した瞬間、茜の顔が一気に赤く染まる。

桂木の言葉を茶化すつもりなんて一切なかった。

だけど、緊張しすぎて、思わず零れてしまったのだ。

どうして私はこう……

焦《あせ》れば焦るほどに、何を言えばいいのかわからなくなる。

あたふたとする茜を前に、沈黙していた桂木が目元を緩《ゆる》めて苦笑する。

「みたいじゃなく、一応、プロポーズのつもりだったんだけどな……」

苦笑しながら告げられた言葉に、顔がますます赤く染まる。

「……ごめんなさい」

なんて言っていいのかわからずに、思わず小さな声で謝ると、こらえ切れないというように桂木が笑い出す。

「いや、真崎らしいというか……くっ……人の予想を超えてくれるな……」

色々な意味で雰囲気をぶち壊している自分の残念さに呆《あき》れて、どこかに埋まってしまいたい心境に陥《おちい》る。

二人の間にあった緊張感が一気に解《ほど》けていく。

ああ、もう本当に。

いたたまれなさに溜息が出そうになるが、目の前で笑う桂木につられて茜も笑い出した。

どんなに取り繕《つくろ》っても、これが茜なのだ。負けず嫌いで、頑固《がんこ》者で。

恋に傷ついたせいで酷《ひど》く臆病《おくびょう》で、肝心なところで外してしまうのが自分だ。

二十九年、ずっとこんな性格だったから、今さら、変えることはたぶんできない。

就職してから家族よりも長い時間を一緒に過ごしてきた男は、そんな茜を理解しているのか、普段の鉄仮面が嘘のように穏《おだ》やかに笑っている。

「桂木さん？」

互いの体温が感じられる距離に、ときめきよりも先に安堵《あんど》を覚える自分が不思議だった。

桂木の大きな手が頬に触れてきて、茜の鼓動が大きく打った。

泣いた痕《あと》を辿《たど》るように目の下に触れてくる。親指の感触が恋しい。

間近で見つめる男の瞳は、酷く楽しげで、どこまでも優しかった。

見慣れた鉄仮面を外した桂木の柔らかい表情を見ていると、彼への恋心が騒ぎ出す。

「結婚してほしい」

ストレートに告げられた言葉に、心の奥が熱く満たされる。

泣きたくなるほど嬉しいと思った。

緩みきった涙腺から、また涙が溢《あふ》れそうになって、茜は言葉を失った。

大事な時に何も言えない自分が酷くもどかしい。

一人でたくさん泣いて、悩んで、腹を立てたぶんだけ、桂木には言いたいことがたくさんあった。

なのに今、この瞬間に桂木に言うべき言葉が見つからない。

茜の心をかき乱すのが酷《ひど》くうまい男は、ただ、涙をこらえる茜を見下ろして、優しい表情を浮かべている。

茜の返事を待つ桂木の穏《おだ》やかな顔を見ていたら、なぜか腹立たしくなってしまった。

その顔が、茜がYES以外の返事はしないと確信しているような気がしたから。しかもそれが間違いじゃないだけに、余計に素直になれない。

茜が悩んで泣いた分だけ桂木も焦《じ》れればいい。こんな時でも天邪鬼《あまのじゃく》な自分が顔を出す。

それにまだまだ知りたいことがたくさんある。

時間がないと言ったのは、異動が決まったためだというのはわかった。

だけど、それ以外の謎は一つも解決していない。

二ヶ月前のあの夜。田中と間山が見ていると知っていたくせに、桂木がその手を伸ばしてきたのは、茜を待つのをやめたからだと言った。

茜の何を桂木が待っていたのか知りたいと思う。

田中と間山に何をされて、あんなに拗《す》ねていたのか。

お嬢様の件をどうするつもりなのか。

そして、今の茜は自分の弱さを知っている。

そんな弱い自分を知っているからこそ、曖昧なものを残したまま、桂木と新しい関係は築けないと思う。

自分が桂木とこれからどんな関係を築いていくのか、それはわからない。

だけど、ちゃんと向き合って、一緒に歩いて行きたい。

心のままに、何よりも聞きたかった疑問を茜は桂木に問う。

「結婚は、私が妊娠したからですか……？」

茜の問いに桂木が柔らかい表情で首を振る。

「それは関係ない。本当は二ヶ月前のあの朝に言うつもりだった」

「だったら、どうして今なんですか？　桂木さん、変わらなかったじゃない。あの夜のあとも、何も変わらなかったじゃない……」

「それは」

茜の言葉に、桂木は言葉を途切り、ふっと息を吐いた。

次の言葉が気になってじっと見つめていると、桂木が苦笑する。

「真崎は、あの朝のことを覚えてるか？」

「え？」

「人生最大の失敗って顔に書いて、『忘れてください!!』って叫んで逃げただろう……」

言われて思い出した。あの朝の記憶を――

＊＊＊

目覚めると目の前に、いつも喧嘩《けんか》ばかりしていた上司の端整な寝顔があって酷《ひど》く焦《あせ》った。

なんで、桂木さん⁉

あ……！　昨日‼

すぐに酔った勢いで自分が何をしでかしたのか思い出した茜は、桂木の腕を跳ねのけて飛び起きた。

「いっっ‼」

腰、痛い‼

普段使うことの少ない筋肉をこれ以上ないというほど酷使したせいで、酷い筋肉痛を感じ、ベッドの上に倒れ込む。

シーツに埋もれて、自己嫌悪で泣きそうになる。

いや、もう、嘘……いくら酔ってたからって、本当にありえないから。いい歳して、何をやってるのよ‼

「う〜」

思うように動かない体でジタバタと暴れながら、思わず呻《うめ》き声を零《こぼ》す。

「……真崎？」

「ひゃっ!!」

桂木が目を覚ます。彼は、「どうした？」と寝起きの掠《かす》れた声で問いながら起き上がる。

ベッドの上で無様《ぶざま》にもがいている様《さま》を見られた瞬間、思わず茜は叫んでいた。

「忘れてください!!　お互い酔ってただけなので!!　それが一番です!!」

桂木は茜の叫びに目を丸くし、何かを言いかける。

しかし、自分の気持ちの処理に手一杯で、茜はそれに気づかなかった。

気づく前に、茜は逃げ出した。

先ほどまで全く体が動かなかったにもかかわらず、どこにそんな力があったのかと自分でも呆《あき》れるほどの俊敏《しゅんびん》さで、茜はベッドから飛び降りてシャワー室に駆け込んだ――

＊　＊　＊

「あ～。確かに……」

あの朝の自分の醜態《しゅうたい》を思い出して、茜は唸《うな》る。なかったことにしたくて必死だった。

「逃げましたね……私」

そう答えると、桂木に引き寄せられる。

「か、つらぎさん?」

素直にその腕の中に収まると、吐息の触れ合う距離で、桂木が雄《おす》の顔をして笑った。

茜の背筋を疼《うず》きにも似た何かが駆け上がる。

一瞬で、体温が上がったのが自分でもわかった。

「酔った勢いだから全部なかったことにしてくれと真崎が言ったから……」

唇が触れそうな距離で桂木が囁《ささや》いた。

「だったら、酔ってたなんて言い訳できない状況を作ろうと思っただけだ。変わらなかったわけじゃない。機会を窺《うかが》っていただけだ。押してダメなら、引くしかないだろう?」

悪い男の顔で桂木は笑った。

確かに、あの時に結婚しようなんて言われても、桂木の言葉を何一つ信用せずにパニックになって、自分は逃げていただろう。それはわかる。

妊娠したことに悩んで泣いた今だからこそ、自分は桂木の言葉を受け入れることができるのだ。

唇が近づいてきて、反射的に瞼《まぶた》を閉じると、キスで唇を塞《ふさ》がれた。

柔らかく触れるだけのキスが、酷《ひど》く甘く感じた。

ただ触れ合わせているだけなのに、この男とのキスはやっぱり気持ちいい。

唇に舌が触れてきて、開けるように促《うなが》される。わずかに開いた唇に、舌を差し込まれた。茜の口の中を辿り、歯列をなぞる。

背筋を駆け上がる疼きに、この男のキスには逆らえる気がしないと思った。

唇が離れていくのが酷く寂しいと思う。

「……桂木さんは、私が好きなんですか？」

茜の言葉に、桂木が瞳を瞠《みは》って苦笑する。

「今さら、それを聞くか？」

「だっ……て、わからないもの……」

結婚してくれとは言われた。でも、肝心なことは何も言われていない。

桂木さんが私をどう思っているのか――

だから、聞きたいと思う。

どうして、私なのか。いつも、いつも喧嘩《けんか》ばかりしてきたのに。

好かれるようなことをした記憶なんてない。目を涙で潤《うる》ませて、答えを待つ茜に桂木が告げる。

「茜が好きだ」

その言葉はどこまでも甘く、優しく、茜の心の一番深い場所に落ちて行った――

桂木の言葉を聞いた瞬間に、自分の中に欠けていた何かを見つけた気がする。

もう恋なんてしないと思ってた。
五年前の大切な二人の裏切りで恋をすることに臆病《おくびょう》になっていた。
誰かを好きになって、また傷付くのが怖かった。
だけど、今は、桂木の言葉を素直に嬉しいと思える。
理屈じゃなかった。心が、体が、素直に感じた。
この男に愛されているのだと――
自分でも酷《ひど》く単純だと思った。
たった一言。『好きだ』という言葉一つで、こんなにも満たされている。
触れ合わせた唇は優しかった。抱き寄せた体は温かかった。
吐息の触れ合う距離で見つめ合う男の瞳に映る自分は笑っている。
自分の殻《から》に閉じこもっていた自分はもういない。
そのことにホッとしたから茜は笑っていた。
そして、この際だから、桂木が何を考えていたのかすべて聞きたかった。
「どうして？」
目の前にいる男に、囁《ささや》くように問う。
「何が？」
「どうして、私なんですか？　だって、私、桂木さんに好きになってもらえるようなこと、何もしてない」

茜の言葉には答えず、桂木は何かを思い出すような遠い眼差しをした。

束の間、二人の間に沈黙が落ちる。

桂木は大きな手でそっと茜の頬に触れてくる。

その大きな手の温もりが気持ちよく、無意識に桂木の手に頬を擦《す》り寄せると、桂木の親指が再び茜の目の縁《ふち》をなぞる。

どこか遠くを見つめたまま、まるで何かを確認するように茜の頬に触れてくる桂木に、茜は首を傾《かし》げた。

「……泣いている茜を知っていたから」

「え？」

言われた言葉に、茜は目を瞠《みは》る。

泣いてる私……？　そう言われても心当たりはない。

就職してから長い付き合いになるが、桂木の前で泣いたのは昨日逃げ出した時だけだった。

「私、桂木さんの前で泣いたことありました？」

いつのことかわからずに戸惑《とまど》っていると、桂木が視線を合わせてくる。

「五年前。一人で泣いていただろう？」

「え？」

「今日、駅まで送ってきた彼と婚約を破棄したあと、一人で泣いていただろう？　苦しくて泣きたいのに泣けない。なのに、全然泣けなくて、飲んで悲しさを紛《まぎ》らわせていたことを俺は知ってる……」

「……」

静かな声で言われた桂木の言葉に、茜は驚いて何も言えなくなる。

五年前——確かに、茜は酒に逃げていた時期がある。

なぜか泣けなかったのだ。どんなに辛くても、哀しくても、なぜか涙は一滴も零《こぼ》れなかった。泣けない代わりのように、お酒を飲んでいた。

でも、どんなに飲んでも次の日には、ちゃんと仕事をしていたつもりだった。妹に婚約者を寝取られたことを、陰《かげ》で色々と噂《うわさ》されていたのは知っていたが、人前では平気な振りをして笑っていた。弱い自分を見せるのが嫌だったのだ。

だから、美紀にすら泣き言は言わなかった。嫌なことをすべて忘れるために仕事に没《ぼっ》頭《とう》した。

だけど、夜に一人でいると、ふいにたまらない苦しさに襲われた。

自分の何がいけなかったのか。なぜ、孝明の相手が満だったのか。考えれば、考えるほどたまらなく苦しくなった。だから、そんな夜は、当てもなく夜の街を彷徨《さまよ》って一人で酒を飲んだ。

吐き出せない鬱屈《うっくつ》を、アルコールで紛らわせて乗り越えた幾《いく》つもの夜。

思い出した痛みに、茜は一瞬、強く瞼《まぶた》を閉じる。

「茜？」

名前を呼ばれて、茜は閉じた瞼を開く。気が付けば下の名前で呼ばれていた。でも、嫌じゃない。桂木の低い声でもっと名前を呼んで欲しいと思った。

胸の奥が疼《うず》き、無意識に茜は桂木に手を伸ばしていた。縋《すが》るように手を伸ばしてきた茜を、桂木は拒《こば》むことなく受け入れてくれる。桂木の腕の中にいることに安心感を覚え、知らず詰めていた息を吐き出す。桂木の鼓動が聞こえた。

「私……ちゃんと隠していたつもりだったんですけど……隠せてなかったですか……？」

ポツリと呟《つぶや》く。

唯一の逃げ場だった仕事を失いたくなかった。何を言われても、何を聞かれても、孝明との婚約破棄など気にしていないと表面上は強がって、どんなに酒を飲んでも、次の日に絶対に影響させなかった。だけど、桂木には気づかれていたのだろうか？　傷ついて酒に逃げていた自分を。

わずかに強張る背中をあやすような手つきで撫でられる。

「完璧に隠せていたよ。だから最初は気づかなかった。だけど、たまたま入ったバーで、一人で飲んでいる姿を見つけて驚いた。声を掛けたら、苦しいと言ったんだ」

「知ら……ない……」

「だろうな」

あの苦しかった夜のどこかで、自分は桂木に会っていた？

あの頃の記憶は、仕事以外のことは酷《ひど》く曖昧《あいまい》な部分がある。

「見つけた時は泥酔《でいすい》に近い状態だったし、声を掛けたら『うちの鉄仮面にそっくり。気持ち悪い。仕事以外で会いたくない』って言われたよ」

「う……すいません」

酔っていて覚えていないとはいえ、自分が放ったらしい暴言に焦《あせ》る。他にも何か桂木に暴言を吐いていそうな気がして、緊張のために心臓が強く鼓動を打った。

「そのあと、あんまり酔ってるから送って行こうとしたけど、嫌がって暴れたな」

遠い目をして桂木が苦笑するのを見て、茜はこの鉄仮面の前で自分は一体どんな醜態《しゅうたい》を晒《さら》したのか気になった。

桂木が言葉を紡《つむ》ぐたび、心臓が嫌な速さで鼓動を打つ。

「ご、ご迷惑をおかけしました」

「別に大したことじゃない。それに、あのことがあったから俺は……」

桂木が言葉を切り、茜を抱く腕にわずかに力を込める。その先が気になって見上げると、桂木はどこか遠い眼差しをして笑っていた。

「俺の手を振り払って暴れたあとに、彼と俺を間違えて『どうして……？　どうして、満なの？　私じゃだめだったの』って呟《つぶや》いていたのが、忘れられなかった」

ここまで言われても、思い出せなかった。吐息の触れる距離にある男の瞳はどこか遠く、でも酷く甘かった。語られているのはかつての自分の醜態なのに、覚えていないせいか、まるで知らない別人のような気がして仕方ない。

この男に、こんな瞳をさせているのが自分だなんて信じられなかった。それがなんだか少しだけ悔しい気がした。遠くを見ていた男が、ドキリと胸が鳴るほどの眼差しで見下ろしてくる。

「五年前に手を差し伸べるのは簡単だったが、あの頃、俺が何を言っても同情だと切り捨てられるだろうと思った。それに、一人でもがいているのもわかった。だから、待とうって決めた。茜が一人で立ち上がれる日が来るまで……」

桂木の一つ一つの言葉に込められた想いを感じて、心が揺れた。触れ合った場所から真摯《しんし》な想いが伝わってきて、どうして今まで気づかずにいられたのかと思う。

目の前が滲《にじ》んで、桂木の顔が酷くぼやけて見えた。

「あの日。二ヶ月前のあの時、酷く酔っていたけど、茜が笑っていたからもういいかと思った。もう待つのはやめようと決めた」

そこまで告げて桂木が何かを思い出して苦笑する。

「まぁ、せっかく手に入れようと決めたのに、翌朝、起きて早々酔ってたから何もかもなかったことにしてくれと言われるとは思わなかったがな……」

「うっ……」

こんな風に思われていたなんて。だから、あれは酔った勢いの一夜の過《あやま》ちだと思っていた。お互いに酔っていたことを言い訳にして逃げ出した。

腕を伸ばすとしっかりと応えてくれる抱擁《ほうよう》が、今は苦しくて甘い。

「ところで……」

ふいに桂木が真面目な表情になる。

その真剣な表情に、茜の胸が強く鼓動を打つ。

「なんですか?」

「さっきからプロポーズと告白の返事を待っているんだが、答えてくれないのか?」

どこか不満そうに告げられた言葉に茜は笑った。

茜は嬉し涙を零《こぼ》しながら、茜は花が綻《ほころ》ぶように笑って、答えた。

「好き、ですよ……だから、これからも……傍に……いてください」

声が震えてしまい、囁《ささや》くほどの小さな声にしかならなかった。

しかし、しっかりとその言葉を聞き取った男は、普段の鉄仮面からは想像できないほど、甘く温かい表情で笑う。

初めて言葉にした想いに、心臓がぎゅっと痛くなり、我慢していた涙が溢《あふ》れた。

それは、哀しいから流れた涙じゃない。幸せを実感したからこそ流れた涙だった。

そして、改めて思う。

この人に――桂木政秀に自分は恋をしているのだと――

妊娠してるからとか関係なく、純粋に自分はこの男に恋をしている。

重なる吐息に熱が上がるのは、他の誰でもなく、桂木だけ。

再び桂木の唇が近づいてきて、茜は素直に瞼《まぶた》を閉じる。

「……んっ」

触れ合わせた唇はどこまでも甘かった。綻んだ唇から愉悦《ゆえつ》を含んだ吐息が零れるのを隠せない。

ぞくぞくと背筋を疼《うず》きにも似た何かが駆け上がり、思わず首を反《そ》らすと、舌を差し込まれる。

この男はキスが酷《ひど》くうまい。

そして、やっぱり卑怯《ひきょう》だと思った。このキスの甘さに何もかも忘れそうになる。

体の内側から溶かされる。そんな感覚を覚えた。溶けていくような感覚に心もとなさを覚えて、桂木の肩に回した腕に力を込めた。

絡めた舌はゆっくりと動き、決して強引ではないのに、甘く熱い。

「あっ……」

キスが解《ほど》かれた瞬間に漏《も》れた声は、甘い女の声をしていた。桂木の満足げな顔が視界の端に映り、カッと羞恥《しゅうち》に顔が赤く染まる。力の抜け切った体を桂木の腕に預《あず》けて、呼吸が落ち着くのを待つ。無意識に甘えるように肩に頬を擦《こす》りつける茜の背中を桂木がそっと撫でる。

背中を撫でる手は優しいのに、瞳は酷《ひど》く獰猛《どうもう》な光を宿《やど》していて、背筋が震えた。宥《なだ》めたいのか、煽《あお》りたいのか。

判断に迷う男の瞳を見つめたまま、「桂……木さ、ん」と掠《かす》れた声で名前を呼ぶ。

「ん？」

キスのせいで夢見心地になってしまったが、誤魔化されるわけにはいかない。聞きたいことはまだ残ってる。

「結局、田中と間山に何をされたんですか？」

「……」

尋ねた瞬間、桂木の眉間にビシリと音がしそうなほどの勢いで、深い皺《しわ》が刻まれた。

なんとなく桂木がこの男らしくもなく、そのことを誤魔化そうとしていることには気づいていた。けれど、何があったのか知りたい。

沈黙する男は、普段は鉄仮面のくせに、今はやけに豊かな表情で絶対に答えたくないと訴《うった》えていた。こんな顔をされたら余計に聞きたくなる。

「桂木さん？」

促《うなが》すように名前を呼ぶと、桂木は溜息をついた。

「どうしても聞くか？　それ……」

低い声で問われて、茜は首を傾《かし》げながら「気になって、当たり前だと思いますけど？」と答える。

「……」

再び黙り込む桂木を、茜も黙って見つめる。

駆け引きを含んだ沈黙が流れる中、耐え切れなくなったように桂木が再び嘆息《たんそく》した。

「……他愛もない嘘に引っ掛けられた」

「他愛もない嘘？」

そして、ようやく重い口を開いた桂木がぼそりと呟《つぶや》き、茜はますます首を傾げる。

「どんな？」

桂木が往生際《おうじょうぎわ》悪く黙り込もうとしたのを察し、頬を挟んで逃げられないように自分に向ける。

「ここまで来て逃げるのは、男らしくないと思いますよ？」

男の瞳の中にあるためらいを、強い瞳で見つめて茜は答えを催促《さいそく》した。

「さっさと白状したら楽になると思いますけど」

茜の言葉に桂木が不機嫌な顔をする。

「楽しんでないか？」

拗《す》ねているような口調に茜はくすっと笑う。この男がこんな風になるところなんて、初めて見た。

先ほどはどうしたらいいのかわからずに焦《あせ》ったけれど、今は好奇心の方が強い。

それは、茜を抱く桂木の腕が、決して茜を傷つけるものじゃないとわかったからかもしれない。

笑う茜を見て、桂木は諦めたように顔をしかめる。

「今日の帰り、間山と園田さんに呼び止められた」

「美紀？」

どうしてここで親友の名前が出てくるのかわからずに、茜は目を丸くする。

溜息まじりに桂木は言葉を続けた。

「茜が胃がんの宣告を受けて泣いている。最近の体調の悪さもそのせいだった。会いに行くつもりなら、茜を支えてくださいと泣いて頭を下げられた」

「……はぁ!?」

言葉の意味を理解するまで時間がかかった。理解した途端、突拍子もなさすぎる話に茜は思わず叫んでいた。開いた口が塞《ふさ》がらない。

胃がんって。胃がんって、なんだそれ……

唖然《あぜん》とする茜から、桂木の眼差しがふいっと逸《そ》らされる。

拗ねたような態度とは裏腹に、耳朶《じだ》が赤く染まっていた。その赤く染まった耳朶を茜は凝視しながら考える。

どうして美紀はそんな嘘をついたのだろう？

親友の綺麗な顔を思い浮かべるが、やっぱりわからない。

今朝、美紀には妊娠していることがばれたから、体調不良の理由を知ってるはずなのに……って、田中か!?

そこまで考えて、美紀が想いを寄せている喰えない同期の顔を思い出して、天を仰《あお》ぎたい気持ちになる。裏で糸を引いていたのは、絶対に田中だ。田中に恋する美紀があいつに頼まれれば嫌だと言えなかったのは、簡単に想像がつく。

「『昨日の夜、茜を泣かせた責任を取って下さい。今の茜に必要なのはあの子を支えられる人間です』と言われた。最初は園田さんの言葉だから信じたが、よく考えれば裏に田中がいたんだろう。それに、間山が証拠だと言って、松本先生の診断書まで持ってきたから……」

信じたっていうの？　なんだってそんなバカみたいな嘘に引っ掛かったんだ……

茜は驚きに言葉を発することもできない。

ようやくすべてのことを白状した男は、茜と決して視線を合わせない。

自分がどれだけ間抜けな嘘に引っ掛かったのか、自覚があるのだろう。

いくら美紀の言葉だったからといって、そして間山が診断書を持ってきたからといって、そんな嘘を簡単に信じるなんて。普段の冷静過ぎる桂木を知っているだけに信じられなかった。

だいたい、間山が診断書を持っている時点であやしいだろうに。

いくら茜が体調不良を訴《うった》えていたにしても、妊娠と胃がんの症状を間違えるって。

「な……んで、そんな嘘に……」

「冷静じゃなかったんだろうな。昨日の夜、泣いて逃げられたうえに、連絡も絶《た》たれていたから」

だから、こんな他愛もない嘘に引っ掛かったっていうの？

ちょっと冷静になればすぐにおかしいことに気づくだろうに、そんな余裕もなかったっていうの？

いつものあなたなら、絶対に見抜いたはずなのに。

ばつが悪そうに桂木はふたたび顔を逸《そ》らす。その横顔に心が揺れた。

どんなに追いかけても、追い付くことができなかった男が見せた隙が、愛おしかった。それが自分のせいだと思うと、たまらなく愛おしいと思った。

手を伸ばして桂木の顔を自分に引き寄せる。

「私の、せい……？」

普段の冷静で、隙のない男が崩れたのは私のせいだと。……そう言って——吐息が重なる距離で囁《ささや》くように問い掛ければ、桂木の瞳に熱が宿《やど》る。

それが答えのような気がして、桂木が答える前に茜はキスで彼の唇を塞《ふさ》いでいた。

「私が本当に、胃がんだったらどうするつもりだったんですか？」

キスの合間、唇を離して問い掛ける。

「それでもいいと思ってた。傍で支えるつもりだった」

そこまでの覚悟をして、迎えに来てくれたの？

他愛ない嘘に引っ掛かって覚悟を決めた桂木がかわいくて、愛おしいと思った。

触れるだけのキスを何度も繰り返す。キスを深くしようとしてくる男の唇から、笑いながら逃げて、茜はもう一つ気になっていたことを思い出す。

「妊娠に気づいてるのかと思ってました……」

ここ数日の思わせぶりだった桂木の様子を思い出す。まるで茜の妊娠に気づいているような態度に、何度もドキリとした。

「もしかしてと思ってた。心当たりがあったしな……」

「ど、どうして？」

聞いておいてなんだが、まさか肯定されるとは思わず動揺する。茜だって妊娠に気づいたのは先週だ。なのに、なぜ、中国に行っていた桂木が茜の妊娠を予想できたのかわからない。

「間山が」

「間山？」

「電話してきた時に『最近、茜先輩がスケジュール帳のカレンダー見ながら、悶々《もんもん》と悩んでるんですけど!! 茜先輩に、何してくれたんですか!? まさかと思うけど、妊娠させたなんてことないでしょうね!?』ってえらい剣幕《けんまく》で電話してきたからな。心当たりもあったし、最初は妊娠を期待してた……」

言われてみれば検査薬を使う前に、生理が来ないことに気づいて、スケジュール帳を片手に悩んでいたかもしれない。しかし、それだけで間山が茜の妊娠の可能性を疑ったなんて、間山の洞察力《どうさつりょく》に驚く。

そういえば、『情報収集の極意《ごくい》の一つは人間観察！』と言っていたっけ。そこまで考えて茜は、ん？　と思う。

さらりと流したが、今、桂木は最後に妊娠を期待してたって言わなかった？

「妊娠を期待してたって……」

桂木は、まだふくらみのない茜の下腹部にそっと触れてくる。大きな手で茜のお腹を何度も撫でる。酷《ひど》く温かい表情を浮かべた桂木を見ていると、茜の心も温かくなる。

「もし、妊娠してたら、もうなかったことにはさせないと思ってたが……」

桂木の次の言葉を茜は静かに待つ。

「こんなに嬉しいものだと思わなかったな……ありがとう」

涙がまた溢《あふ》れてきそうになる。喜んでくれてるの？　この子ができたことを。

下腹部の上に置かれた桂木の大きな手の上に、自分の手の平を重ねる。

「よろ……こん……でくれ……ま……す……か？」

涙に詰まったまま聞けば、「当たり前だ」と返されるのが嬉しくてたまらない。

「愛してる。だから、子どもは産んでくれ」

嗚咽《おえつ》で言葉が詰まって、頷《うなず》くことしかできない。

妊娠を知ってから悩んで、泣いたことが報《むく》われる気がした。

途中で何度も逃げ出したけど、それでもこの人にちゃんと向き合おうと思って頑張った自分は間違っていなかったと思えた。

過去を乗り越えて、やっとここまで来ることができた。

茜の眦《まなじり》に溜まった涙にキスが落とされる。

「色々と予想外のことが起こりすぎて、最後の最後に他愛のない嘘に引っ掛けられた自分が情けないがな。自分の直感を信じてさっさと攫《さら》いに行けばよかった」

不本意そうにそう言う男が愛おしくてたまらない。他愛のない嘘に引っ掛かるほど余裕がないままに自分を迎えに来てくれたと思うと、余計に。

本当に色々なことが起こったと思う。

妊娠に気づいた誕生日からまだ一週間しか経《た》ってないことが信じられないほどだ。

ぎゅっと桂木の体に抱き付き、茜はもう一つ大切なことを思い出した。

しんみりしてる場合じゃなかった!!

「どうした？」

「お嬢様!!　香ちゃん!!　どうしましょう？」

焦《あせ》って桂木を見上げれば「あぁ」と素っ気ない返事があった。

「彼女のことは気にしなくても大丈夫だ」

「え？　だって、あの子ですよ!?」

香ちゃんの会話の全く通じない宇宙人振りを思い出して、冷や汗をかく。茜が妊娠しているからといって、彼女が桂木を簡単に諦めるとは思えない。

どんな理由で迫《せま》って来るか予想できないだけに、茜はあたふたと焦った。桂木はそんな茜を宥《なだ》めるように背中を撫でて落ち着かせようとする。

「大丈夫。彼女のことは気にしなくてもいい」

「で、でも!!」

なんで桂木がこんなに落ち着き払ってるのかわからないでいると、桂木がさらりととんでもない事実を告げた。

「彼女は間山の恋人だ」

今日、最後の爆弾が茜に落とされた――

「…………はい?」

今、自分は何を聞いたのだろう?

桂木の放った言葉の意味が理解できない。

え? え? 何? 頭が真っ白。何か今、とんでもなく衝撃的なことを言われた気がするのは私だけ?

「間山から話を聞いて、恋のキューピッドをしたくなったそうだ。『香みたいな完璧なライバルが現れれば恋心に火がつくはずだったのに、彼女を泣かせるなんて何をしてるんですの!? 香の完璧な計画をどうしてくれるんですの!!』と朝一で散々喚《わめ》かれた。間山茜の心を揺さぶるために、わざわざ会社に潜《もぐ》り込んで婚約者のふりをしたそうだ。

も噂《うわさ》を流して茜の動揺を誘うはずだったのに、彼女が会社に乗り込んできて焦ったと言っていたな」

衝撃に呆然《ぼうぜん》自失としている茜に気づくことなく桂木は淡々と話しているが、茜はその内容が全然頭に入って来ない。

はい？　え、あの子が間山の恋人――!?

ようやく頭に入ってきた衝撃の事実に、茜は桂木のワイシャツの襟《えり》を掴んで揺さぶった。

「ぐっ！」

「香ちゃんが間山の恋人ってどういうことですか!!」

桂木は息を詰まらせているが、そんなことはかまっていられなかった。

茜にとって、それだけ衝撃的な事実だった。

香ちゃんが……あの電波なお嬢様が、間山の恋人――!?　何、それどういうこと!?

「て、……はな……して……くれ、首が……！」

桂木は苦しげに何かを訴《うった》えているが、やはり耳に入ってこない。

最後の最後に知らされた衝撃の事実に、血圧が上がる。

そして茜は一気に脱力した。桂木の首を絞めていた手から力が抜ける。そのまま茜は桂木の肩に額《ひたい》を押し付けるように倒れ込む。

「ごほっ……茜？」

桂木の腕の中で、茜はどうしようもない脱力感に襲われていた。

あの子が、間山の恋人って……なんだそれ。私が悩んだ時間は一体なんだったんだ？

頭の中を、『やられた！』という言葉が巡る。

「大丈夫か？」

茜の背中を撫でながら、桂木が問うてくる。その大きく温かい手のひらに、興奮していた心が少しずつ落ち着きを取り戻していく。

「……大丈夫に見えますか？」

桂木の肩に額を預《あず》けたまま、茜が力の抜け切った声で言い返すと、桂木が苦笑する。

「まぁ、気持ちはわかる」

「妊婦になんて衝撃を与えてくれるんですか……」

呟《つぶや》くように愚痴《ぐち》れば、わかっていると言うようにポンポンと背中を叩かれた。しっかりと抱き締められている安心感の中、癖《くせ》のありすぎる同僚と親友の顔を思い浮かべて茜は溜息をつく。

やられた！　本当にやられたと思って、茜は笑い出したくなった。

「茜？」

くすくすと笑いだした茜を、桂木が呼ぶ。名前を呼ばれて、茜は桂木の胸に手をついて体をゆっくりと起こす。

「今回は二人ともやられましたね」

「そうだな」

くすりと笑いながら茜がそう言えば、桂木も嘆息《たんそく》まじりに笑った。

桂木の切れ長の瞳を見つめながら、本当にあの悩んだ時間はなんだったんだと思う。だけど、香ちゃんが現れなければ、茜は今もきっと答えを出すことはできなかっただろう。

恋愛漫画の法則にのっとって、強力なライバル役を演じようとした彼女の突拍子のなさとそれに協力した間山には苦笑するしかない。けれど彼女が現れたからこそ、茜は桂木への気持ちを自覚できた。

桂木さんが好き。

この気持ちがあの喰えない同僚たちにもたらされたものだと思うと、ちょっとだけ腹が立った。けれど、仕方ないかと思う。以前の茜ではきっとこの気持ちを素直に受け入れることはできなかっただろうから。だけど、きっちりとお礼はしたいと茜は思う。

「一人、一発ですかね」

「ん?」

「間山と田中へのお礼です」

にやりと笑ってそう言うと、桂木が目を瞠《みは》る。

「……あまり、無茶をしないでくれ」

仕方なさそうにそう言いながら、桂木は茜の顔を引き寄せて、こつりと額《ひたい》を合わせた。

「わかってます。無茶はしません。けど、やります」

唇までわずかしかない距離で見つめ合って、引かない決意を告げると、桂木は苦笑する。

桂木と視線が絡み離せなくなる。唇が柔らかいものに塞《ふさ》がれた。

「うん……ぅ」

瞼《まぶた》を閉じれば、口の中に桂木の舌が滑《すべ》り込んでくる。歯列をなぞるように動く舌が茜の口腔《こうこう》内を蹂躙《じゅうりん》する。桂木のキスは甘いくせに獰猛《どうもう》で、茜の体に官能の火を灯《とも》す。

切なさに、甘い声が漏《も》れた。互いの唇をたっぷりと堪能《たんのう》すると、茜はキスだけでは我慢できなくなった。

静かに瞼を開けば、情欲に濡れた男の瞳と出会う。

二ヶ月前、初めて触れた桂木の獰猛な瞳を思い出して、茜の鼓動が大きく打った。

見つめ合ったまま、桂木が何かをこらえるように小さく溜息をついた。その溜息の意味がわからずに、茜が首を傾《かし》げると桂木が苦笑しながら「理性が試されるな……」と呟《つぶや》いた。

桂木がお腹の中の子どものことを気にしているのがわかった。

茜の体を気遣う桂木の言葉が、嬉しいのに、不満だった。

酷《ひど》く覚えのある不満は二ヶ月前のあの夜に感じたものと同じものだと気づく。あの時も、桂木は一度は引こうとした。

あの夜から変わったものはたくさんあるはずなのに、変わらないものもあるらしい。

どうして自分たちはこうも意見が合わないのだろう？

自分たちらしいと言えばらしいのだが、桂木が否と言えば、どうしようもなくそれに逆らいたくなる自分がいた。

茜は桂木に触れたいという衝動が抑えられそうにないのに、一人だけ理性的に行動しようとしている桂木に苛立ちを覚えた。

もう傷付きたくなくて、変化を怖がってきた。

だけど、今は変わりたいと思う。訪れた変化は痛みだけではなく、幸せを運んできてくれることを知った。

茜は指先を伸ばして、濡れた桂木の唇に触れ、瞳を覗《のぞ》き込む。指の腹に熱い吐息を感じ、それだけで指先が疼《うず》くような感覚を覚えた。

視線を絡めたまま茜は桂木を誘惑する。

「その理性、今必要ですか？」

わずかに言葉が震えたのは、どうしようもない衝動を抑えきれなくなっているから。

この人に触れたい。

あの日と同じ、いやそれ以上の衝動に茜は突き動かされていた。

桂木の瞳の中に熱が宿《やど》るのを見つけて、茜は笑う。男の肩に腕を回して自分から口づける。瞳は閉じなかった。挑発するように桂木の瞳から目を離さない。

桂木の口腔《こうこう》内に舌を差し入れ、口蓋《こうがい》を舐め、歯列をなぞる。すぐに主導権を奪おうと舌を絡めてこようとする男から逃げれば、咎《とが》めるように舌の先を甘噛みされた。

見つめ合ったまま争うように交わすキスに、茜の全身を疼くような熱が支配する。触れ合っている桂木の体温も上がっていた。

腰に回されていた腕にグッと力が込められて、体をさらに引き寄せられる。

抱き締められて唇が離れた。熱い吐息が首筋にかかり、ぶるりと体が震えた。茜の感じる、耳朶《じだ》から首筋のラインに桂木の鼻筋が擦《こす》り付けられた。

自分の肩先にある桂木の柔らかい髪に指先を潜《もぐ》らせて、髪を梳《す》く。

駆け引きを孕《はら》んだ沈黙と二人の乱れた息遣いが聞こえた。

「……全く。真崎には敵《かな》いそうにないな」

肌を通して聞こえてきた桂木の呟《つぶや》きに、茜は自分が小さな勝利を得たことを知る。

決断を促《うなが》すために、茜は桂木の後頭部の髪を大きく乱した。

大きな溜息が耳元をくすぐる。

茜の首筋に鼻先を埋《うず》めていた桂木が顔を上げた。吐息の重なる距離にある桂木は雄《おす》の顔をしていた。欲情を隠そうともしない獣のような瞳に映る自分も、また飢《う》えた女の顔をしていた。

「大丈夫なのか？」

最後に念を押されるように問われて諾《だく》と答えれば、桂木に無言で抱き上げられる。

「大丈夫……きゃっ……」

驚いて悲鳴を上げた茜は、慌てて桂木の首に腕を回して抱き付く。

お姫様抱っこをされたまま額《ひたい》に口づけられて、照れくさくなった茜は桂木の広い胸に顔を埋《うず》めた。そのまま寝室まで運ばれて、まるで壊れ物を扱うようにそっとベッドに寝かされる。

覆《おお》いかぶさってきた桂木に再びキスをされて、茜は瞼《まぶた》を閉じる。どこまでも甘い男のキスに茜の吐息は乱れる。

「茜……」

名前を呼ばれて、瞼を開けると、真面目な顔をした男と視線が絡む。

「一つだけ、約束してくれ」

「何を？」

「明日の朝は今夜のことをなかったことにして逃げないでくれ」

言われた言葉が一瞬わからなかったが、理解した瞬間にあまりにおかしくなって茜は笑いだす。

気にしていたの？　あの朝、私が逃げ出したことを。

「笑うな」

「い、や……、だって……」

ここまできて言う言葉がそれかと思うとおかしかった。隙《すき》のない男が見せた気弱さが愛おしくてたまらない。

今日一日だけで、どれだけこの男の素顔に触れただろう？

今まで必死に追いかけて来た完璧だと思ってきた上司は、プライベートでは酷《ひど》く不器用なところがあるらしいと知る。

笑いながら茜は桂木の顔を引き寄せて、桂木の形の良い後頭部を撫でながら答える。

「もう逃げませんよ……あっ！」

言葉の途中で、耳朶《じだ》を甘噛みされて、高い声が零《こぼ》れた。口に含まれたまま、耳朶を舌で舐《ねぶ》られて、上半身がしなり、シーツから体が浮いた。

「安心したよ」

耳朶の中に囁《ささや》かれた言葉に、どうしようもない愛おしさを覚えて、茜は桂木の首筋にしがみ付く。耳朶から首筋にかけて桂木の唇が辿《たど》った。

胸元と鎖骨を強く吸われて紅い痕《あと》が散る。桂木の大きな手のひらがシャツの上から茜の乳房を包むように触れて、下から押し上げる。桂木は乱れたシャツの襟元《えりもと》から覗《のぞ》いた乳房の上にも痕《あと》を残した。

乳首に触れられるよりも乳房を包むように触れられる方が茜が感じるということを、二ヶ月前のあの夜に知られているのだろう。

「ふ……くっ……」

左の乳房をシャツ越しにやわやわと揉まれて、こらえ切れず喉の奥から声が零《こぼ》れた。ずり上がったブラジャーが胸を圧迫して苦しい。

自分と桂木を隔《へだ》てるものが邪魔で仕方ない。

この男の素肌にもっと触れたい。そして、シャツやブラジャー越しではなく、大きな手のひらで直接、乳房に触れて欲しい。

らしくもなく乱暴にネクタイを引き抜く仕草に、桂木も同じ気持ちなのだと気づいて、期待に鼓動が速くなる。

「桂木……さ……ん」

名前を呼べば茜の意図を察したらしく、桂木はシャツのボタンに手をかけて一つ一つ外していく。もどかしいほどゆっくりと外されて、心も体も焦《じ》れた。目の前の男のワイシャツのボタンを茜も無言で外す。

指先が細かく震えて言うことをきかず、ワイシャツのボタンを一つ外すのにも苦労した。その間に桂木は茜のシャツのボタンを器用に全部外して、スカートからシャツの裾《すそ》を引き出していた。脇から手を差し入れ、ブラジャーのホックを外す。

「は……ぁ……」

ブラジャーのホックを外されて、呼吸が楽になる。望んだ通りに、大きな手のひらで乳房を直《じか》に揉まれ、胸の先端が硬く尖《とが》った。敏感になった乳首を親指の爪で弾かれて、痛みと紙一重の快楽が足の爪先に向けて一気に駆け下りて行った。

「やぁ……ん!!」

ふいに与えられた強すぎる刺激に足先が跳ねて、シーツに波紋《はもん》を描く。

ビクンと体をしならせた茜に詫《わ》びるように、桂木は乳房を優しく包み、マッサージでもしているみたいな手つきで触れる。じんわりとした快感がつま先まで広がった。

茜も負けじと、震え続ける指先で桂木のワイシャツのボタンを外していく。はだけたワイシャツから覗《のぞ》く、ほどよく引き締まった体と、ほのかに香るフレグランスに、眩暈《めまい》にも似た感覚を覚えた。

指先で桂木の筋肉の形を辿《たど》るように硬い胸に手を這《は》わせて男の熱を煽《あお》る。

回した手でワイシャツの肩先を脱がせ、露《あら》わになった男の肩先に鼻先を擦《す》りつけて、吐息を吹きかける。

桂木の片手が腰の辺りを彷徨《さまよ》っているのに気づいて、茜は腰を浮かせた。スカートを脱がされる。

やっとワイシャツのボタンをすべて外し、桂木のベルトのバックルを緩《ゆる》めると、ベルトの下の強張りが大きくなった。

欲望のまま一枚、一枚、無言で互いの服を脱がせ合う。

寝室に、衣擦《きぬず》れの音と互いの息遣い、そして時折、茜の快楽をこらえた声だけが響く。

触れ合った互いの素肌は酷《ひど》く熱かった。誤魔化しきれない欲情に、茜は小さく息を吐く。

素肌に、口づけを落とされた。

首筋、鎖骨、乳房の上と桂木の唇が落とされるたびに、茜の肌に赤い痕《あと》がいくつも残った。優しく、どこまでも甘い唇が、茜の体を蕩《とろ》けさせる。

触れ合わせた温もりに、二ヶ月前の熱に浮かされた夜を、体が思い出す。期待に肌が粟立《あわだ》った。じりじりと炙《あぶ》られるように熱が上がっていく。

「ん……ンン……」

溢《あふ》れる自分の吐息は酷く甘かった。ゆっくりと桂木の唇が下に向かっていく。そうして、臍《へそ》まで来たところで桂木の動きが止まった。

「いるんだな……」

それまで無言だった男が何かを呟《つぶや》いた。

「桂……木さん……？」

ぼそりと呟かれた言葉を聞き取れず、茜はわずかに上半身を起こす。すると、ほんの少しだけ目を潤《うる》ませた桂木と視線が合った。

「ここに……ここに、いるんだな……」

感慨深げに呟かれた言葉に、茜もまた自分の下腹部に視線を落とした。

元気すぎるほどの命がそこに宿《やど》っている。

「いますよ」

なぜか泣きたくなりながらそう答えると、桂木は「ありがとう」と囁《ささや》いた。胸に込み上げてくる愛おしさに、言葉が見つからない。

この子の存在を、桂木が祝福してくれていることを強く感じた。

神聖なものに触れるように、そっと臍《へそ》の下に口づけを落として、桂木は茜の下腹部に額《ひたい》を押し付けた。

「早く、生まれて来い。待っているから。二人で待っているから」

肌を通して聞こえてきた言葉に、茜の心が揺さぶられた。

目の前がぼやけて、涙が溢れた。

「茜」

起き上がった桂木が茜の涙に気づいて、優しく名前を呼ぶ。その声に促《うなが》されて茜は桂木に向かって腕を伸ばす。大きな体がふたたび覆《おお》いかぶさってくる。桂木は茜の眦《まなじり》に溜まった涙を唇で吸い取った。

「早く、会いたいですね……」

「あぁ」

小さな声で囁《ささや》けば、桂木も目元を和《やわ》らげて同意した。

早くこの子に会いたくてたまらなくなる。

幸せなのに、なぜか酷《ひど》く切なくなって、茜は涙を抑えることができない。

言葉にできない想いが涙となって流れていく。何も言わずに茜の髪を梳《す》き、零《こぼ》れていく涙を辿《たど》る男の唇は優しかった。

茜の体に体重をかけないように横向きになって、互いの体を抱き締め合う。

ギュッと抱きついて、茜は桂木にキスをする。

先ほどまでの飢《う》えにも似た衝動が嘘のように、抱き合っているだけで心が満たされる気がした。

しばらく抱き合って互いの体温と鼓動を感じ合う。重なる三つの鼓動が優しいリズムを刻む。

どれくらいそうしていたのかわからない。

ゆっくりと桂木が動き出す。額《ひたい》、瞼《まぶた》、目尻、頬にキスの雨が降る。

再開を告げるキスは、体ではなく心を高揚《こうよう》させた。

茜が一番感じる耳の下に吸い付かれ、甘い喘《あえ》ぎが零れる。

「あ……ん……んん……あっ、あ……」

執拗《しつよう》に舌で耳の下を嬲《なぶ》られて、消えかけていた官能の火がふたたび体に灯《とも》る。

桂木の大きな手が、茜の背の曲線を確認するように下へ、下へと降りていく。腰を辿り、さらに茜の柔らかい尻をやわやわと愛撫する。

どこを触られても、感じてしまう。体の熱が上がる。

「んんっ……」

溢《あふ》れる吐息は、熱を孕《はら》んでいた。茜の肌を辿る桂木の手のひらも火傷《やけど》しそうなほど熱く感じた。

なのに、指先一つで茜が乱れる様《さま》を見下ろす男は、まだ余裕を残していそうで悔しくなる。

容易《たやす》く桂木に翻弄《ほんろう》される自分の体が恨《うら》めしい。自分だけが昂《たかぶ》って乱れている気がして仕方ない。

触れられるだけでは我慢できずに、茜は太ももに触れていた桂木の昂りにそっと指先を絡ませた。すると桂木が息を詰まらせる。眉間に寄った皺《しわ》に男の色気を感じた。

一方的に高められるのは嫌だった。私も触れたい。

「茜？」

「触れら……れる……だけは……。好きじゃない……。私も触りた……い」

上目遣いで桂木を見上げながら、ゆるゆると桂木の昂《たかぶ》りを刺激してそう言えば、茜の指が動きやすいように、桂木がわずかに体を離した。

「くっ……」

茜が触れるたび、昂りが脈打って大きくなっていく。自分の手で息を乱す男の艶《なま》めかしさに、茜の秘所がとろりと蜜を零《こぼ》した。

自分を欲しがって、昂っていく桂木が愛おしい。

親指の腹で、円を描くように桂木の先端部を愛撫すると、指先がわずかに濡れた。

もっと感じて欲しくて、茜は体を起こす。茜の意図を察した桂木がヘッドボードに寄りかかって座る。

桂木の足の間に体を入れ、昂りに口づける。

舌で突くように触れ、丸みを帯《お》びた濡れた先端部に唾液《だえき》を塗り広げて舌を這《は》わせる。

そしてゆっくりと桂木の昂りを口に含んだ。

唇での愛撫は久しぶり過ぎて加減がわからなかった。

歯を立てないように気を付けて、唇と舌で桂木の形を辿《たど》って、喉の奥まで深く呑み込んでいく。上顎《うあご》の裏に丸みを帯《お》びた桂木の先端が触れ、思わず「んっ……んく」と呻《うめ》き声が漏《も》れた。

「苦しいなら無理しなくてもいい」

「だい……じょ……ぶ……」

茜の乱れた前髪を撫でながら桂木は止めようとしたが、茜は首を振って拒《こば》み、口の中の昂りを吸い上げる。容積がさらに増し、苦しい。

「ん……うっ……」

頭上で快楽をこらえる声が聞こえた。ちらりと見上げると、桂木は眉間に皺《しわ》を寄せている。茜はその様子に満足して、ゆっくりと頭を上下させる。大きすぎて口に含み切れない部分は手で撫でる。唇と舌、指先全部を使って、桂木の昂りを愛撫する。

「ふぅ……、ん……ん!!」

桂木の指先が耳の裏から首筋をくすぐって、茜の邪魔をする。咎《とが》めるように上目遣いで悪戯《いたずら》を仕掛けてくる男を睨《にら》みつける。

茜の拙《つたな》い口淫ではまだまだ余裕があると言いたげな様子に腹が立ち、桂木を締め付ければ「ん……っ」と彼は腹筋に力を込めた。

桂木も余裕なんてないことに、茜は気づく。口に含むだけではなく裏筋にも舌を這《は》わせ、一番感じるらしい先端部を尖《とが》らせた舌で刺激する。

桂木の昂《たかぶ》りを唇で愛撫するだけで、どこも触れられていないのに、蜜が零れた。息が上がり、頬が上気する。茜の乱れた吐息と濡れた水音が、静かな寝室に響く。

再び口の奥深くに昂りをくわえようとした瞬間、顎に手をかけられ、唇での愛撫を止められた。

「桂木……さ……ん？」

「もういい」

「気持ち……よ……くない……？」

不安げに問えば、眉間に皺《しわ》を寄せたまま、「違う」と桂木が首を振って、茜の体を仰《あお》向《む》けにする。

「これ以上は、我慢……できな……くなりそうだからもういい……」

桂木が茜の唇を奪いにやってくる。何度キスをしても物足りない気がした。

桂木の指が秘所に触れてくる。まだ、触れられてもいなかったはずのそこは、すでに蜜を零《こぼ》して酷《ひど》く濡れていた。慎重な手つきで指を差し入れられ、浅く、深く出し入れされる。

「ぁん……ん……ふぅ……」

桂木の指が動くたびに、茜の秘所は蜜を零し、熱くぬかるんだ。

体を仰《の》け反《ぞ》らせて、快楽に耐える。桂木は茜の乳首を口に含んだ。硬くなった乳首を尖《とが》らせた舌で突くように触れたかと思うと、舌全体を使って舐められた。

「あぁ……！　やぁ……だぁ……め……！」

「ダメじゃないだろう？」

「うー、ンン……」

意地悪な眼差しで桂木が囁《ささや》く。二ヶ所同時に攻められて、思わず漏《も》れた拒《こば》みの言葉とは裏腹に、茜は桂木が指を動かしやすいように足を開いてしまう。

二ヶ月ぶりに開かれる体は、期待と不安に濡れて疼《うず》いて、桂木の指を締め付ける。指を増やされるたび、大きくなっていく水音に、肌が赤く色を変えた。男の指先と唇を求めて灼熱《しゃくねつ》の吐息がひっきりなしに零れた。

「あ……つぃ……」

自分の体が溶けてなくなっていくような感覚に心もとなくなり、目の前の熱い体に縋《すが》ることしかできない。

快楽に蕩《とろ》けきった体を桂木の大きな体に擦《こす》り付け、その背中や肩に爪を立てて、自分の中の熱をなんとか散らそうと無駄な努力を試みた。

「か……つら……ぎさ……ん」

だが、この熱がそんなことで治まるはずはなかった。桂木の名前を呼べば、こつりと額《ひたい》を合わされる。

とろりと潤《うる》んだ眼差しで、濡れた男の瞳と見つめ合う。重なった互いの吐息は酷く熱くて速い。

「政秀……」

「ん……？」

「名前……。名前を呼んでくれ……」

「ま……さひ……で……」

請《こ》われて、茜の唇が愛おしい男の名前の形に動く。最後の一音は桂木の口の中に溶けて消えた。

密《ひそ》やかに息づいてぬかるんだ秘所に、硬く熱いものが擦《こす》り付けられて腰が震えた。腰がゆるゆると期待に揺れる。

避妊具をつけた昂《たかぶ》りがゆっくりと、熱く甘く蕩《とろ》けた秘所を押し開いてくる。茜の反応を見ながら、侵入してくる昂りに背筋がざわざわと震えた。

自分でも腰を動かして、茜は根元まで桂木を受け入れる。

ゆっくりと入り込んでくる熱に、体のすべてを支配された気がした。

「大丈夫か？」

「へい……きで……す……」

体内を支配する圧倒的な質量と硬さに、茜の眦《まなじり》に涙が伝う。

「だ……から、やめな……いで……」

荒い呼吸で、桂木の肩先に額《ひたい》を擦りつけて呟《つぶや》けば、あやすような手つきでうなじを撫でられる。

体も心も全部桂木に委《ゆだ》ねた瞬間、意地を張り続けていた心が柔らかく蕩けて、自分がただの女であることを茜は思い出す。

そして自分が酷《ひど》く満たされていると茜は知る。もう過去の恋に怯《おび》えて泣いて、意地を張っていた自分はどこにもいなかった。

この男の腕の中では、意地もプライドも必要ない。ありのままの自分でいられる気がした。

満たされた喜びに茜の涙が止まらなくなる。心配そうに覗《のぞ》き込んでくる男の広い肩に腕を回して引き寄せ、触れるだけのキスをする。

「政秀……」

唇を離す瞬間、茜は先ほど教えられた名前を自然と呼んでいた。

愛おしさに胸が詰まって苦しくなる。この苦しさを解放する術《すべ》は一つしか思い浮かばなかった。

茜の体が落ち着くのを待っている男の顔に手を伸ばして、愛おしい男の顔の輪郭《りんかく》を辿《たど》る。

スッと通った鼻筋、硬い頬、少しだけ厚くて、簡単に茜を翻弄《ほんろう》する唇。

触れた唇がわずかに開いて、茜の指先をちろりと舐めた。

その濡れた感触にゾクリと背筋が震え、身の内にいる桂木を締め付ける。

ざわざわとした熱に抗《あらが》えず、茜は素直に欲望を口にする。

「もう……大丈夫だから……。動い……て……」

「辛かったら、そう言ってくれ」

懇願《こんがん》するように告げると、桂木がゆっくりと動き出す。

「ん、んぅ……ぁ……」

ゆるゆると体を揺らされて、茜の唇から淫《みだ》らな喘《あえ》ぎが漏《も》れた。

妊娠している茜を気遣って、桂木がゆっくりと腰を動かすたび、体の奥からとろとろとした熱が生まれて、茜の背筋を駆け上がる。知らず桂木の腰の動きに合わせて、茜も腰を躍《おど》らせる。

激しい行為ではないのに、酷《ひど》く体は昂《たかぶ》っていた。

緩《ゆる》やかな動きだからこそ一層、秘所を擦《こす》る昂りの硬さの熱だけを感じた。

ぐずぐずに蕩《とろ》けきった体の中で、桂木の昂りだけが熱くて硬かった。

体の一番奥深くで繋《つな》がって、一緒に快楽を追いかける。緩く体の奥を突かれる動きはとてももどかしいはずなのに、そのもどかしさに逆に酷く感じて身悶《みもだ》える。

「あん！　き……もち……ぃい……」

「気持ち……いい？」

「うん……い……い……」

とろとろと炙《あぶ》られるような悦楽で、茜の声は甘く濡れていた。

喘ぎすぎて肺が軋《きし》み、うまく呼吸ができない。せわしなく浅い呼吸が繰り返される。

「ふぅあ……あん……」

苦しいのに、気持ちいい。

相反する感覚が、茜の心も体も乱して濡らす。

潤《うる》んだ瞳で見上げると、桂木の瞳には甘く剣呑《けんのん》な光が瞬《また》いていた。

乱れて落ちていく様《さま》を、険《けわ》しく眇《すが》めた目で余すところなく見つめられているのに気づいて、びくびくと腰が震えて、蜜が茜の大腿を濡らした。

一段、一段、階段を上るように、茜は上り詰める。

もっと深く繋《つな》がりたくて腕を伸ばせば、茜の気持ちを察した男が望んだ通りに強い力で抱き締めてくれる。

「ま……さひ……で……」

「うん？　……どう……した……？　きつい……か？」

甘えて名前を呼べば、茜の体を気遣う言葉が返ってくる。

違うと首を振って、濡れた肌を隙間もないほどに濡れた肌をぴったりと押し付けて、形の良い桂木の耳朶《じだ》を口に含む。

「す……き……」

もう我慢する必要も、誰に憚《はばか》ることもない。素直な想いを告げる。

「やぁ……ん……！　おお……きぃ」

茜の言葉に腕の中の男の体が一瞬強張って、体の奥を穿《うが》つ熱がその体積を増した。

「人の……理性……を、だい……なしにす……る……な！」

怒ったような桂木の言葉が肌を通して聞こえてきて、茜は濡れた眼差しをして笑った。

「だか……ら……その理性、今、必要……？」

こんな淫《みだ》らな時間に理性なんて必要ない。

噛み付くようなキスが降りてきて、濡れた吐息を奪われた。

足を抱《かか》え直されたと思ったら、今までのゆったりとした動きが変わり、素早く中を穿たれる。

甲高い声が上がるが、執拗《しつよう》な口づけに喘《あえ》ぎ声すらも奪われて、快楽を逃す術《すべ》を失った。

こらえきれないほど高まった快楽に、我慢できずに腰が浮き、震える太もも で逞《たくま》しい腰を挟んで、振り落とされまいと桂木にしがみ付く。

閉じた瞼《まぶた》の裏に白い光がちかちかと瞬《またた》いて、一気に弾《はじ》ける。秘所がうねって桂木を締め付けた。

「くっ……」

茜の上で体を動かしていた桂木が、その刺激に息を詰めて、腰を震わせた。被膜越しに吐き出された熱を感じた。

荒い吐息を重ねるように唇を合わせ、体の繋《つな》がりを解《と》くと、桂木が茜を抱き寄せる。

言葉にはできない充足感に、茜は桂木の広い胸の中で瞼を閉じる。

触れるだけのキスを何度も交わした。

言葉では言い表せない幸福感が、茜の心と体を包んでいた。

桂木の温もりと聞こえてくる強い鼓動に、トロリとした幸せを覚える。

あどけなさを覚えるほどに幸福な微笑を浮かべる茜を見下ろして、桂木も穏《おだ》やかに微笑んだ。

眠りの波に攫《さら》われていく恋人に、桂木はそっと「愛してる」と囁《ささや》く。

遠くなっていく意識の中、囁かれた愛の言葉が、静かに深く茜の心の奥に届いた。

エピローグ

一年後――

「うぎゃー！　うぎゃー！」

台所で夕食の準備をしていた茜は元気すぎる泣き声に気づき、リビングに置いているベビーベッドに駆け寄った。

覗《のぞ》き込んだベビーベッドでは、桂木にそっくりな娘が元気に大泣きしていた。

「あ～明《あかり》、よしよし。どうしたの？　おっぱいはさっき飲んだから、おむつ？」

去年の八月。

青空の綺麗な夏の日に生まれた長女の明は、一目で父親が誰かわかるほど桂木にそっくりだった。

手足をバタバタさせて元気に泣く娘のおむつを確認すると、案の定濡れていた。

茜は慣れた手つきで、手早く明のおむつを交換する。

濡れたおむつから解放された娘は、それだけですぐに手足をバタバタさせてご機嫌になる。

抱き上げた娘からはミルクと日向《ひなた》の匂いがした。

腕に感じる重みが茜にとって、幸せの証《あかし》だった。

「もうすぐパパが帰って来るからねー」

「あうー！」

茜が声を掛ければ、明はわかっているというようにさらにご機嫌に手足をバタバタと動かす。その仕草の愛らしさに茜は笑って、明の額《ひたい》にキスをする。

明をあやしながら、茜はもうすぐ帰って来るはずの夫を待つ。

ほどなくして玄関から「ただいま」という美声が聞こえてきて、茜は「おかえりなさい」と返事をする。

「あーあー！」

茜の真似をするように明も声を出したのがかわいくて、茜はくすくすと笑う。

茜と桂木は結婚してから、ゆっくりと恋愛を始めることにした。

仕事だけの付き合いでは決して知ることのなかった桂木の新たな面を一つ一つ知るたびに、桂木を好きになる自分がいた。

変なところで嫉妬《しっと》深かったり、過保護だったり、料理が茜よりも上手だったり、酷《ひど》く子煩悩《こぼんのう》だったり。知らない桂木に出会うたび、新たに恋をしてきた。

今振り返っても、あの妊娠が発覚してからの一週間は、激動の時間だったと茜は思う。

酔った勢いの一夜の過《あやま》ちから始まって、妊娠して、桂木の婚約者だという強烈すぎるお嬢様に、ライバル宣言をされた。泣いて悩んでやっと過去を乗り越えたと思っていたら、最大の障害だと思っていたお嬢様が、間山の恋人だった。あの衝撃は当分忘れられそうない。茜の想像以上に食わせ者だった間山と田中には、宣言通りきっちりと腹に右ストレートを叩きこませてもらった。

怒って、笑って、時には喧嘩《けんか》しながら、この一年、茜は桂木と明と三人で過ごしてきた。

その時間は、とても明るく幸せな色をしていた。

茜は明を抱いたまま、帰ってきた桂木を迎えるために廊下に出て、驚きの声を発する。

「え?」

廊下に出た茜と明の目の前に、深紅《しんく》の薔薇《ばら》の花束が差し出された。

「綺麗に咲いていたから」

茜を優しげに見下ろす夫が、実は酷《ひど》くロマンチストだということも結婚してから知った。

うわー!!　深紅の薔薇といい男って!!　ビジュアルがやばすぎる!!

深紅の薔薇が妙に似合う夫に顔を赤くしながら、茜は「あ、りが……とうございます」と顔を真っ赤にしてお礼を言った。片手で茜から娘を受け取った桂木に薔薇を渡された、頬が自然と緩《ゆる》む。
「茜」
名前を呼ばれて、顔を上げると、夫の唇が近づいてくる。茜は笑って目を閉じる。
この極上のキスに落とされて、一夜の過ちから始まった恋。
たくさん悩んで、辛い日々を過ごしたが、今、茜ははっきりと言える。
自分は幸せだと――
ｋｉｓｓをして。もう一度。何度でも。

書き下ろし番外編

幸福の居場所

柔らかな初夏の日差しを閉じた瞼《まぶた》越しに感じて、茜の意識が深い眠りの底から引き上げられる。

浅い微睡《まどろみ》の中、もう少しだけ眠っていたいという思いに駆られながら、茜はなんとか瞼を開いた。

薄いカーテン越しに、明るい日差しが部屋の中を明るく照らしている。

横を見ると隣に眠っていたはずの桂木の姿はすでになく、寝室には茜一人だった。

今、何時……?

時計を確認するとまだ六時を少し過ぎたばかりで、茜が起きる時間には早い。

一緒に暮らし始めて知ったことだが、桂木の朝は早い。

前日の仕事の状況にもよるが、普段から六時前に起きて、一時間ほど近所を走っている。

きっと今日も早々に起きて、日課のロードワークに行ったのだろう。

役職付きの桂木の忙しさは、つい最近まで彼の直属の部下であった茜はよく知っている。その激務をこなすためにも体力作りは欠かせないとは桂木の言葉だった。

それを聞いた時は、何ともストイックなこの男らしいと思ったものだった。

「うーーん。ねむーい……」

二度寝の誘惑はひどく魅力的だが、せっかく早く目が覚めたのだから、もう起きようと決める。

朝食の準備でもしながら、桂木が帰ってくるのを待とう。

布団の中で、まだ寝ぼけた体をほぐしてから、茜は大きくなってきたお腹を庇《かば》いつつゆっくりと体を起こした。

「おはよう。今日は天気がいいみたいだよ」

ベッドの端に腰かけた茜は、だいぶ目立つようになってきたお腹を撫でながら、お腹の子に話しかける。

今は特に反応はないが、胎動が増えてきたこの頃は、まるで茜や桂木の言葉をわかっているようなタイミングでお腹を蹴られることもある。そのせいで最近の茜はお腹の子に話しかけるのがすっかり癖になっている。

日々、大きくなっていくお腹に、愛おしさが募《つの》る。

穏やかに微笑んだ茜は、ベッドから立ち上がる。

台所に立ってエプロンを身に着けてから、桂木のためにコーヒーサーバーにたっぷりのコーヒーを落とす。

コーヒーの芳《かんば》しい香りに、眠気が残っていた頭が徐々に覚醒してくる。

その香りにコーヒーを飲みたくなった茜は、自分用にノンカフェインのコーヒーを淹《い》れた。

カーテンを開けた窓から差し込む日差しの眩《まぶ》しさに、今日は暑くなりそうだと思いながら、朝食の準備を始める。

冷蔵庫の中にあったトマトとレタス、ツナをドレッシングであえてサラダを作ってから、毎朝果物を食べる桂木のために林檎とオレンジの皮を剥《む》いて食べやすい大きさに切り分ける。余りものの野菜を適当な大きさに切って、チキンスープの素とトマトジュースで一緒に煮込み、塩、コショウで味を調えて、簡単なミネストローネを作った。

桂木が帰ってきたらベーコンエッグと、トーストを焼こうと思ったところで、茜の手が止まる。

この時間、この天気であれば、政秀さんはあそこのパン屋に寄ってくるかな？

ロードワークの途中にある朝六時開店のパン屋を、桂木は非常に気に入っていて、天気が良ければそこに寄って朝食用にパンを買ってくることがある。

さて、今日はどうだろう？

そう思いながら、首を傾《かし》げたタイミングで玄関が開く音がした。

丁度帰宅してきた桂木に、茜はくすりと笑いながら、グラスにスポーツドリンクを注ぐ。

「おかえりなさい」

「ただいま。すまん、起こしたか？」

新聞とパン屋の紙袋を片手に入ってきた桂木が、器用に片眉をあげて問いかけてくる。

「いいえ。早めに目が覚めただけですよ」

首を振って答えた茜は桂木にスポーツドリンクのグラスを差し出した。

「ありがとう。そうだこれ」

桂木が、グラスの代わりのように持っていた紙袋を差し出してきた。

紙袋を開けると案の定、桂木のお気に入りのパン屋のパンだった。クロワッサンにバターロール、茜がお気に入りの林檎《りんご》のデニッシュ。そして、桂木のお気に入りのポテトサンド。

自分の想像が当たって茜が笑うと、スポーツドリンクを一気に飲み干した桂木がどうしたというように目で問いかけてくる。

「天気いいからパンを買ってくるかなーと思っていたので、予想が当たって面白かっただけです」

昔は、この人が何を考えているのかわからなくてよく喧嘩《けんか》を吹っ掛けていたけれど、最近はちょっとずつ桂木の行動や考えていることがわかるようになってきた。

それだけ桂木が茜に色々な感情を見せてくれているということなのかもしれない。

「そうか。先にシャワー浴びてくる」

「どうぞ。その間にベーコンエッグとか作っちゃいますね」

飲み干したグラスを流しに片付けた桂木が、浴室に向かいながら何気ない様子で茜の腹部に触れて、お腹の子に話しかける。

「おはよう」

桂木の声を聴いた途端、お腹の中の子がまるで返事をするように茜のお腹を内側から蹴りあげた。

「今日も、ちびは元気そうだな」

手のひらに感じた胎動に、桂木の目元が緩《ゆる》む。

昔はあまり感情を表に出さない桂木のことを、鉄仮面と罵《ののし》っていたのに、今はその端整な顔に浮かぶ穏やかな笑みに見惚《みと》れてしまう。

桂木と一緒に暮らし始めてそろそろ二ヶ月。

知らなかった桂木の色々な表情を見るたびに、茜の心は甘く揺らされる。

こんな時、自分が幸せなのだと感じずにはいられない。

「どうした?」

桂木の綺麗な微笑みに見惚れて何の反応も返せずにいれば、桂木が不思議そうに聞いてくる。でも茜は、「何でもないです。ご飯作っちゃうので、シャワー浴びてきてください」と笑って首を振る。

まさか、あなたの顔に見惚れていたなんて言えるわけがない。

「ん。わかった」

茜のお腹をもう一度撫でて、桂木が素直に風呂場に向かった。

桂木がシャワーを浴びている間に、茜は手早く朝食の準備をした。

「あぁ、茜」

「はい？」

「今日は田中たちと飲んでくるから、夕飯はいらない。あまり遅くならないように帰ってくるつもりだが……」

朝食中、今日の予定を告げていた桂木の眉間《みけん》に徐々に皺《しわ》が寄り、茜は思わずくすりと笑う。

今日はもともと、桂木の結婚祝いで課の男同士だけで飲み会をするという話を聞かされていた。茜は快《こころよ》く桂木を送り出すことにしていたのだが、桂木本人はあまり納得していないらしい。

むしろ、行きたくないとはっきりと顔に出している。

妊婦の茜を夜に一人残していくのも心配だし、田中と間山に色々と引っ掻き回された記憶も新しい中、いくら結婚祝いだ、あの時の詫《わ》びだと言われても一緒に飲みに行くのは躊躇《ためら》いがあるらしい。

「今日は、夕方に美紀が遊びに来てくれるって言ってるので、私の方は心配いりませんよ?」

「……そうか。園田君が来るのか」

夜に茜が独りじゃないことにホッとしつつも、その表情はまるでマラソン大会を前に雨が降らないかと思ってる小学生のようで、茜はおかしくてたまらなくなる。

そんな顔をするくらいなら無理して行かなくてもいいのにとは思うが、行かなきゃ行かないであの二人が大人しく言うことを聞くとも思えないしで、桂木の中にも葛藤《かっとう》があるらしい。この三人の関係は茜にも測れないものがある。なんだかんだと三人が仲がいいことは知ってるし、田中も間山も桂木にはなついている。悪友とか腐れ縁とかそういう言葉がいつも思い浮かぶ。

「あまり遅くならないように帰ってくる」

何やら葛藤していたらしい桂木が溜息まじりにそう言うから、茜は我慢できずに笑いだしてしまった。

「そんなに笑うことか?」

「ごめんなさい……だって……」

むすりと不貞腐《ふてくさ》れる桂木に注意されても茜の笑いは止まらなかった。

「美紀、できたよー。これも運んでくれる？」

「了解。ちょっと待ってー」

茜はキッチンから、居間で箸《はし》や取り皿を先に運んでくれていた美紀に声をかける。

今日は美紀のリクエストで、豆乳鍋を二人ですることにしていた。

久しぶりに女二人でわいわいと鍋をつつき、遠慮のない馬鹿話に興じるのは楽しい。

「すっかり若奥様だよねー。茜が妊娠したって気づいた時は、相手は誰かと思ったけど、田中に聞くまで桂木さんが相手だとは思わなかったわ」

「私もまさかこんなことになるとは、自分でも思ってなかったわ」

鍋をつつきながらにやりと笑う美紀に、茜も肩を竦《すく》める。

今年の冬から初夏にかけての自分の人生の激変ぶりをしみじみ振り返る。

多分、去年の自分に、桂木と結婚し、仕事を辞めて一緒に暮らしている上にもうすぐ子供が生まれると言っても絶対に信じないだろう。

「でも、幸せなんでしょ？　愛されてる女のいい顔してるもの」

「おかげさまでね」

「うわ。ストレートに認めた！　ごちそうさま。しかし、まぁ、それ言ったら桂木さんもだろうけどね。茜と結婚してから、本当にいい顔するようになったと思うわ。昔の鉄仮面ぶりが嘘みたいに」

「そうなの？」

「そうですよ。鉄仮面は鉄仮面で近寄りがたい色気があったけど、今はなんていうのか、柔らかくなったわ。今の方が女子社員の受けはいいみたいよ。守るものができると男ってこんなに変わるんだーと思ったもの」

「そうなんだ」

　にやりとちょっと意地悪な顔で笑った美紀に問いかけられて、茜はうーん？　と首を傾《かし》げた。過去の苦い恋愛経験のせいで思うところがないわけじゃないけれど、茜は桂木に関しては全くそういった心配をしていない自分に気づく。

「心配？」

「気にならないと言えば嘘になるかもしれないけど、心配はしてないかな？」

「聞いた私が馬鹿だった。愛されてる女の余裕ですか？」

「そんなんじゃないけど……余裕っていうよりは信頼かな？　不倫とか浮気とか絶対にする人じゃないっていう。もしそんなことになったら多分、先にすべてを話してくれると思うし」

「なるほど。それもそうか。それにあの一途な男が茜以外によそ見するわけないか」

つまらなそうに言う美紀に茜は苦笑する。

「一途って……」

「一途でしょーよ。婚約者に裏切られた茜の回復と成長を五年も待ち続けた男を、一途と言わずになんと言うのよ？」

美紀の言葉に茜の頬が赤く染まる。

「あーあー暑い暑い。で？　今日はその噂の旦那様は田中たちと飲みに行ってるんだっけ？」

問われて茜は、そうそうと頷く。

「朝、出勤するまで、究極の選択を迫られてるみたいな渋い顔してたけどね……」

くすくすと笑い今朝の桂木の様子を思い出して語れば、美紀が大ウケしたように笑いだす。

気の置けない女同士の夜はこうして更けていった。

「今日はありがとう。こんな遅くまでお邪魔して悪かったわね」

「ううん。今日は私も楽しかったし、また遊びに来て」

「ん。ありがとう。茜が桂木さんについてアメリカに行くまで何度か遊びに来させても

「食事を終えて、まったりとおしゃべりに花を咲かせた美紀が帰ろうとするのを、見送らうわ」

りに茜は玄関まで出てきた。

ピンポーン。

美紀が玄関を出ようとしたタイミングで、チャイムが鳴る。

こんな時間に誰だろう？　桂木であれば持っている鍵で入ってくるのに……

美紀と顔を見合わせる。外から「茜センパーイ。開けてください」という間山の声が聞こえてきた。「間山？」と呟《つぶや》いた美紀が茜に確認してから玄関を開けると、そこには間山と田中に支えられた桂木の姿があった。茜はびっくりして、思わず大きな声を上げる。

「え？　政秀さん!?」

一体、何があったのか。田中と間山に両脇を抱えられている桂木の姿に、慌てて玄関に降りれば、間山が「すいません。桂木さん潰しちゃいました」と頭を下げてくる。

「ええ？」

課内で評判の酒豪である政秀さんを潰したって一体、何があったの？

「とりあえず家に入れてください。運びます」

「わかった。お願い」

茜が道をあけると間山が桂木をリビングに運び込んだ。どさりとソファに座らせると

「んーー」と唸《うな》るような声が聞こえた。

「田中！　間山‼　一体、何があったの？　桂木さんがこんなになるなんて！」

首でも絞めそうな勢いで詰め寄る美紀に、間山が両手を上げる。

「いや、お祝いということでちょっと、飲ませすぎちゃって……」

美人の迫力の詰問《きつもん》にひえーとなりながら、間山がしどろもどろに答えている。

「政秀さん？　大丈夫？」

キッチンでグラスに水を汲《く》んでリビングに戻った茜が、正面に立って声をかけると眉《み》間《けん》に皺《しわ》を寄せた桂木が目を開けた。

「……茜？」

「水ですよ？　飲めます？」

焦点の合わない桂木に問いかければ、「茜……」といきなりひどく幸せそうに笑って、ソファに座ったまま茜の腰に抱き着いてきた。

「え？　うわ⁉」

不意打ちの出来事に慌てる茜の大きな腹に、彼は頬を擦りつけてくる。

いつにない桂木の行動に固まっていると、酷《ひど》く幸せそうに笑った男は「茜ー」と再び愛しい妻の名前を呼ぶ。

「政秀さん？」

「幸せになろうな。絶対に幸せにするから……だからちびも早く生まれて来いよ。ちびにも見せたいものがたくさんあるんだぞー」

見たこともないほどに嬉しそうにお腹の子に語りかけ始める。

これは完全に酔っぱらっているなと思いながら、珍しく甘えた姿を見せる夫の姿に、気持ちが幸せに綻《ほころ》んだ。茜はくすくすと笑い、桂木の髪を梳《す》いて語りかける。

「そんなにぐりぐりされたら、ちびもびっくりしますよ？」

「んーそうかー？」

「そうですよ？　ほら、水飲んで、もう寝ましょう？」

「ん。わかった」

本当はたいして痛くはなかったが、茜がそう言えば桂木は素直に頷く。そのくせ、一向に茜の体から腕を離そうとはしなかった。

困ったなーと思いながらも桂木の好きにさせていると、「あのーー」と背後からおずおず声をかけられた。茜はびっくりして振り返る。そして、すっかり存在を忘れていた三人のことを思い出し、顔を真っ赤に染めた。

「お邪魔みたいなので、俺たちそろそろ……」

「え？　あ、いや、ごめん。迷惑かけたわね。送ってくれてありがとう」

にやにやと笑う男二人に慌てて礼を言えば、彼らはいえいえと首を横に振る。

「こっちこそ、そんなになるまで飲ませてすいませんでした。言い訳ですけど、桂木課長、茜先輩と結婚できたことが本当に嬉しかったみたいで、すごく楽しそうに酒飲んでたんで、つい潰しちゃいました」

それは言い訳になってないし、こんなになるまで飲ませるな！　と、笑う間山に思わず頭を抱えたくなる。

「飲んでる間、ずーーと茜先輩の話をしてましたよ？　今の姿を見てもお二人が幸せそうで安心しました」

「そうねー。本当に仲よさそうで安心したわ」

にこにこと笑いながら、いまだに桂木に抱き着かれたままの茜を見つめ、間山と美紀が言う。そんなことを言われてしまえば、抗議するのは難しい。

茜に抱き着いたまま離れようとしなかった桂木を、間山が何とか引き離して、寝室に運んだ。その後、着替えまで手伝ってくれた男二人を、茜は玄関まで見送る。美紀は着替えの間に帰ってもらっていた。

寝室に戻ると、桂木は大の字になったまま幸せそうな顔で眠っている。

茜はクスリと笑う。

政秀さん。明日、記憶残ってるのかな？　残っていたらものすごく落ち込みそう。

茜との結婚を祝われて浮かれた挙句に酔っぱらい、茜に抱き着いてる姿を間山や田中、美紀に見られたなんてわかったら、どうなるんだろう？

明日の朝のことを想像して、茜の笑いは止まらなくなる。

「私はいま、とっても幸せですよ」

眠る桂木に囁《ささや》きかけて、毛布を掛けると茜もベッドにもぐりこむ。

眠っているはずなのに、当然のようにそっと抱き寄せてくる桂木に満足を覚えて、茜は目を閉じた。


ここが自分の居場所。幸福な――居場所。

翌日、ばっちりと昨夜の醜態《しゅうたい》の記憶が残っていた桂木が、非常に落ち込んだのは言うまでもない。

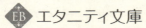

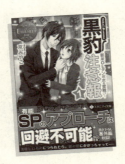

エタニティ文庫

ふたり暮らしスタート！

エタニティ文庫・白

ナチュラルキス新婚編１

風

装丁イラスト／ひだかなみ

文庫本／定価 640 円＋税

ずっと好きだった教師、啓史とついに結婚した女子高生の沙帆子。だけど、彼は女子生徒が憧れる存在。大騒ぎになるのを心配した沙帆子が止めたにもかかわらず、啓史は結婚指輪を着けたまま学校に行ってしまい、案の定大パニックに。ほやほやの新婚夫婦に波乱の予感……!?

※エタニティブックスは大人の女性のための恋愛小説レーベルです。ロゴマークの色で性描写の有無を判断することができます（赤・一定以上の性描写あり、ロゼ・性描写あり、白・性描写なし）。

詳しくは公式サイトにてご確認ください。
http://www.eternity-books.com/

携帯サイトはこちらから！

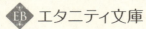

本書は、2014年8月当社より単行本として刊行されたものに書き下ろしを加えて文庫化したものです。

エタニティ文庫

kiss once again《キス ワンス アゲイン》

桜朱理《さくらしゅり》

2016年8月15日初版発行

文庫編集ー橋本奈美子・羽藤瞳
編集長ー塙綾子
発行者ー梶本雄介
発行所ー株式会社アルファポリス
〒150-6005 東京都渋谷区恵比寿4-20-3 恵比寿ガーデンプレイスタワー5階
TEL 03-6277-1601（営業） 03-6277-1602（編集）
URL http://www.alphapolis.co.jp/
発売元ー株式会社星雲社
〒112-0012東京都文京区大塚3-21-10
TEL 03-3947-1021
装丁イラストー芦原モカ
装丁デザインーansyyqdesign
印刷ー株式会社暁印刷

価格はカバーに表示されてあります。
落丁乱丁の場合はアルファポリスまでご連絡ください。
送料は小社負担でお取り替えします。

ISBN978-4-434-22209-2 C0193